D1559528

LE MUSÉE DU SILENCE

Titre original :
Chinmoku Hakubutsukan
Editeur original :
Chikuma Shobo, Tokyo
© Yoko Ogawa, 2000
représentée par le Japan Foreign-Rights Centre

© ACTES SUD, 2003
pour la traduction française
ISBN 2-7427-5491-1

Photographie de couverture :
© Kenechi Seki / Photonica, 2005

YOKO OGAWA

LE MUSÉE
DU SILENCE

roman traduit du japonais
par Rose-Marie Makino-Fayolle

BABEL

1

Quand je suis arrivé au village, je n'avais qu'un petit sac de voyage à la main. A l'intérieur, quelques vêtements de rechange, mes affaires pour écrire, le nécessaire pour me raser, mon microscope, et deux livres, le *Traité de muséologie* et le *Journal d'Anne Frank*, c'est tout.

Dans sa lettre, ma cliente avait écrit qu'elle enverrait quelqu'un me chercher à la gare, mais comme je ne lui avais rien dit de mon aspect physique j'étais inquiet de savoir si on allait réussir à me trouver. Je descendis l'escalier de la passerelle qui reliait les quais entre eux et passai le guichet. Personne d'autre n'était descendu à cette gare.

Une femme assise sur un banc de la salle d'attente s'approcha pour me souhaiter la bienvenue. Elle était beaucoup plus jeune que je ne l'avais imaginé, presque une petite fille. Mais ses manières étaient polies et raffinées. Je me précipitai maladroitement, si bien que je ne trouvai pas les mots pour la saluer en retour.

— On y va ?

Sans s'offusquer, elle me conduisit à la voiture, se tourna vers le chauffeur et lui donna l'ordre de démarrer.

Nous étions au début du printemps, le vent était encore frais, mais elle était vêtue d'une simple robe en coton à jupe large et n'avait même pas de cardigan sur les épaules. Le ciel était agréablement dégagé, avec quelques nuages effilochés portés par le vent, et çà et là, dans des flaques de soleil, des crocus, narcisses et marguerites épanouis.

Nous traversâmes l'avenue de la gare, puis la place, et peu après nous ne tardâmes pas à nous retrouver au milieu d'un paysage champêtre. A droite de la route s'étendaient des taillis, à gauche des champs de pommes de terre, et derrière des pâturages. Dans le lointain, à la limite du ciel et des collines, se dressait un clocher. Les rayons du soleil se déversaient équitablement alentour, comme s'ils voulaient tout faire fondre, jusqu'aux derniers vestiges du froid hiver tapis sous les herbes.

— Quel bel endroit, remarquai-je.

— Je suis contente qu'il vous plaise.

La jeune fille, les deux mains correctement posées sur les genoux, regardait devant elle, le dos bien droit. Et lorsqu'elle parlait elle penchait légèrement la tête, les yeux baissés vers mes pieds.

— J'ai l'impression que dans un tel environnement le travail avancera vite.

— Oui, je pense que c'est ce que ma mère souhaite également.

Je sus enfin qu'elle était la fille de ma cliente.

A chaque virage, ses cheveux retombaient en désordre sur son visage, dissimulant la moitié de son profil. Ils tombaient si naturellement droit qu'on aurait dit qu'ils n'avaient jamais été coupés depuis sa naissance.

— Ma mère est parfois assez agressive, j'espère que vous ne vous formaliserez pas, me dit-elle avec un peu plus de familiarité.

— Ne vous en faites pas pour moi.

— Plusieurs personnes ont déjà renoncé à travailler avec elle pour incompatibilité d'humeur.

— Malgré les apparences, j'ai déjà une assez longue carrière derrière moi. Je ne me comporterai pas avec une immaturité aussi évidente.

— Je sais. Il n'y a qu'à voir le *curriculum* que vous nous avez envoyé.

— Mon travail consiste à recueillir le plus possible de choses qui ont glissé hors du monde et à trouver leur valeur la plus significative compte tenu de la disharmonie qu'elles entraînent. Mes clients ont toujours été de fortes personnalités. A tel point que je pense que si je les avais répertoriés j'aurais certainement un catalogue très intéressant. En tout cas, je ne m'étonne pas d'un peu d'agressivité. Rassurez-vous.

Il m'a semblé qu'elle souriait légèrement. Mais son ébauche de sourire fut aussitôt recouverte par son expression pure et bien élevée.

Je ne m'étais pas rendu compte que la route asphaltée avait été remplacée par un chemin plus étroit gravillonné. Il me semblait que la voiture s'était dirigée vers l'ouest à la sortie du village. Il y avait toujours des taillis et des arbustes, et je vis un petit animal, belette ou écureuil, sauter dans l'herbe. A l'intérieur de mon sac s'entrechoquaient les différents éléments de mon microscope.

Nous traversâmes un pont de pierre au-dessus d'une petite rivière, puis nous gravîmes une pente douce et, arrivés au sommet, nous nous retrouvâmes devant une solide grille en fer forgé. Le portail était grand ouvert et la voiture glissa à l'intérieur sans ralentir. Le sentier recouvert de gravier serpentait entre les grands peupliers qui se pressaient de chaque côté et empêchaient les rayons du soleil d'arriver jusqu'à nous, si bien que nous étions plongés dans l'obscurité. De temps en temps, une petite pierre projetée par les pneus frappait les vitres.

— Nous arrivons, c'est là.

La jeune fille désignait quelque chose à travers la fenêtre. Le champ de vision s'élargit soudain et le manoir fit son apparition, en bordure de terrasse. Ses doigts sur la vitre étaient blancs et frêles, immatures, presque maladifs.

La rencontre eut lieu dans la bibliothèque. Ma cliente était assise au centre de la pièce, sur un canapé recouvert de velours. Il avait dû être crème à l'origine, mais la sueur, les mains sales, la salive, la poussière, les boissons de toutes sortes, les matières grasses des gâteaux, le mélange de toutes ces taches d'origines diverses qui l'imprégnaient lui avaient donné au fil du temps une couleur un peu misérable. Les coussins étaient avachis, les accoudoirs élimés au point que l'on apercevait le rembourrage.

Ma cliente était toute petite. Maigre et fine comme si les éléments nutritifs passaient sans se fixer à travers son corps, et courbée presque à angle droit. J'aurais pu, en tendant les bras, la serrer entièrement sur ma poitrine. On aurait pu dire qu'au-delà du petit elle était l'incarnation de la miniature.

Je ne sais si c'était dû à sa constitution physique ou une question de goût, mais les vêtements qu'elle portait étaient si excentriques qu'il m'aurait été impossible de les décrire. Outre le chapeau en laine sur sa tête, elle avait le corps recouvert de tissus à carreaux, rayés ou à fleurs, sans aucune notion d'équilibre. On aurait dit qu'elle faisait partie intégrante des taches du canapé.

Mais ce qui m'étonna le plus, c'est le fait que ma cliente était trop âgée pour se prétendre la mère de la jeune fille qui était venue m'accueillir. A tout point de vue, c'était une vieille femme qui approchait des cent ans. Les moindres parcelles de son corps étaient érodées par l'âge. Il était totalement impensable qu'une chair aussi desséchée eût donné naissance à la jeune fille que j'avais sous les yeux.

Pendant un moment, personne n'ouvrit la bouche. Les épaules courbées, la tête basse, la vieille femme n'avait même pas un raclement de gorge. Ainsi immobile, son corps n'en paraissait que plus ratatiné, ce qui soulignait d'autant sa faiblesse due à l'âge.

Je crus qu'elle me testait. Elle devait chercher à cerner ma personnalité à travers mon attitude dans le silence. A moins que dès le départ je n'eusse commis une erreur ayant provoqué sa mauvaise humeur. Comme oublier d'apporter un cadeau, ou avoir mis une cravate de mauvais goût...

Je devais réfléchir à un tas de choses. Pour obtenir du secours, je regardai la jeune fille assise devant le bow-window. Mais elle ne me renvoya même pas un sourire. Elle se contentait d'essayer consciencieusement de défroisser le bas de sa robe.

La femme de ménage apporta le thé. Le choc des tasses sur les soucoupes détendit quelque peu l'atmosphère, mais le silence se réinstalla aussitôt.

Le plafond de la bibliothèque était haut et j'avais froid. Alors qu'à l'extérieur il faisait un temps magnifique, les épais rideaux empêchaient le soleil de pénétrer et les lampes aux abat-jour poussiéreux étaient faibles, si bien que la pièce tout entière était plongée dans la pénombre. Une odeur particulière, de cuir et de papier mêlés, émanait des livres qui s'entassaient sur les rayonnages occupant la totalité du mur du fond.

Au premier regard, la collection semblait assez riche. Bien sûr, je ne pouvais rien dire tant que je ne l'aurais pas examinée soigneusement, mais j'avais remarqué plusieurs tableaux et sculptures qui ornaient le hall d'entrée, l'escalier et les couloirs, et relevé dans la bibliothèque la présence de certains objets précieux tels que des pendules, des vases, des lampes ou des objets en verre.

Le seul problème était que les conditions de conservation ne paraissaient pas excellentes et que les objets précieux se trouvaient mélangés sans aucun discernement avec le bric-à-brac. Par exemple, un pied de lampe en argent en forme de cerf datant probablement de la fin du siècle précédent voisinait avec un cendrier manifestement subtilisé dans un restaurant bon marché, si bien que tout nettoyer, classer, restaurer… allait demander pas mal d'énergie. Aucun doute, ce projet était beaucoup plus complexe que ceux auxquels j'avais participé jusqu'alors.

Je finis par prendre la parole, incapable de supporter plus longtemps ce silence :

— Cela fera certainement un bon musée…

La vieille femme leva brusquement la tête et me regarda pour la première fois.

— … Pour une collection particulière, elle fait sans aucun doute partie des meilleures. Les objets d'arts et métiers, mais aussi l'ameublement, le jardin, et la propriété dans son ensemble font qu'il est tout à fait possible d'en faire un musée intéressant.

— Qu'avez-vous dit ?

Je balbutiai, interloqué par le volume de sa voix impérieuse :

— Oui, bien sûr, tout ne se fera qu'après vous avoir consultée. Je voulais seulement dire qu'il existe toutes sortes de possibilités. Ça va de la création d'un coin à la mairie avec quelques objets exposés portant le nom de votre collection, à la construction d'un bâtiment neuf à l'intérieur de votre propriété, vous voyez…

— Je vous demande de me répéter ce que vous avez dit tout à l'heure.

— Tout à l'heure ? Heu… Je ne sais plus exactement… En tout cas, je parlais de musée…

— Ah, c'est agaçant. Ne pas pouvoir répéter ce que vous avez dit quelques secondes auparavant, ça montre que vous avez une bien piètre mémoire. Dans ces conditions, je me demande comment vous pouvez vous prétendre expert en musée. Dites-vous bien que je ne supporte pas qu'on traîne. Ceux qui sont lents à la détente. Les choses doivent être menées rondement et sans tarder, sinon… Comme vous pouvez le constater, il ne me reste plus beaucoup de temps.

Les mots, projetés avec force hors de ses lèvres profondément rétractées à l'intérieur de ses mâchoires, se dispersaient dans la pièce. Ses doigts, ses épaules et ses genoux tremblaient, comme pour mieux répondre à la vibration qu'ils provoquaient.

— Je ne me rappelle pas vous avoir demandé d'exposer dans un musée le bric-à-brac qui encombre cette maison. Ne dites pas n'importe quoi. Qui pourrait se réjouir à regarder toutes ces choses achetées sans discernement par des ancêtres soucieux de jeter leur argent par les fenêtres ? Personne. Tout au plus pourraient-ils s'extasier d'un "ah comme c'est curieux !" ou "ah tout cet argent que ça a dû coûter !" en laissant des traces de doigts sales sur les vitrines.

De plus en plus courbée profondément, elle guettait ma réaction d'un regard par en dessous. Ses joues étaient creuses, ses sourcils clairsemés, et elle avait un bouton purulent sur la partie du front qui dépassait de son chapeau.

Mais ce qui dominait d'une manière écrasante dans son visage, c'étaient les rides. Ses yeux, son nez et sa bouche étaient dissimulés dessous. Elles étaient si profondes qu'on aurait pu leur donner le nom de plis, qui sculptaient son visage sans un intervalle, me rappelant l'épiderme d'un morse de l'Arctique exposé dans un muséum d'histoire naturelle où j'avais travaillé autrefois.

— Parmi les objets qui décorent cette maison, il n'y en a pas un que j'ai fait l'effort d'acquérir par moi-même. Tout me vient de mes ancêtres. Pourquoi serait-ce à moi de m'en occuper ? Je refuse catégoriquement. Ce n'est pas mon genre de faire ce qui peut l'être par d'autres que moi. C'est un principe qui prime sur tous les autres. J'ai énoncé deux règles d'or qu'il vous faut impérativement graver dans votre cœur. Etes-vous capable de me les redire ?

Je défis un bouton de ma veste, et me lançai après un coup d'œil à mon thé qui commençait à refroidir pour me donner du courage :

— Mener les choses rondement, et faire ce que les autres ne font pas…

Elle se contenta de renifler, si bien que je ne sus pas si ma réponse était bonne ou non.

— Ce que je vise, c'est un musée d'une importance dont les blancs-becs comme vous n'ont aucune idée, qui soit indispensable et qu'on ne trouvera nulle part ailleurs dans le monde. Dès qu'on aura commencé, on ne pourra plus abandonner en cours de route. Le musée va continuer à proliférer. Il va s'élargir, on ne pourra pas le limiter. On peut dire que ce n'est pas drôle pour lui d'être ainsi condamné à l'éternité. Mais renoncer aux objets sous prétexte que leur nombre ne cesse d'augmenter, c'est faire mourir ces malheureux objets une seconde fois. Si on les laisse tranquilles, ils se décomposent dans leur coin sans rien demander à personne, mais si on va les chercher, ce n'est pas pour les rejeter après les avoir exposés jusqu'à l'écœurement à la curiosité des regards et des mains. Vous ne trouvez pas que c'est cruel ? Il ne faut surtout pas abandonner en cours de route. Vous avez compris ? C'est la troisième règle d'or.

Le silence se réinstalla aussi brutalement que lorsqu'elle s'était mise à parler. Dès qu'elle fermait la bouche, elle redevenait une vieille femme, minuscule comme sur le point de disparaître. Son corps se mettait à trembler, ses yeux se tournaient vers le bas, et la tranquillité absorbait l'énergie qui tout à l'heure encore se dispersait avec ses postillons.

Je n'avais aucune idée quant à la manière de faire face à ce décalage. Je me disais que si seulement la jeune fille m'avait communiqué ce qu'elle pensait, ne serait-ce que par un clin d'œil, je me serais senti un peu plus à l'aise, mais elle était toujours tapie dans le coin de la pièce.

Je sus, même à travers les rideaux, que le soleil commençait à décliner. Le vent avait dû se lever, car on entendait les arbres bruisser dans le lointain. L'air froid qui montait à mes pieds donnait encore plus d'épaisseur au silence.

— Parlez-moi des règles de muséologie que vous avez assimilées.

Son dentier avait failli se détacher, dans un nuage encore plus gros de postillons.

— Oui.

J'avais compris qu'il était inutile de déployer de l'énergie à essayer de me montrer sous mon meilleur jour. Je décidai de dire simplement ce qui me venait à l'esprit.

— C'est un organisme permanent sans but lucratif, qui doit être ouvert au public, servir la société et son développement, et en plus procéder aux diverses recherches concernant les preuves matérielles de l'homme et de son environnement, les archiver, les conserver, en rendre compte, les exposer en ayant pour but la recherche, l'éducation et la récréation.

— Hmm, pas très intéressant. Vous vous contentez de réciter par cœur les principes du Conseil international des musées, dit la vieille dame d'une voix grasseyante avant d'éternuer et de replacer son dentier. Ecoutez-moi, vous allez oublier tout de suite ce genre de définition mesquine. Quand j'étais jeune, j'ai visité les musées du monde entier. De toutes sortes, allant du national, énorme, dont trois jours de visite ne viennent pas à bout, au cabanon bricolé par un vieillard obstiné à seule fin de rassembler des outils agricoles. Mais je n'ai été satisfaite d'aucun. Ce ne sont que des débarras. Ils ne révèlent aucune trace de la passion qui mène à faire une offrande aux déesses de la sagesse. Ce que je vise, c'est un musée qui transcende l'existence humaine. On trouve la trace miraculeuse de la vie même dans un déchet sans aucun intérêt de légume pourri au fond d'une poubelle, c'est quelque chose qui enveloppe fondamentalement les richesses de ce monde... Bah, il est sans doute inutile d'essayer d'expliquer plus avant.

Avec un interlocuteur qui parle "d'organisme permanent sans but lucratif"… Nous sommes le combien aujourd'hui ? Le 30 mars ? N'est-ce pas le jour où le lièvre reçoit la mort ? Mais où avais-je la tête ? C'est aujourd'hui qu'il faut manger un haut de cuisse de lapin. Et le soleil s'est couché. Je vous laisse.

La vieille femme empoigna sa canne et se leva. Je voulus l'aider, mais elle m'en empêcha d'un geste de sa canne, avant de quitter la bibliothèque d'un pas mal assuré. La jeune fille la suivit. Je les regardai partir en silence. Le canapé était légèrement creusé à l'endroit où elle s'était assise.

Ce soir-là je me vis attribuer une chambre dans une petite maison jumelle, simple et de bon goût, au fond de l'arrière-cour. L'une des deux parties de cette maison symétrique à un étage était habitée par le jardinier et sa femme. C'était lui qui avait conduit la voiture de la gare jusqu'à la propriété, et sa femme qui nous avait servi le thé dans la bibliothèque.

Lorsque je le croisai près de l'entrée, le jardinier me salua gentiment.

— Vous êtes le nouveau ?

— Oui, mais je ne serai sans doute pas engagé. La rencontre ne s'est pas très bien passée.

— C'est vous qui le dites.

— Ça m'étonnerait que je lui aie plu.

— Ce serait absurde de penser qu'on pourrait lui plaire. Bah, ne vous en faites pas. Couchez-vous tôt, ça vous remettra des fatigues du voyage.

Il avait le caractère tenace particulier à ceux qui ont travaillé de longues années en utilisant leur corps et des bras tannés par le soleil, qui dépassaient des manches roulées de sa chemise.

Une propriété trop grande, une jeune fille trop jeune, une vieille femme trop vieille… Dans ces conditions de totale anarchie, l'équilibre et la légère compassion dont il fit preuve à mon égard me furent une consolation.

A la tombée du jour, toutes les vitres noircirent d'un seul coup. J'eus beau cligner des yeux plusieurs fois, je ne distinguai aucun point lumineux, le plus faible qui soit. Le manoir, dissimulé derrière les buissons, était plongé dans la nuit comme une grosse masse tapie dans l'ombre.

Après avoir pris mon dîner apporté par la femme de ménage, je n'eus plus rien à faire. Au rez-de-chaussée se trouvaient la cuisine et le salon, au premier étage la chambre et la salle de bains. Les meubles et les objets quotidiens étaient fonctionnels et de bonne qualité, et tout était beaucoup mieux ordonné que dans le manoir, si bien que je décidai de déranger le moins possible, dans la mesure où je croyais repartir dès le lendemain matin.

Je déposai sans l'ouvrir mon sac de voyage près du lit. Par crainte de salir la salle de bains, je ne pris qu'une serviette pour me frotter le corps et terminai en me rinçant la bouche. Sur la table de chevet se trouvait un pyjama plié, repassé avec soin. Sans doute déposé par la femme de ménage. J'hésitai un peu, décidai finalement de ne pas l'utiliser, et me glissai dans mon lit en sous-vêtements.

Je sortis seulement le *Journal d'Anne Frank* de mon sac. J'avais l'habitude depuis de longues années de le lire avant de m'endormir. Il n'y avait pas de règle concernant l'endroit ou la quantité que je lisais. Je l'ouvrais au hasard et j'en lisais à voix haute une ou deux pages ou l'équivalent d'une journée.

Je ne me rappelle plus pour quelle raison j'avais commencé. Le *Journal d'Anne Frank* est un héritage de ma mère. Elle est morte quand j'avais dix-huit ans.

Je n'en ai encore jamais rencontré, mais il y a pas mal de gens dans le monde qui lisent la Bible avant de s'endormir. Chaque fois que j'en découvre un exemplaire dans le tiroir de la table de nuit d'une chambre d'hôtel, je me demande si je suis proche de l'état d'esprit de ces gens-là. Bien sûr, ma mère n'est pas Dieu. Je crois seulement qu'identique est la démarche qui consiste à se calmer en dialoguant avec quelque chose d'invisible et lointain juste avant que la conscience ne quitte le corps.

Le livre, sur la couverture comme à l'intérieur, est devenu beige. Il est écorné, le ruban du signet tortillonné, et par endroits les fils de reliure sont sectionnés, si bien que certaines pages menacent de se détacher. C'est pour cette raison qu'il faut le manipuler avec soin. Je le maintiens à deux mains lorsque je le soulève et je l'ouvre délicatement sans trop forcer.

La signature de ma mère est restée à l'intérieur. Cela n'a aucune signification, son nom est écrit à la va-vite pour montrer qu'il lui appartient, et bien sûr elle n'a certainement pas pensé qu'il reviendrait à son fils des années plus tard.

L'encre s'est décolorée au fil des ans et le nom s'est effacé peu à peu. Je suis terrifié à l'idée que le jour viendra où il disparaîtra définitivement. Ce n'est pas uniquement que je sois triste de voir s'éloigner le souvenir de ma mère, il me semble que c'est une blessure beaucoup plus difficile à supporter. C'est aussi effrayant que si ce livre marqué de nos empreintes digitales à ma mère et à moi avait été découpé en morceaux ou jeté au feu.

Soudain je me rappelai que la vieille femme avait parlé dans l'après-midi de mourir une seconde fois… "Une existence malheureuse condamnée à l'éternité…" Je secouai aussitôt la tête pour chasser sa voix.

J'avais ouvert le livre à la page du jeudi 17 février 1944. Anne y lit à Mme Van Daan et Peter les contes qu'elle a écrits. C'est un moment important où son amour pour Peter commence à naître, et qui me plaît… La phrase : "Ne va surtout pas penser que je suis amoureuse, car ce n'est pas vrai", est soulignée. Le trait est à moitié effacé, à tel point qu'on a l'impression qu'il va disparaître au moindre souffle.

C'est pour cette raison que plutôt que de lire ce passage à haute voix je le chuchotai à l'adresse de la petite grotte obscure qui se trouve au fond de mes oreilles. Je sentais les mots écrits par Anne imprégner l'obscurité comme la rosée de la nuit. Dans ce calme et cet air pur, la chambre était parfaite pour une lecture à haute voix. Je sentis que je dormirais bien, malgré la nouveauté de l'endroit.

Le lendemain à mon réveil, je fis aussitôt mes préparatifs pour repartir. En fait de préparatifs, je procédai à ma toilette, m'habillai des mêmes vêtements que la veille, et il ne me resta plus ensuite qu'à remettre le *Journal d'Anne Frank* dans mon sac.

Les rayons du soleil, éblouissants, pénétraient dans la pièce, tandis que la brume en provenance des bois disparaissait peu à peu, absorbée par la lumière, il ne faisait aucun doute que le beau temps allait continuer aujourd'hui encore. Je ne m'en étais pas aperçu la veille, mais l'arrière-cour sur laquelle donnait la maison avait dû faire partie d'une sorte de haras à l'origine, car il y avait au centre un abreuvoir près d'un puits de l'autre côté duquel se dressait une majestueuse écurie en pierre. A l'est de l'écurie s'étendait un jardin d'agrément où des fleurs multicolores se balançaient dans le soleil matinal.

J'arrangeai le couvre-lit, parcourus la pièce d'un dernier regard pour voir si je n'avais rien oublié. J'étais préoccupé car je ne connaissais pas les horaires des trains. Selon moi l'express ne devait s'arrêter qu'une ou deux fois par jour tout au plus.

Je venais de me lever en me disant que j'allais poser la question à mon voisin le jardinier qui les connaissait certainement, lorsque j'entendis la porte s'ouvrir au rez-de-chaussée.

— Bonjour, réveillez-vous ! Vous dormez encore ?

C'était la voix de la jeune fille.

Elle eut un air méfiant en me voyant arriver avec mon sac de voyage.

— Que se passe-t-il ?

— J'avais l'intention de vous quitter après avoir fait mes adieux à votre mère, mais comme il était encore tôt j'attendais désœuvré.

— Pourquoi vous êtes-vous préparé à partir ?

— A voir la colère de votre mère, il est clair que je n'ai pas passé l'entrevue avec succès.

— Ma mère n'est pas en colère. C'est sa manière de se protéger lorsqu'elle rencontre les gens pour la première fois. Je vous avais bien dit qu'elle pouvait être agressive, non ? Vous avez passé le test avec succès. C'est vous qui allez concevoir le musée. Il n'est pas question que

21

vous repartiez, dit-elle en passant la main sur ses cheveux. Peut-être avait-elle traversé le jardin en courant, car elle avait les joues rouges et ses mollets qui dépassaient de sa jupe étaient trempés de rosée. Décontenancé, ne sachant trop si je devais me réjouir, je la remerciai avec maladresse.

— Bon, mettons-nous vite au travail. Aujourd'hui, il faut que vous ayez d'abord un aperçu du village. Je vais vous le faire visiter. La voiture nous attend dans l'entrée, vous êtes prêt à sortir tout de suite ? Vous vous souvenez de la première règle d'or de ma mère, n'est-ce pas ? Elle déteste qu'on traîne.

2

Le jardinier nous laissa sur la place avant de repartir dans le sens opposé à celui d'où nous étions venus.

— On peut aller à peu près partout à pied. C'est un petit village, dit la jeune fille.

C'était encore tôt le matin, si bien que les magasins sur la place étaient fermés, mais entre les gens qui promenaient leur chien ou ceux qui se dépêchaient de se rendre au travail, les passants étaient assez nombreux. Il y avait une fontaine au centre de la place, où l'eau jaillissait par la gueule de deux lions se faisant face. Quelques pigeons étaient postés au bord de l'eau.

Cinq rues partaient de la place. Il y avait l'avenue de la gare et la rue commerçante bordée d'arcades, les trois autres étant des rues étroites qui laissaient à peine le passage à deux voitures pour se croiser. Nous les arpentâmes toutes. La jeune fille avait dû y réfléchir soigneusement à l'avance, car elle choisissait toujours la bonne direction sans jamais hésiter aux carrefours. Plus tard, en vérifiant sur le plan, je suivis notre itinéraire au crayon de couleur et je découvris que nous avions suivi un tracé parfaitement continu, avec la place comme point de départ et d'arrivée.

Même si elle me guida, la jeune fille ne s'étendit pas longuement sur l'origine historique des bâtiments. Au contraire, nous eûmes beaucoup de moments silencieux, utilisant toute notre énergie pour marcher. Elle était toujours aussi légèrement vêtue d'un corsage à col rond, et portait des sandales rouges à talons plats et à semelles de liège. Elle marchait en cadence, le menton droit et les cheveux oscillant au rythme de ses pas.

Je commençai à me demander avec inquiétude jusqu'où nous allions continuer à marcher ainsi.

— S'il y a quelque chose à faire, dites-le-moi. Par exemple prendre des notes ou des photos en préparation de mon travail…

— Non, ne vous inquiétez pas de ça. Puisque vous allez vivre ici un certain temps, il vous faut faire connaissance avec le village, n'est-ce pas ? Savoir où se trouve le boucher ou le dentiste par exemple… S'il y a un endroit qui vous intéresse, dites-le-moi, on s'arrêtera.

— Il y a une chose que je veux absolument vous demander. Quel est donc ce musée que votre mère tient tellement à créer ?

— Elle vous l'expliquera elle-même tôt ou tard.

La jeune fille donna un petit coup de pied dans la racine d'un des arbres qui bordaient la rue, puis elle enfonça les deux mains dans les poches de sa jupe et dit :

— Allez, on continue.

Le village n'avait rien de spécial. Il y avait une salle de concert, un hôpital municipal, un marché de comestibles, et un parc à côté d'un cimetière, une école et des bains publics. Il donnait l'impression d'avoir ni plus ni moins que le nécessaire là où il fallait. Les rues transversales désertes étaient bien entretenues, les rebords de fenêtres des habitations étaient fleuries et les gens que nous croisions étaient tous calmes et habillés de vêtements simples et de bon goût. Certaines personnes qui connaissaient la jeune fille de vue la saluaient en passant.

Cela aussi je le vérifiai quelques jours plus tard sur la carte, mais géographiquement il s'agissait d'une cuvette entourée sur trois côtés de montagnes, au pied desquelles s'éparpillaient plusieurs petits lacs, tandis qu'une rivière coulait d'est en ouest. Le village dans son ensemble avait la forme d'une feuille d'érable ayant la gare pour centre.

Il y avait beaucoup de rues en pente et l'on apercevait les montagnes d'un peu partout. Au fur et à mesure que le soleil montait dans le ciel, le vent qui descendait des montagnes se faisait plus fort.

La jeune fille s'arrêtait de temps à autre pour expliquer d'une manière succincte, en baissant pudiquement la tête :

— Ici, c'est le jardin des plantes. Le bâtiment là-bas au fond est un centre de recherches sur les plantes médicinales qui dépend d'un laboratoire pharmaceutique. C'est toujours là qu'on achète le médicament pour la goutte de ma mère.

Ou encore :

— Voici le bronze d'un agronome originaire du village qui a mis au point une nouvelle variété de pomme de terre. A peau fine et qui ne se défait pas à la cuisson. Mais les lettres gravées sur le socle ont été rongées et maintenant on ne peut plus déchiffrer son nom.

Elle avait la manière de parler d'une adulte, mais ne cherchait pas à cacher l'enfance qui affleurait au détour d'un geste, si bien qu'un certain déséquilibre l'environnait à chaque instant.

Tout en essayant de me guider avec chic, elle paraissait incapable de croiser mon regard par timidité, et ses jambes élancées se terminaient dans des sandales fleuries rouges.

Je réalisai qu'elle était vraiment une petite fille au moment où je découvris d'étranges trous alignés dans une clôture derrière la mairie. Ils étaient tous de la même grandeur, en forme de S long et étroit, alignés à intervalles réguliers à mi-hauteur du mur.

— Il y a très longtemps, ces trous étaient utilisés pour faire le tri des contribuables. On pensait que le corps s'arrêtait un jour de grandir, mais que les os des oreilles continuaient toute la vie à se développer. C'est pourquoi ceux qui arrivaient à glisser leur oreille dans ces trous et entendre les bruits au travers n'étaient pas encore obligés de payer l'impôt. Chaque année le 30 septembre, les gens qui ne payaient pas l'impôt étaient rassemblés pour subir l'examen. Les employés de la mairie, postés derrière la clôture, vérifiaient que les oreilles passaient entièrement à travers les trous et agitaient des grelots, soufflaient dans des chalumeaux ou jouaient de la harpe. Vous voulez essayer ?

Elle s'appuya au mur, attrapa le lobe de son oreille, le glissa adroitement dans un trou.

— Vous voyez, comme ça.

Son oreille gauche était entièrement à l'intérieur, comme si elle avait été aspirée. Il n'y avait nulle part de force artificielle. Au point que l'on aurait pu se demander si ces trous n'avaient pas été faits à sa mesure.

J'essayai de l'imiter, mais ce fut absolument impossible. Les trous n'étaient larges que de quelques millimètres, et si j'essayais de forcer pour m'y glisser, mon oreille se tordait et me faisait mal.

— Certaines personnes allaient jusqu'à se faire réduire le cartilage pour que leurs oreilles ne fussent pas trop grandes. Il paraît qu'il y avait pas mal de faux médecins rétrécisseurs d'oreilles.

Tout en tendant l'oreille vers l'autre côté du mur, elle me regardait en se moquant de moi.

Le plus vivant au village, c'était le marché. On y trouvait toutes sortes de nourritures, disposées en tenant compte des couleurs. Les gens faisaient leurs courses, des sacs pleins à la main. Elle me présenta à leurs boulanger, marchand de légumes, boucher et poissonnier habituels.

— Voici le spécialiste des musées venu travailler chez nous, leur dit-elle. Ils me saluèrent tous en levant la main avec enthousiasme, et l'un d'eux m'offrit même une pomme en signe de bienvenue.

Ce n'était pas un village très amusant pour des touristes, mais il y avait néanmoins plusieurs boutiques de souvenirs. La seule chose que je remarquai parmi les cartes postales, les poupées ou les albums de photos de montagnes, c'étaient des petits bibelots de forme ovale décorés de toutes sortes de motifs. Avec un socle tarabiscoté, ils étaient accrochés à des rubans qui pendaient à la devanture.

— Ce sont des œufs sculptés. Le dernier objet encore fabriqué au village. On aspire l'intérieur, on renforce la coquille avec un produit spécial, et on le travaille.

L'un à côté de l'autre, nous avions approché notre visage de la vitrine. Il y avait un atelier au fond de la boutique où, sur un établi couvert d'une poussière blanche apparemment issue des débris des coquilles, travaillait un ouvrier. Il y avait toutes sortes d'objets, de la clochette de table au sucrier, certains avec des pierres précieuses, dont les incrustations ressortaient à la lumière d'une lampe incandescente.

— Il y a eu une période de fortes chaleurs qui a fait que les poules ne pondaient plus. Mais le jour de l'éclipse annulaire, toutes les poules se sont mises à pondre des œufs dorés. Les villageois, surpris, ont gardé précieusement les coquilles, les ont décorées et accrochées aux fenêtres, et la pluie a enfin sauvé le village… C'est une légende. Mais maintenant, on peut toujours le demander aux dieux, les grosses chaleurs ne viennent plus. Et en automne, il pleut à n'en plus finir.

Je lui demandai de m'accompagner pour acheter un œuf.

— Oui, celui-là est bien.

Après avoir longtemps réfléchi en les prenant un à un entre ses mains, elle en choisit un qui n'était pas trop surchargé, avec l'image d'un ange aux yeux fermés sculpté en transparence.

Dès qu'on s'éloignait du centre, les silhouettes se faisaient moins nombreuses, tandis que les rues devenaient monotones. Des petites maisons bien entretenues, avec une cour sur le devant, se succédaient, le nombre de chats augmentait, et l'on croisait de plus en plus de tracteurs transportant des légumes, de l'engrais ou du foin.

Je sentais toujours la présence de la jeune fille sur ma gauche. Des sensations variées parvenaient à ma conscience, comme un souffle imperceptible ou sa jupe soulevée par le vent. Quand je lui jetais un coup d'œil discret afin qu'elle ne s'en aperçût pas, ses mollets lisses et ses sandales entraient à tous les coups dans mon champ de vision.

Au nord-est, à l'extrémité de la feuille d'érable, se trouvait le parc forestier. Nous aperçûmes un couple à bicyclette et un peintre devant son chevalet, mais l'endroit était calme et silencieux, et l'on entendait seulement de temps à autre le battement d'ailes d'un oiseau se frayant un passage entre les arbres. Nous suivîmes le chemin de promenade, nous enfonçant dans la forêt. Bientôt, l'espace s'ouvrit devant nos yeux et nous aperçûmes un bâtiment rond. C'était le stade de base-ball.

Un vieux stade, simple, dont les ailes n'atteignaient sans doute pas les quatre-vingt-dix mètres. Le ciment de l'enceinte extérieure était tout fendillé, les lignes blanches du tableau d'affichage à moitié effacées, et tous les chiffres de un à neuf étaient écornés.

Nous achetâmes de quoi manger à la seule camionnette qui se trouvait là et qui vendait des hot-dogs, et nous déjeunâmes assis dans les tribunes du côté de la première base.

— Nous sommes allés trop vite, peut-être. Il nous reste une heure de marche pour l'après-midi, et nous aurons fait le tour complet du village, dit-elle en léchant ses doigts pleins de ketchup.

— Ce n'est pas grave. Ça ne me gêne pas, lui répondis-je.

Les tribunes étaient composées d'une succession de simples gradins en béton, à l'intérieur comme à l'extérieur. En dehors d'un tout petit auvent derrière les filets, il n'y avait pas de protection contre le soleil, qui éclairait jusqu'au moindre recoin du stade. C'était le lieu idéal pour déjeuner par un jour de beau temps, et même s'il était petit, il paraissait vaste pour deux personnes s'y retrouvant seules.

Contrairement à ce que laissait présager l'aspect vieillot de l'extérieur, le terrain était bien entretenu.

La pelouse, verte, avait été soigneusement ton-
due, les bases étaient d'un blanc pur, sans aucune
tache, au point qu'il n'aurait pas été étonnant
d'y voir une balle en jeu.

— Qui joue au base-ball ici ? demandai-je.

— Tout le monde. Il y a des grandes réunions sportives pour les enfants, les matchs de
l'équipe des consultants fiscaux contre celle des
sculpteurs d'œufs. Tous les villageois aiment le
base-ball.

Après avoir englouti son hot-dog, elle avala
d'un coup la moitié de son soda, et entreprit
d'attaquer les frites.

La forêt arrivait à la limite de l'enceinte extérieure du stade. En cas de *home run* à l'extérieur
du terrain, il n'y avait aucune chance de retrouver la balle. Derrière les arbres s'étendait le ciel
et encore plus loin la silhouette des montagnes
à moitié enveloppées par la brume. Le vent soufflait en suivant la courbe des tribunes. Nous nous
précipitâmes sur les papiers des hot-dogs pour
les empêcher de s'envoler.

— Tiens, si tu veux, lui dis-je, en lui proposant
mes pommes frites.

Elle les prit sans aucune gêne et me dit merci
d'une toute petite voix.

— Dis-moi, et l'école ? lui demandai-je.

— Je ne suis pas passée à l'école supérieure.
Parce que ma mère voulait me garder auprès
d'elle. Mais j'étudie avec les cours par correspondance, me répondit-elle.

— Je ne sais pas trop si je serai capable de
répondre comme il faut à l'attente de ta mère,
tu sais.

— Je crois que vous ne devez pas le prendre
trop au sérieux. Vous avez vu son caractère,
vous aurez peut-être du mal à vous y faire, mais

avec un peu d'entraînement vous devriez y arriver sans difficulté.

— Quel genre d'entraînement ?

— J'aurais du mal à vous l'expliquer. Nous sommes parentes, c'est très différent.

— Je m'excuse si ma question est indiscrète. C'est bien ta mère, et pas ta grand-mère, n'est-ce pas ?

— Biologiquement, non. Quand elle m'a adoptée, elle était déjà comme elle est maintenant. Je suppose que personne ne pense que nous sommes véritablement parentes. Ce n'est pas du tout indiscret. N'y faites pas attention. En tout cas, vous avez franchi avec succès le premier échelon. Au moins, vous avez prêté loyalement l'oreille à ce qu'elle disait et vous avez réussi à réprimer votre agacement sans lui montrer. C'est suffisant. C'est pour cette raison qu'elle vous a engagé.

— Je me demande s'il y avait d'autres postulants ?

— Bien sûr. Et il y en avait beaucoup. Et vous n'êtes pas le seul à avoir été choisi.

Le vert de la forêt était si profond que les tourbillons du vent ne le faisaient même pas frémir. Le terrain, bien humide, paraissait souple à souhait et gardait en surface les traces du balai. Je me dis que ça devait être terriblement agréable d'y courir sans aucune retenue.

— La seule chose que je voudrais qui soit claire…

Elle parlait en fixant le fond de sa pochette de frites.

— … C'est que ma mère n'est pas du tout quelqu'un de mauvais. Elle n'est ni particulièrement gentille, ni vraiment aimable, mais elle n'est pas malfaisante. Elle voit loin. Elle fixe, les yeux écarquillés, en faisant grincer son dentier, l'extrémité de l'extrémité, ce que personne n'a encore jamais vu. Elle ne se rend pas compte que son corps est décharné par la vieillesse, alors à plus forte raison ne peut-elle pas se faire de souci pour ceux qui sont près d'elle… Dites, au lieu de ça, vous ne voudriez pas me parler des musées dont vous vous êtes occupé jusqu'à présent ?

Après avoir ingurgité sa dernière frite, le doigt et le pouce toujours en contact avec ses lèvres, elle cligna lentement des yeux. Je voyais ses cheveux entremêlés sur son cou moite. Je glissai subrepticement la main dans la poche de mon pantalon, soudain inquiet à l'idée que l'œuf sculpté que je venais d'acheter pouvait s'être brisé.

Comme dessert, nous mangeâmes la pomme que l'on m'avait offerte un peu plus tôt au marché. Je lui racontai plusieurs épisodes en rapport avec mon travail dans les musées. Comment j'avais été victime d'une endémie au cours d'un voyage effectué pour rassembler de la documentation, comment on avait transporté le squelette d'un rorqual bleu dans la salle d'exposition, la découverte d'un éclairage qui entraîne peu d'altérations chimiques, l'histoire d'un vagabond qui avait vécu plus d'un an dans une salle de conservation sans que personne s'en aperçût, les recherches sur les nouvelles technologies de présentation, mon histoire d'amour avec une restauratrice spécialiste des objets métalliques…

Elle m'écoutait avec attention, me posait des questions, acquiesçait, riait. Personne n'avait jamais montré autant de joie à m'écouter. La plupart du temps entendre parler de musées évoquait des endroits sinistres à l'atmosphère pesante, si bien que personne n'essayait de faire travailler son imagination plus avant. Cependant, elle s'extasiait, comme si les musées étaient des paradis secrets situés dans des pays lointains. Et elle n'en finissait pas de croquer dans la pomme depuis longtemps réduite à l'état de trognon.

Il n'était pas loin de trois heures lorsque nous nous retrouvâmes sur la place après avoir effectué la promenade de l'après-midi. Les gens étaient plus nombreux que le matin, mais pas au point d'y mettre de l'animation. Assis sur des bancs, ils prenaient paisiblement le soleil, ou bavardaient tranquillement en prenant le thé aux terrasses des cafés. La voiture qui devait venir nous rechercher n'était pas encore arrivée.

Près de la fontaine se tenait un homme qui dégageait clairement une atmosphère peu ordinaire. Son corps était enveloppé de quelque chose qui ressemblait à une fourrure blanche, il avait les cheveux en bataille et ne portait pas de chaussures. Au début, je crus qu'il s'agissait d'un mendiant, mais je ne lui voyais pas de sébile et, de plus, dès que les passants se rendaient compte de sa présence, ils lui lançaient plus un regard de respect que de compassion.

— C'est le prédicateur du silence, dit la jeune fille à mi-voix. C'est le printemps, il est descendu de la montagne.

— Mais qu'est-ce qu'il fait ?

— On ne le voit pratiquement jamais, vous savez. Moi, c'est la deuxième ou la troisième fois…

L'homme était grand et maigre, un peu voûté, et devait avoir à peu près mon âge, dans les trente ans. En fait de fourrure, il s'agissait d'un carré au milieu duquel un trou permettait de passer la tête, faisant comme une sorte de poncho. Et il devait le porter depuis longtemps, car il était crasseux, déchiré par endroits, un peu raide.

— Il pratique l'ascèse du silence. Il lui est interdit de parler pour le reste de sa vie. Son idéal est de mourir au milieu du silence total. C'est une ascèse très sévère, vous savez. D'après ce que ma mère m'a dit, ils vivent en communauté dans un monastère à l'extrême nord du village. Il n'y a pas grand monde qui soit allé jusque là-bas. Ils sont vêtus d'une peau de bison des roches blanches et de temps en temps il leur arrive de venir comme ça pratiquer leur ascèse au village.

L'homme était totalement immobile, les mains jointes sur le devant du corps, les yeux baissés vers le sol. Ses pieds nus étaient mouillés par les gouttes qui jaillissaient de la fontaine, ses talons rouges et fendillés. Il donnait tout autant l'impression d'endurer une douleur insupportable que d'essayer de déchiffrer des symboles particuliers, invisibles à nos yeux. Il était certain qu'autour de lui flottait un épais silence. C'est à l'atmosphère qu'il dégageait et non à lui que les passants semblaient faire particulièrement attention.

— Alors ils ne se déplacent pas pour prêcher ?

— Bien sûr que non. Ils restent là sans bouger. Mais ce n'est pas interdit de leur adresser la parole. Au contraire, il y a même des gens superstitieux qui croient qu'ils peuvent leur confier leurs secrets les plus importants parce qu'ils ne les dévoileront pas. Tenez, regardez celle-là !

Une femme d'âge mûr s'était avancée, un peu gênée, dans sa direction. Un foulard sur la tête, un sac à la main, elle se tenait debout devant lui, attentive à ne pas intercepter son regard toujours orienté vers le sol. Après un moment d'hésitation, elle posa les mains sur sa poitrine et baissa la tête comme si elle priait. Cela eut pour effet de diminuer d'autant la distance entre eux.

Sa voix n'arrivait pas jusqu'à nous, mais je me rendis compte qu'elle parlait au mouvement du nœud de son foulard. L'aspect de l'homme restait inchangé. Ses mains jointes, la fourrure fatiguée et son ombre sur le sol gardaient les mêmes contours. Pour autant, il ne semblait pas rejeter la femme. Son petit monde de silence l'accueillait, les mots secrets trouvaient refuge dans les replis de la peau animale.

La femme continua longtemps. Elle parlait et parlait, et ses secrets jaillissaient comme une source. Moi et la jeune fille étions debout l'un à côté de l'autre au bord du trottoir, observant la silhouette du prédicateur. Bien sûr, ce n'était pas pour connaître les secrets de la femme, mais parce que je voulais laisser aller mon regard dans un monde de silence pour mieux fixer et toucher du doigt le temps que nous avions passé tous les deux ce jour-là.

Nous avions tellement marché que ses sandales étaient toutes poussiéreuses. Un pigeon prit son envol de la fontaine et la réverbération de la lumière sur les gouttelettes était éblouissante. Bientôt nous aperçûmes dans l'avenue la voiture qui venait nous chercher.

Ce soir-là, je me couchai après avoir accroché l'œuf sculpté à la fenêtre.

Le travail avait du mal à se mettre en route. La vieille femme était fantasque et, lorsque je pensais que nous allions enfin démarrer, elle avançait toutes sortes de prétextes pour revenir à zéro. En tout premier lieu, je ne savais toujours pas clairement ce qui allait être exposé dans ce musée. Elle était volubile et assenait ses opinions avec une incroyable conviction, mais elle devenait maladroite dès qu'il s'agissait de l'essentiel et finissait par se retirer dans ses appartements, soit qu'elle se sentît vexée, qu'elle eût faim ou envie de dormir. Son chapeau de laine, sa façon démodée de s'habiller, son visage ridé, sa voix rauque, rien ne changeait.

Elle disait se contenter de suivre son calendrier personnel et de se saisir de la providence de l'univers pour agir. Son almanach était rangé dans un tiroir secret aménagé dans un coin des rayonnages de la bibliothèque. Elle ne me l'avait montré qu'une seule fois.

Elle avait dévissé le bout de sa canne pour en sortir la clef qui ouvrait le tiroir.

— Quelle rigueur, remarquai-je.

— C'est normal, répondit-elle en donnant un coup de canne sur le coin du rayonnage.

L'almanach était si lourd qu'elle pouvait à peine le soulever seule, et sa couverture reliée en cuir couleur de haricot rouge luisait d'avoir été manipulée pendant de si longues années. A l'intérieur, les deux pages ouvertes concernaient un seul jour, et du 1er janvier au 31 décembre, on avait écrit à la main d'une belle écriture les traditions orales qui s'y rapportaient et ce qu'il fallait en tirer comme morale, les interdits, les indications concernant les travaux des champs et les activités ménagères en général, les recommandations, faits historiques, ou encore les sortilèges, chants rituels et remèdes de bonne femme de toutes sortes. On remarquait par endroits des illustrations coloriées dans des tons pastel.

— C'est magnifique ! m'exclamai-je en le feuilletant.

— J'ai tout fait moi-même, m'expliqua-t-elle fièrement.

— Les dessins aussi ?

— Bien sûr.

A cet instant, je fis une découverte. Son écriture, élégante et racée, en complète opposition avec son caractère, ne me surprenait pas. J'eus un sursaut en voyant son expression.

Depuis notre rencontre, elle avait toujours été égocentrique et autoritaire envers moi. On pouvait dire qu'elle semblait pleine de confiance en elle. Mais à ce moment-là je sentis dans la fierté qu'elle montrait à propos de son almanach une sorte d'audace, comme si elle était à la fois honteuse et avide d'éloges. C'est à cet instant que je reconnus pour la première fois ce trait de caractère.

— C'est une œuvre incroyable. Je n'en ai jamais vu de semblable, même dans les musées dont je me suis occupé autrefois.

— Il m'a fallu vingt-trois ans pour le réaliser, à partir de sa conception et en incluant les différentes recherches qui ont été nécessaires.

— C'est pour cela que le jour où je suis venu ici pour la première fois vous avez parlé de la mort du lièvre ?

— Exactement. Mars est le mois de la vie nouvelle. C'est la période de reproduction du lièvre. Le lièvre est un animal honnête qui ne connaît aucun autre moyen que la fuite pour se protéger. On dit que, ce jour-là, manger une cuisse de lapin protège de la goutte. Bien sûr, cela n'a aucun sens de la manger sans son articulation. C'est ça le point important.

Elle était ravie dès lors qu'elle parlait de son almanach. Elle avait presque un air innocent.

— Allons, ne le brutalisez pas. C'est ainsi que vous traitez les objets que vous manipulez dans les musées ? Vous manquez vraiment d'entraînement. Essayez voir d'en laisser tomber la moindre particule et je vous vire aussitôt.

Car elle ne perdait jamais l'énergie pour insulter les autres, qui pouvait rejaillir sur moi à n'importe quelle occasion, au moment où je m'y attendais le moins.

C'était évidemment à cause de l'almanach qu'elle tardait tant à réaliser le projet de musée. Elle disait que d'après l'almanach justement, comme on était dans une période de lune descendante, le moment était mal choisi pour entreprendre quelque chose de nouveau. C'était plutôt la période où il fallait tailler les arbres, désherber, couper et jeter toutes les choses inutiles, pas le moment de semer. Pour bâtir un musée destiné à s'étendre jour après jour, il fallait attendre la lune montante. Tout ceci était l'avis de la vieille femme.

Sur un autre plan que le travail, ma nouvelle vie ne débutait pas si mal que ça. Il n'y avait rien à redire sur le confort de l'habitation que l'on m'avait attribuée, mes voisins le jardinier et sa femme aimaient rendre service, et j'avais le pressentiment que j'arriverais à bien m'entendre avec eux. On m'avait prêté une bicyclette neuve avec laquelle je pouvais me promener dans le village en toute liberté.

Comme la femme de ménage m'apportait mes repas, je ne manquais de rien. Je pris plusieurs fois le déjeuner dans le solarium de la maison principale, mais la vieille femme et la jeune fille n'y participèrent pas. La jeune fille m'avait promené une journée entière dans le village, ce qui avait créé une certaine connivence entre nous, mais dès lors que nous étions tous les trois elle se rapprochait ostensiblement de la vieille femme.

Nous étions convenus, la vieille femme et moi, de nous retrouver le matin à neuf heures dans la bibliothèque. La jeune fille passait la matinée dans sa chambre à travailler ses cours par correspondance. C'était le moment le plus affreux. Esquiver les coups de la vieille dame et tirer le meilleur parti de sa vision du musée, tout en retenant son exaltation, constituaient une tâche pratiquement insurmontable pour moi. Face à elle, j'étais comme le lièvre qui n'a d'autre solution que la fuite.

Il est difficile d'expliquer concrètement de quoi nous parlions. En général, elle bavardait toute seule avec volubilité. Mais je devais me méfier, car elle se taisait soudain et me donnait un thème qu'il me fallait développer à mon gré. Comme l'aspect de la maison où je vivais dans mon enfance, le musée dans lequel j'étais entré pour la première fois de ma vie, le mythe que je préférais, les règles du base-ball, l'évolution animale ou la recette authentique du cake… Les thèmes étaient variés et manquaient de cohérence. Mais dès que je me mettais à parler elle m'écoutait avec attention. Au moins en avait-elle l'apparence.

Après cette conversation, elle me chargeait d'effectuer diverses choses. Aider le jardinier à répandre de l'engrais sur les massifs, découper les articles de journaux à coller dans l'album, aller faire les courses à bicyclette. C'était bien plus amusant que de me retrouver face à elle dans la bibliothèque.

Le soir, une fois rentré dans ma maison, j'étais libre de mon temps. J'étais parfois invité à prendre le thé par le jardinier et sa femme, mais la plupart du temps je restais seul.

Je décidai enfin de monter mon microscope pour observer les chromosomes d'aoûtats récoltés dans un fossé du jardin. C'était mon aîné de dix ans, devenu professeur de sciences naturelles, qui me l'avait donné quand j'étais enfant, ce n'était donc pas un modèle authentique, mais les lentilles étaient de bonne qualité et il pouvait encore amplement me servir.

Le premier spécimen que j'avais examiné avait été des étamines de misère. J'avais regardé avec une intense curiosité mon frère les disposer sur une lame de verre avec une goutte d'acide acétique carminé, les recouvrir d'une lamelle et chauffer le tout à la flamme d'une lampe à alcool.

— Ça y est ? lui demandai-je, n'en pouvant plus d'attendre.

— C'est interdit de s'impatienter lors des observations, me répondit-il. Et, comme pour mieux m'agacer, il avait fixé la préparation sur la platine d'un geste précautionneux avant de faire la mise au point en tournant la vis.

— Allez, regarde.

Je n'oublierai jamais l'univers derrière les lentilles qui se refléta alors dans mon œil innocent. Les cellules imbriquées formaient un ensemble rationnel, chacune comportant invariablement un noyau, tandis que dans le liquide environnant les grains tremblaient de frayeur, comme s'ils hésitaient à s'enfuir (mon frère m'expliqua quelque temps plus tard qu'il s'agissait du mouvement brownien). J'avalai ma salive, essayai en vain de trouver des mots pour exprimer ce que je ressentais, et ne pus que serrer fortement son bras.

— Tu vois les poils des étamines ? A l'extrémité, ce sont des petites cellules qui sont jeunes, tandis qu'à la base les grosses cellules sont vieilles, hein ?

Sa main était posée sur mon épaule. Ce fut aussi l'instant où nous nous sentîmes le plus proche l'un de l'autre.

Il existait un univers caché dans un endroit que je ne connaissais pas. Qui plus est un univers délicat et magnifique.

J'écarquillais les yeux pour ne manquer aucun détail. Je regrettais de devoir cligner des paupières et patientais jusqu'à ce que le manque de larmes fût douloureux. Des contours bordés de courbes, une régularité illimitée, une structure audacieuse, des couleurs fugitives. Tout était découverte, tout était prodige.

— Merci, grand frère.

J'étais enfin capable de prononcer le mot le plus précieux. J'avais l'impression que c'était lui le créateur de cet univers.

Les aoûtats étaient tous gros et en bonne santé. A travers la loupe, je distinguais nettement la tête, le ventre et la queue. Au moment où j'appuyais dessus pour la troisième ou quatrième fois avec les pincettes, ils sentirent le danger et se démenèrent pour s'enfuir. Avec la pointe, j'appuyai sur la tête et tirai pour l'enlever. Elle céda sans difficulté, les glandes salivaires transparentes restèrent accrochées de chaque côté du tube digestif qui vint avec. Le reste du corps palpita encore un peu, mais il finit par s'apaiser.

Est-ce aussi mon frère qui m'a appris que, les chromosomes des glandes salivaires des diptères étant cent cinquante fois plus gros que les chromosomes ordinaires, il était possible de les observer avec mon microscope ? A moins que je ne l'aie su par mon livre de sciences expérimentales ? J'ai oublié. Je procédai à la coloration, recouvris le tout d'une lamelle et appuyai doucement avec un papier-filtre. Je m'étais rendu compte récemment que les gestes de mes mains ressemblaient à s'y méprendre à ceux de mon frère. Ainsi que mes ongles et jusqu'à la forme de mes articulations, en passant par les extrémités de mes doigts épais qui font des manières à chaque tâche un peu minutieuse. Chaque manipulation du microscope me rappelait la sensation de sa main sur mon épaule.

Le soir, quand j'éteignis la lumière avant de me mettre au lit, je vis au clair de lune l'œuf ciselé ressortir vaguement dans les ténèbres. Le quartier de la lune était si fin qu'il menaçait de disparaître.

Le lendemain, alors que je m'essuyais les pieds sur le paillasson dans le hall d'entrée de la maison principale avant de me diriger comme d'habitude vers la bibliothèque, je vis la vieille femme et la jeune fille descendre ensemble l'escalier.

— Bonjour, leur dis-je.

— Bon, nous allons à la réserve, dit la vieille dame qui me dominait, en s'appuyant sur la jeune fille.

— Euh, où ça ?…

— Qu'attendez-vous donc ? Vous n'avez pas vu le ciel hier soir ? C'est la lune montante.

Elle pointait le ciel avec sa canne. J'entendis cliqueter la clef du tiroir secret de la bibliothèque.

3

La pièce qu'elle appelait la réserve était l'ancienne buanderie, qui se trouvait tout au bout du sous-sol de l'aile est. A l'instant où la porte s'ouvrit, il y eut une émanation de tissu moisi ou de feuilles mortes, en tout cas de matière en putréfaction.

L'endroit était assez vaste, mais en désordre et mal entretenu. Non seulement les étagères, les tables et les commodes y avaient été déposées pêle-mêle, mais toutes sortes d'objets (sans doute de la collection) étaient éparpillées çà et là, sans qu'aucun d'eux ne se trouvât à sa place.

Mais il y avait autre chose que le désordre qui me mettait mal à l'aise. Il me fallut un peu de temps pour comprendre ce que c'était.

Nous nous étions avancés tous les trois jusqu'au centre de la pièce. A chaque pas, je devais faire attention à l'orientation de mon corps pour ne rien bousculer. Parce qu'en cassant quelque chose je me serais forcément attiré les foudres de la vieille femme. Le sol était recouvert d'un carrelage moderne à damier. Les murs étaient percés en hauteur de petites fenêtres longues et étroites par lesquelles on entrevoyait le vert du jardin et le bleu du ciel, si bien que même au sous-sol il faisait clair. Une corde à linge au plafond, un vieux modèle d'essoreuse et un fer à repasser abandonnés là dataient de l'époque de la buanderie.

Les réserves, de quelque sorte que ce fût, faisaient partie de mon univers. J'aimais y passer du temps au calme, seul face aux archives, après le départ des visiteurs qui n'étaient d'ailleurs pas autorisés à y entrer. Mais celle-là était bien différente de toutes celles que j'avais fréquentées jusqu'alors. Chaque objet s'y mettait en avant selon sa propre fantaisie, créant une discordance insupportable. La réserve avait beau être rangée en dépit du bon sens, il y flottait néanmoins la même impression que celle liée à l'exposition d'objets dans un musée. Mais il n'y avait pas plus de fil conducteur que de cohésion d'ensemble. Il n'y avait pas non plus trace de cette présence qui force le regard de l'autre. C'était ce qui me dérangeait.

Fuseau, dent en or, gants, pinceaux, chaussures de montagne, fouet mécanique, attelle, berceau... Je tentai de répertorier l'un après l'autre les objets qui se trouvaient là, mais ne trouvai aucune chronologie. Cela ne fit qu'augmenter ma confusion.

— Ce sont des souvenirs, me fit remarquer la vieille dame. Tous hérités de gens du village.

Sa voix était beaucoup plus proche que lorsque nous étions dans la bibliothèque.

— Je voudrais que vous organisiez un musée pour les exposer et les conserver.

A ce moment-là enfin je découvris la véritable cause de ce qui m'agaçait les nerfs depuis un moment. Elle n'avait pas le chapeau de laine qu'elle coiffait d'habitude. Et entre le peu de cheveux blancs qui lui restaient apparaissaient des oreilles minuscules, bien trop petites compte tenu de la taille de son corps. Elles étaient collées de chaque côté de sa tête comme des feuilles mortes écrasées. Informes, elles ne faisaient que souligner le trou de l'oreille.

— Il y en a vraiment beaucoup… éludai-je avec lenteur pour éviter d'avoir conscience de la présence de ses oreilles.

— J'ai commencé à les rassembler à l'automne de mes onze ans. C'est une collection qui a une longue histoire. En plus, elle est destinée à se poursuivre encore longtemps.

Elle était adroitement soutenue par la jeune fille qui avait posé la main droite sur son épaule, la gauche sur ses hanches. Elle avait l'air de savoir exactement où ajouter de la solidité, et en quelle quantité. Elles se soutenaient comme si elles faisaient partie l'une de l'autre.

— J'ai décidé, chaque fois que quelqu'un meurt au village, de me procurer l'objet qui caractérise au mieux la personne. Comme vous avez pu le voir, c'est un endroit insignifiant où l'on ne meurt pas tous les jours. Mais cette collection est une affaire sérieuse. Je l'ai compris dès que je l'ai commencée. C'était peut-être trop lourd pour une enfant de onze ans. Mais j'ai persévéré pendant toutes ces années. Tout d'abord, la première cause de difficulté était que je ne me satisfaisais pas d'objets ordinaires. Je ne pouvais même pas tricher en rassemblant des objets de pacotille tels qu'un kimono porté une ou deux fois, un bijou rangé dans un tiroir ou une paire de lunettes réalisée trois jours avant de mourir. Vous voyez, je cherche l'objet qui soit la preuve la plus vivante et la plus fidèle de l'existence physique de la personne. Ou alors, quelque chose empêchant éternellement l'accomplissement de la mort qui fait s'écrouler à la base cet empilement si précieux des années de vie. Cela n'a rien à voir avec le sentimentalisme contenu dans le souvenir. Et bien sûr, tout enjeu financier en est exclu.

Elle avala sa salive, releva d'un air gêné la mèche de cheveux qui retombait sur son front. Je vis par la fenêtre un oiseau passer très haut dans le ciel. Les objets nous entouraient, toujours aussi sages.

— Regardez ça, par exemple.

Elle fit un clin d'œil, la jeune fille tendit prestement le bras et ramassa au milieu du désordre ambiant un petit objet qu'elle me mit sous le nez.

— Qu'est-ce que c'est ?...

C'était un simple anneau, trop brut pour un accessoire, pas assez fiable pour une pièce mécanique.

— Il y a environ cinquante ans, une prostituée d'un certain âge a été tuée dans l'hôtel du village. Elle a été poignardée, ses mamelons découpés et subtilisés. Ce fut l'affaire criminelle la plus horrible de notre histoire. Il ne s'est produit aucun meurtre depuis. Vu sa profession, aucun membre de sa famille ne s'est montré, et j'étais seule à son incinération. Pour obtenir l'autorisation d'y assister, j'ai prétendu que j'avais été son amie. Bien sûr, j'ai menti, afin de pouvoir me procurer un objet lui ayant appartenu. Après l'incinération, j'ai trouvé ça au milieu des cendres. Quand je l'ai pris, il était encore tiède, comme s'il avait gardé la température de son corps. J'ai alors décidé de le considérer comme un objet hérité d'elle. C'était son diaphragme. Bon, passons au suivant...

La jeune fille acquiesça et remit l'anneau à sa place avant d'aller prendre sur une autre étagère un gros bocal. S'étaient-elles consultées à l'avance ou existait-il des signes qu'elles étaient les seules à comprendre ? La jeune fille trouvait très rapidement ce que la vieille dame lui indiquait.

Le bocal contenait un corps non identifié, manifestement organique, qui paraissait momifié.

— Un jour, une vieille femme de plus de quatre-vingts ans tout à fait ordinaire et qui n'avait pas de talent particulier est morte d'une pneumonie. Après le décès de son mari électrotechnicien, elle avait vécu seule de sa pension, en faisant pousser quelques légumes dans son jardin. Elle était sans profession, ne se passionnait pas pour un art quelconque, n'avait rien d'original, de détestable ni d'excentrique. C'était une vieille femme toute simple qui avait passé sa vie à s'occuper des choses de sa maison. Seule l'existence de son chien méritait d'être soulignée. Un chien au poil ocre et pelucheux, qu'elle gâtait énormément. Ce chien était mort lui aussi d'une pneumonie l'année précédente. C'est peut-être le choc de sa disparition qui l'a fait claquer, allez savoir. En tout cas, elle a laissé un testament dans lequel elle demandait que ses cendres fussent mêlées au cadavre de son chien enterré dans son jardin. C'est là que la nuit précédant la cérémonie, je me suis glissée subrepticement pour déterrer le chien et le rapporter chez moi.

En observant mieux, on pouvait remarquer çà et là des poils collés le long des os. Il n'y avait eu manifestement aucun traitement chimique. Les pattes de devant étaient repliées d'une manière artificielle, tandis que les os du crâne se raccrochaient à la mâchoire et que les orbites, réduites à des trous noirs, semblaient fixer avec curiosité un point quelque part dans le lointain.

— Alors, vous voyez à peu près de quoi il retourne ? me demanda la vieille femme.

— Euh, eh bien… Un anneau contraceptif et un chien momifié… murmurai-je en essayant de retrouver ses explications dans ma tête. Si je comprends bien, il n'y a pas que des objets dont vous auriez hérité de manière légitime.

— Légitime ? Allons, ne me faites pas rire. Je vous ai bien expliqué tout à l'heure ? La définition des objets. Se procurer un souvenir authentique et véritable n'a absolument rien à voir avec ce qui est légitime ou non. Ce n'est pas pour me vanter, mais je n'ai aucun ami ni proche au village dont je pourrais hériter. Autrefois il y en avait quelques-uns, mais ils sont tous morts. Si l'on veut accomplir un dessein, il ne sert à rien de faire les choses à moitié. Oui, presque tous les objets qui se trouvent ici ont été subtilisés. Ce sont des objets volés, voyez-vous.

Elle avait l'air fier, comme lors de ses explications concernant son almanach. Son dentier menaçait sans doute de se décrocher, car elle tordit les lèvres avant de les étirer dans une exclamation feutrée d'origine inconnue. Mais son dos rond ne bougea pratiquement pas, seuls ses moignons d'oreilles frémirent.

— Comment vous est venue l'idée de faire cela ? questionnai-je. La jeune fille remit le chien momifié en place. La trace de ses doigts était restée à la surface du bocal poussiéreux.

— Oh, en voilà une bonne question !

Pour une fois, la vieille femme me faisait un compliment.

— A l'automne de mes onze ans, quelqu'un est mort devant moi. Le hasard a voulu que le jardinier qui était sur une échelle pour tailler les rosiers grimpants tombe et se fracasse la tête contre une pierre du jardin. C'était l'arrière-grand-père de l'actuel jardinier. Il n'y avait personne d'autre dans les parages. C'était la première fois que je voyais quelqu'un mourir, mais je l'ai su tout de suite. Que le jardinier n'était plus en vie. C'était un vieil employé plein d'expérience, l'échelle ne s'était pas brisée, elle n'avait pas non plus été renversée par le vent, et il était tombé, comme aspiré dans une crevasse de l'atmosphère. Il n'y a pas d'autre mot que le "hasard" pour dire cela. Je m'en suis approchée subrepticement. Je croyais qu'en manquant de prudence je risquais moi aussi d'être aspirée dans cette crevasse, voyez-vous. Son visage ne grimaçait pas de douleur, n'était pas ensanglanté, et son expression était toujours la même, le regard concentré pour voir s'il n'y avait pas une branche qui dépassait. Il avait aussi l'air étonné de celui qui ne comprend pas comment il s'est retrouvé là. Il serrait toujours fermement son sécateur. Un sécateur bien entretenu, noir et luisant, parfaitement adapté à sa main. Les lames en étaient encore légèrement humides de la sève des rosiers. Je l'ai brusquement arraché à sa main pour le dissimuler dans la poche de ma jupe. Ça n'avait pas été très difficile. Il s'était détaché aisément, sans opposer de résistance. On aurait pu dire que le sécateur lui-même avait deviné que son rôle était terminé. Pourquoi ? Je ne peux toujours pas me l'expliquer. Je n'avais pas particulièrement envie d'avoir un sécateur. Ce geste m'a-t-il été dicté par un esprit ou une voix intérieure ?… En tout cas, à ce moment-là, j'ai réussi à faire correctement ce qu'il me fallait accomplir. C'est certain.

Elle poussa un long soupir. Puis elle remit dans son encolure son foulard qui était sorti. Le soleil avait continué sa course et il éclairait maintenant le sol à nos pieds.

— Alors, qu'en pensez-vous ? demanda-t-elle en braquant ses yeux sur moi.

— Eh bien, le problème le plus important, c'est le soleil qui éclaire directement la collection. Au premier regard, on remarque que ce sont surtout les objets en bois qui s'abîment. Comme c'est une ancienne buanderie, il se peut que le degré d'humidité soit élevé. Il faudrait d'abord rénover la réserve.

— Imbécile, ce n'est pas ce que je vous demande ! postillonna-t-elle avec encore plus d'énergie.

Elle brandit sa canne, perdit l'équilibre, faillit tomber en se prenant les pieds dans sa jupe bouffante qui tombait jusqu'au sol, mais la jeune fille la retint sans précipitation en glissant son bras sous son aisselle.

— Je parle de la conception du musée tel que vous l'imaginez.

Je n'étais déjà plus blessé par ses coups de gueule. Parce que je m'étais progressivement adapté à son rythme et que pour le moment je faisais mon possible pour essayer de saisir l'essence des objets rassemblés en ce lieu.

— Mais enfin, pourquoi un musée ?…

— Pourquoi ? Un musée doit-il donc avoir une explication rationnelle chaque fois ? Vouloir laisser quelque chose est l'un des sentiments humains les plus primitifs. Depuis l'Antiquité égyptienne, l'homme s'est toujours réjoui de déposer ses trophées dans des sanctuaires.

Comme elle avait soudain baissé le ton, je crus que ma question avait été maladroite. Elle continua après avoir frotté ses yeux chassieux et gratté le bouton qu'elle avait sur le front.

— A vrai dire, je sais bien que les gens ne se bousculeront pas pour le visiter. Mais le rôle d'un

musée ne se cantonne pas à la simple exposition. Son rôle le plus important est même la collection, la conservation et l'investigation. Cela
doit certainement être inscrit dans les statuts du
Conseil des musées que vous affectionnez tant.

J'acquiesçai.

— Evidemment, moi aussi j'ai vieilli. C'est
curieux, parce qu'en prenant de l'âge on croit
que le monde vieillit également. Le nombre de
morts autour de soi ne fait qu'augmenter. Et la
faiblesse de mes jambes ne me permet plus,
lorsque quelqu'un meurt, de prétexter l'amitié
pour assister à la cérémonie funèbre ou m'introduire subrepticement la nuit dans la maison.
Dorénavant votre travail sera de collecter les
objets hérités des défunts. Comme bâtiment, je
ferai rénover les écuries derrière. Pour la char-
penterie, le jardinier devrait pouvoir se débrouiller. Vous pouvez utiliser cette jeune fille pour
vous aider. C'est d'accord. Notre musée sera le
lieu de repos d'un monde ancien.

Sa voix avait peu à peu repris du volume, jusqu'à faire trembler la corde à linge au plafond.
Toutes les rides de son visage remuaient convul-
sivement, tandis que du sang perlait à ses lèvres
gercées. La jeune fille l'essuya du bout de son
index.

Chaque nuit, la lune grossissait un peu plus.
Et plus elle était grosse, plus la clarté qui baignait
l'œuf ciselé à la fenêtre devenait éclatante, et
plus la silhouette de l'ange ressortait avec net-
teté sur la vitre.

Je fus soudain très occupé. Quoi qu'il en fût,
l'important était de ranger les objets éparpillés
au hasard, et de les répertorier après leur avoir

attribué un numéro. C'était le premier pas pour donner une signification à des objets considérés comme faisant partie d'un simple bric-à-brac.

Sur les objets était collée une étiquette portant le nom du propriétaire et la date du décès de celui-ci, mais la plupart étaient déchirées ou, l'écriture étant délavée, elles étaient en partie illisibles. La vieille femme surveillait mon travail, assise sur un tabouret placé au centre de la buanderie. Chaque fois que je prenais un objet de provenance incertaine, je devais le lui montrer et attendre ses indications.

— 9 mai 19.., un ouvrier mort de la gangrène à un pied.

— 29 décembre 19.., le coiffeur, occlusion intestinale.

— Imbécile, vous ne voyez donc pas la différence entre un objet ordinaire et un qui ne l'est pas ? Ce n'est qu'un simple filet pour la lessive. Dépêchez-vous de le jeter.

Elle élevait la voix et toutes ses rides se mettaient en mouvement. Je notais rapidement les indications nécessaires sur des cartes provisoires destinées au classement. Je faisais en sorte de travailler le plus mécaniquement possible afin d'éviter de sursauter chaque fois.

Sa mémoire était prodigieuse. Je lui montrais ce qui me tombait sous la main, et un coup d'œil lui suffisait à l'identifier aussitôt, sans hésiter ni réfléchir. Comme si son petit cerveau était pourvu d'un répertoire complet. Et elle réagissait tellement vite à mes questions que je me disais parfois qu'elle répondait peut-être n'importe quoi.

La jeune fille se comportait comme une parfaite assistante. Elle était à la fois franche, n'hésitant pas à poser des questions sur certains points obscurs, et désireuse de se perfectionner au point de défendre ses idées. Elle était attentive, avait une belle écriture et, surtout, faisait tout pour m'être utile.

Elle prenait d'abord un objet sur une étagère et le brossait pour en enlever la poussière avant de me le donner. Je l'examinais rapidement, le photographiais, questionnais la vieille dame à son sujet. Je notais ses réponses sur une carte provisoire, tandis que la jeune fille copiait le numéro de la carte alors abandonnée pour une étiquette qu'elle attachait à l'objet. C'était en gros l'ordre que nous suivions.

La jeune fille et moi, nous nous activions en silence. Ne se répercutaient à travers la buanderie que la voix de la vieille femme et le déclic de l'appareil photo. Bientôt, notre travail commença à avancer régulièrement. Je devenais capable, rien qu'au mouvement de ses doigts, de m'adapter au rythme de traitement des objets et des cartes. Je n'étais plus troublé par l'extravagance des objets (un boulet de canon qu'elle était incapable de soulever seule, une boulette de crasse extraite d'un nombril, une martre empaillée attaquée par la vermine, etc.) qu'elle me présentait. La vieille femme, avec ses injures et ses coups de canne sur le sol, venait ponctuer sur le mode majeur ou mineur notre travail.

Les objets n'en finissaient pas de se manifester l'un après l'autre. Nous avions beau les classer et les ranger, il en arrivait toujours. Nous restâmes enfermés dix jours à l'intérieur de la buanderie. Pendant ce temps-là, une nouvelle vague de froid fit son apparition, il neigea, le temps se remit au beau, il y eut quelques jours tièdes, suivis d'une journée de pluie tambourinante. Nous nous y retrouvions tous les trois le matin à neuf heures, et la vieille femme annonçait tout d'abord à voix haute les recommandations du jour basées sur l'almanach :

"Nous sommes le jour du premier chant du coucou. Si on l'entend de son lit, on sera pris dans les difficultés, alors il faut se méfier autant que possible."

"Nous sommes le Jeudi saint. Il faut ébouillanter les paillassons, y faire tomber une goutte d'huile de lavande."

"Les petits blaireaux vont sans doute se montrer. Partir au loin sera source de tristesse. Mieux vaut rester sagement ici à travailler."

Ses instructions terminées, elle s'asseyait sur son tabouret et c'était le signe que le travail pouvait commencer.

Je m'interrompis, à midi, pour aller déjeuner au-dessus dans le solarium, et à trois heures il y avait une pause pour le thé. La cuisine de la femme de ménage était originale, bien présentée, et il n'y avait rien à redire sur le goût. Avec le thé, elle me servait toujours une pâtisserie faite maison. Des noix caramélisées ou des zestes d'orange recouverts de chocolat. Comme la vieille femme et la jeune fille se retiraient dans la salle à manger, j'étais seul dans ces moments-là. Selon la jeune fille, il s'avérait que la vieille femme détestait manger en présence d'autrui.

— Elle ne peut pas s'empêcher d'avoir honte parce qu'à son âge elle ne peut plus manger d'une manière élégante. Ce n'est pas parce qu'elle ne vous aime pas, avait-elle ajouté.

Lorsque nous eûmes terminé ce premier inventaire des objets, le printemps s'était vraiment installé à l'extérieur. Le soleil était manifestement plus proche qu'à l'époque de mon arrivée, et les couleurs des fleurs beaucoup plus vives.

Lorsque je me réveillais tôt le matin, et que je regardais à travers la fenêtre le lever du soleil, j'avais l'impression que l'humidité due aux pluies du changement de saison, transformée en brume, était aspirée vers les hauteurs du ciel.

Entre la réparation des objets endommagés, le rangement de la réserve et la fabrication de cartes correctes après développement des photos, il y avait encore pas mal de travail, mais en attendant je décidai de quitter la buanderie pour discuter avec le jardinier de l'aménagement des écuries.

— Comment trouvez-vous ça ? N'est-ce pas un endroit splendide ? me dit-il avec fierté comme s'il en était le propriétaire, on pourrait y élever sans problème cent ou deux cents chevaux, vous savez.

Il est vrai que le bâtiment de pierre en imposait autant que le manoir, avec ses deux ailes symétriques par rapport à une entrée centrale en forme d'arche. Elles étaient percées à intervalles réguliers de cinq fenêtres semi-circulaires de part et d'autre, avec des montants sculptés de treilles, ce qui faisait également un bel ensemble architectural. Simplement, il avait dû subir des intempéries de longues années durant, car la façade beige était décolorée, tandis que certaines pierres, ayant subi l'érosion du vent, étaient effritées par endroits.

A l'intérieur régnait une atmosphère glaciale dans la pénombre où il fallait laisser à l'œil le temps de s'habituer. Bien sûr, le soleil pénétrait par les fenêtres, mais il n'était pas assez puissant pour éclairer l'immensité de l'espace. Le plafond était haut, et la succession des stalles, aménagées de part et d'autre d'un passage central, allait se perdre bien au-delà de l'obscurité. Au centre, se trouvait un bassin circulaire, sans doute destiné au bain même s'il était désormais complètement sec, et l'on apercevait en outre l'endroit où l'on rangeait les harnais et la douche. Mais il ne restait rien, pas le moindre fer à cheval ni brin d'herbe sèche, qui aurait pu prouver que l'on avait autrefois élevé des animaux en ce lieu.

— Jusqu'à quand y avait-il des chevaux ? demandai-je.

— Eh bien, au moment où j'ai été en âge de comprendre ce qui se passait autour de moi, je crois qu'il n'y en avait déjà plus, me répondit le jardinier en faisant grincer les gonds d'une porte de séparation contre laquelle il s'appuyait.

— Vous avez habité ici enfant ?

— Depuis ma naissance dans l'annexe du manoir, j'ai toujours vécu ici. Mon grand-père et son grand-père étaient jardiniers. Ma grand-mère et sa grand-mère étaient domestiques. Je ne suis jamais allé dans le monde extérieur. Pour le travail, j'ai tout appris de mon père.

Je me rappelai le sécateur que la vieille femme avait dit avoir recueilli en premier. On avait fini par le retrouver dans le coin d'une étagère le dernier jour du travail d'enregistrement. Il était terriblement rouillé, on ne pouvait pratiquement plus l'actionner, et la jeune fille en avait enlevé la poussière avec un soin tout particulier.

Nous nous avançâmes l'un à côté de l'autre dans le couloir central. J'essayai en vain de regarder attentivement pour voir s'il n'y avait pas quelque part une trace, si légère fût-elle, de crottin. Même l'odeur rappelant le cheval avait disparu. La pénombre abandonnée à elle-même depuis si longtemps adhérait en silence aux murs de pierres. Le bruit de nos pas ne la troublait même pas.

— Rénover un tel espace devrait exiger pas mal de main-d'œuvre, n'est-ce pas ? questionnai-je.

— Pas de problème, on embauchera trois ou quatre personnes au village.

Le jardinier ne paraissait pas autrement inquiété par l'ampleur de la tâche qui s'annonçait.

— Transformer les stalles en cabines d'exposition n'est pas une mauvaise idée, mais un tel arrangement, trop monotone, manquerait d'intérêt.

— Je ne peux rien vous dire, parce que je ne suis jamais entré dans un musée.

— Vraiment ?

— Oui, à ma grande honte.

— Mais vous n'avez pas à avoir honte. Pour la plupart des gens, les musées n'ont pas un rôle très important, vous savez.

Après avoir parcouru rapidement l'aile gauche, nous revînmes sur nos pas jusqu'au bassin, avant de passer à la visite de l'aile droite. Mais la structure en était à peu près identique. Une succession de stalles de même grandeur, une rigole d'évacuation des eaux, de solides crochets aux murs pour suspendre les selles.

La lumière provenant des fenêtres dessinait des flaques pâles sur le sol. Quand on levait les yeux, on la voyait traverser l'espace en diagonale. Le jardinier avait une tête de plus que moi, les muscles de ses épaules étaient si gros qu'on aurait pu croire qu'il avait le dos rond, et une petite scie, une clef universelle et un tournevis pendaient à sa ceinture.

J'essayai de me représenter l'endroit transformé en musée. Un guichet, des vitrines, des panneaux d'exposition, des flèches indiquant le sens de la visite, toutes sortes d'objets scellant la mémoire des morts... Jusqu'à présent, j'avais réalisé pas mal de travaux difficiles. J'avais même transformé l'ancienne réserve d'une salle de réunions publiques en centre de documentation sur notre pays et la mer. Et j'avais fait aussi un musée du champignon d'une vieille cabane à brûler le charbon de bois en pleine montagne. Mais cette fois-ci, alors que l'on m'offrait un espace et un budget suffisants, il m'était difficile d'établir un lien rationnel qui me permît d'imaginer un plan complet. C'était comme si mes circuits de transmission nerveux s'étaient embrouillés quelque part et n'arrivaient pas à revenir à la normale.

— Ce qui me tracasse le plus, c'est l'électricité. Avec un plafond aussi haut, l'éclairage va être difficile. Parce que la lumière est le principal ennemi des objets exposés, mais que s'il fait trop sombre on n'y verra rien du tout. En tout cas, il faudra sans doute utiliser des lampes fluorescentes, à faible rayonnement ultraviolet, émettant peu d'énergie.

En abordant les problèmes les plus concrets, j'essayais de défaire l'embrouillamini de mes nerfs.

— Je vais jeter un coup d'œil au tableau de distribution pour vérifier l'installation électrique.

Le jardinier s'attaquait avec sérieux au problème que j'avais soulevé. Se déplaçant avec agilité, il inspecta chaque recoin de l'écurie, allant jusqu'à m'indiquer de nouvelles possibilités. On l'appelait jardinier par commodité, mais il était plutôt l'homme à tout faire de la propriété. Electricité, plomberie, construction, conception, il avait acquis des techniques basées sur l'expérience dans tous les domaines. Le voltage des lampes, la suppression d'un certain nombre de cloisons, l'élargissement du couloir central, selon lui, tout pouvait être réalisé selon mon désir.

— Pas de problème, ça ira. Soyez sans inquiétude. Laissez-moi faire. Je me débrouillerai, disait-il.

En sa présence, la contraction de mes nerfs se relâchait peu à peu, et j'en venais à penser qu'il n'y avait réellement aucun problème. Peu à peu s'esquissait la transformation de l'écurie en un splendide musée. Ah oui, à l'endroit que l'on remarquerait en premier, je ferais faire une vitrine spéciale où j'exposerais le sécateur de son arrière-grand-père.

Ci-gît le sécateur à l'origine de ce musée.

4

Ce que je craignais arriva. Un dimanche matin, les chatons blancs et cotonneux des peupliers de la propriété commençaient à voler. Les alouettes chantaient à tue-tête.

Depuis que la vieille dame m'avait exposé son projet de musée, je m'attendais que ce jour arrivât tôt ou tard, mais je n'avais cessé d'espérer que ce fût le plus tard possible, et même, si possible, qu'il ne vînt jamais. Mon vœu ne fut pas exaucé. Il y eut un mort au village.

C'était un chirurgien âgé de cent neuf ans. Il était semble-t-il en train de battre le record de longévité du village, ce qui lui avait valu une photographie à côté de son avis de décès dans le journal local. Né dans une famille qui tenait une clinique depuis des générations dans le village, il avait consulté jusqu'à plus de cent ans, mais ces derniers temps, comme on pouvait s'y attendre, une surdité naissante l'avait tenu éloigné de son cabinet, avait-on écrit dans l'article. Il était mort de vieillesse.

— Allez, on y va, dit la vieille femme en levant sa canne pour désigner un point quelque part derrière la fenêtre. Comme pour mieux montrer l'excitation de son cœur, son excroissance sur le front était encore plus rouge que d'habitude, tandis que ses veines ressortaient d'une manière inquiétante sur le dos de ses mains.

J'ouvris prudemment la bouche :

— Et que va-t-on nous donner ?

— Donner ? Mais qu'est-ce que vous nous racontez là ? Je vous l'ai déjà expliqué, n'est-ce pas ? Il n'y a pas d'âme dans ce que l'on nous donne. Le souvenir que nous devons trouver est invariablement enfermé dans un endroit difficile d'accès. Nous avons le devoir de nous porter à son secours. Dussions-nous affronter les dangers les plus redoutables ou recourir aux procédés les plus malhonnêtes. Dès lors qu'ils seront conservés dans notre musée, le moyen utilisé, qu'il soit bon ou mauvais, n'aura plus aucune importance.

Là, elle se racla la gorge, s'humecta les lèvres, et prit pour une fois le temps de réfléchir. Les rides aux commissures de ses lèvres se crispèrent.

— Le scalpel, commença-t-elle d'une voix rauque. Le scalpel à rétrécir les oreilles. Il n'y a pas de souvenir plus approprié. Il gagnait frauduleusement de l'argent en rétrécissant les oreilles. C'était un médecin avide. Un type capable de vous supprimer les oreilles, le nez ou même des os crâniens, du moment qu'il s'enrichissait. Derrière l'escalier de la salle d'attente, il y a une petite pièce avec une plaque indiquant le cabinet des prélèvements sanguins. Quand vous y serez, il faudra d'abord déplacer l'armoire à seringues. Une petite porte peinte en vert mousse apparaîtra sans doute dans le mur. Derrière se trouve un escalier qui descend au sous-sol. Il y fait noir, mais vous n'avez rien à craindre. Vous n'aurez qu'à le descendre jusqu'au bout. C'est là que se trouve la salle d'opération clandestine. Vous avez compris ?

J'acquiesçai en silence.

— C'est une pièce carrée, sans fenêtre, avec un lit au centre. Il doit être équipé d'un dispositif métallique d'une drôle de forme qui sert à maintenir la tête les oreilles écartées. Ça ressemble à une sorte de collier pour gros chien ou à l'ébauche d'un casque. Le scalpel se trouve dans le troisième tiroir à partir de la droite du quatrième niveau à partir du haut de l'armoire à pharmacie. Il ne faut pas le confondre avec les scalpels à incision. Vous devez chercher le plus imposant, avec une poignée légèrement incurvée, qui a une encoche sur la lame. C'est celui-là que je veux. Le scalpel qui a raboté mes oreilles.

La vieille femme gratta son furoncle, essuya à sa manche la salive qui débordait de ses lèvres. Ses oreilles, toujours aussi mutilées, étaient cachées dans ses cheveux blancs.

La jeune fille était élégante dans ses vêtements de deuil. Sa robe taillée dans une soie de bonne qualité recouvrait souplement son corps, et lorsque le vent soufflait le bas évasé de la jupe ondulait, découvrant à peine ses genoux. Ainsi enveloppée de noir, sa peau transparente était encore plus remarquable. Chaque fois qu'elle se tournait vers moi, ses cheveux effleuraient le tissu, dans un petit bruit qui ressemblait à un chuchotement.

— Pour devenir une assistante compétente, la condition première est que ma tenue de deuil soit seyante, m'avait-elle dit en souriant.

La voiture étant peu pratique en cas de problèmes j'avais décidé d'utiliser les bicyclettes. Nous les laissâmes sur la place pour marcher jusqu'à la clinique où avait lieu le rassemblement de la veillée. La clinique se trouvait au bout d'une petite rue qui partait au coin de la poste après les arcades. Il y avait des bougies et des couronnes de fleurs artificielles, si bien que seul cet endroit ressortait dans l'obscurité. La nuit était douce, sans étoiles, tandis que la lune, délavée, semblait prête à fondre à tout instant.

— C'est bien, n'est-ce pas ?

Je lui avais adressé la parole pour calmer mon esprit. Elle hocha la tête avec exagération. Dans la poche du costume noir que la vieille dame m'avait prêté se trouvait le couteau à cran d'arrêt que le jardinier m'avait obligé à emporter sous prétexte que j'en aurais forcément besoin.

Les visiteurs étaient alignés jusqu'au portail. Nous nous mêlâmes facilement à la file d'attente. Elle s'étendait jusqu'au fond du jardin de la maison familiale, qui longeait la clinique, le corps de l'ancien chirurgien ayant été installé dans le salon. Pour ne pas nous perdre, nous faisions attention à rester à portée de regard l'un de l'autre. Heureusement, il y avait beaucoup de monde qui se bousculait à l'intérieur, si bien que l'on ne nous remarqua pas particulièrement.

— La veillée et les funérailles sont une sorte de fête. Tout le monde est excité par la situation où la mort est venue brutalement interrompre la monotonie du quotidien, l'équilibre hormonal est perturbé, les bras et les jambes sont maladroits et perdent leur calme. Dans ces moments-là, personne n'a le temps de réfléchir ni de faire attention aux autres. Il suffit de porter un vêtement de deuil pour être reconnu comme quelqu'un en conformité avec l'endroit. Vous voyez, vous n'avez pas à être intimidé. Ne cherchez pas à jouer un rôle. Il vous suffit de nager tranquillement comme un poisson abyssal la nuit au fond de la mer.

Je me souvenais de chacun de ses mots. Je me répétais intérieurement ses instructions pour ne pas les oublier. Jusqu'à présent, elle m'avait fatigué avec ses manifestations d'égoïsme, mais l'attitude dont elle faisait preuve maintenant qu'il s'agissait de se procurer des objets hérités des défunts était pleine de dignité et profondément réfléchie.

Notre tour arriva de brûler de l'encens. La photographie du défunt représentait un vieillard en robe blanche. Le couvercle du cercueil était ouvert, mais, en dehors des fleurs et du tissu blanc, on n'apercevait que les articulations étrangement saillantes de ses mains croisées sur sa poitrine. La jeune fille ferma les yeux et, les mains jointes, pria un long moment tête baissée. Elle n'était pas le moins du monde intimidée, ni tendue. Elle paraissait s'abandonner calmement à la douleur d'avoir perdu un être cher.

Ensuite, nous avons agi comme nous en étions convenus. En quittant le salon, sans nous diriger vers l'entrée, nous prîmes le couloir qui passait le long de la salle à manger. Une odeur de nourriture émanait de la cuisine où des personnes en tablier s'activaient, l'air très occupé. Après avoir tourné deux fois dans le couloir qui longeait une cour intérieure, on trouvait les toilettes à gauche et une resserre sur la droite, et en face une banale porte grise. C'était derrière cette porte que se trouvait la clinique. Sans nous arrêter, nous en remettant au mouvement de notre corps, nous la franchîmes avec une assurance et une rapidité telles que personne n'aurait pu nous soupçonner.

Il n'y avait personne dans ce lieu éclairé uniquement par les lampes des sorties de secours. Dès que la porte fut refermée, le brouhaha de la veillée funèbre s'éloigna. Le plan que la vieille femme avait tracé était exact. Il n'y avait aucune erreur, qu'il s'agisse de la position des banquettes de la salle d'attente ou de la couleur des sandales d'intérieur. Grâce à elle, nous trouvâmes sans difficulté la pièce des prélèvements de sang.

Cependant, déplacer l'armoire demanda plus de force que prévu. En inoxydable, elle était assez lourde, et dès qu'on la remuait sans précaution les seringues, les désinfectants et les ampoules émettaient un grincement désagréable à l'oreille.

La jeune fille et moi, nous la déplaçâmes petit à petit, soufflant mutuellement dans nos oreilles. Nos paumes étaient vite devenues moites et collantes. Mes yeux s'étaient accoutumés, et je distinguais la jeune fille à la seule clarté de la lune. Il me semblait que j'aurais pu suivre du bout des doigts ses joues rondes et même le contour de ses lèvres pures.

Bientôt, comme la vieille femme l'avait dit, la porte vert mousse fit son apparition. Elle était recouverte de poussière et de moisissures, ce qui montrait bien qu'elle n'avait pas été utilisée depuis longtemps, mais la peinture verte qu'on aurait dit avoir été réalisée par un amateur était d'une nuance qui cadrait mal avec l'endroit. Elle s'ouvrit inopinément, d'une simple pression sur la poignée, dans un nuage de poussière. J'appuyai sur le bouton de ma torche électrique.

La salle d'opération dégageait une odeur putride de médicaments. En restant immobile, on risquait d'avoir envie de vomir. Je ne savais pas en quoi consistait exactement une salle d'opération, mais l'endroit manquait manifestement de neutralité scientifique. Les ferrures accrochées au lit symbolisaient à elles seules l'ensemble de la pièce.

C'était un outillage complexe, tyrannique et disgracieux. Plusieurs fines plaques métalliques imbriquées formaient une courbe ajustée à la calotte crânienne, agrémentée tout autour de bracelets de cuir avec des ressorts, de gros trombones, de vis et de crochets. Je n'avais aucune idée du rôle que pouvait jouer chacun des éléments. Le système permettait sans doute, une fois la tête immobilisée, de faire ressortir automatiquement les oreilles et de les allonger, mais on ne voyait pas de dispositif cohérent permettant de commander l'ensemble.

La seule chose évidente, c'était que plusieurs personnes s'étaient allongées là, présentant leurs oreilles. Pour preuve, ces quelques cheveux collés à l'intérieur des plaques et la couleur sombre des bracelets de cuir imprégnés de sang.

Quatrième niveau à partir du haut de l'armoire à pharmacie, troisième tiroir à partir de la droite. Ensemble, nous comptâmes en silence. Encore un petit effort. J'essayai de me donner du courage. Sous peu nous allions obtenir ce que nous étions venus chercher.

Mais le tiroir était fermé à clef. J'essayai de changer l'angle selon lequel je tirais, puis de le secouer, mais en vain.

Je me retournai vers la jeune fille. Ses yeux d'un noir de cassis mouillé, encore plus profond que les ténèbres alentour, me regardaient. Sa respiration tiède arrivait sur ma main qui tenait la lampe électrique.

Je sortis le couteau à cran d'arrêt de ma poche. Alors que je n'avais rien senti quand le jardinier me l'avait prêté, au moment où j'allais m'en servir, il me parut lourd comme du plomb, et la réaction du ressort lorsque je libérai la lame me paralysa le bout des doigts.

Je n'avais jamais forcé de serrure. Il ne me restait qu'à appliquer la méthode que je pensais bonne. J'introduisis plusieurs fois le couteau dans l'intervalle du tiroir. Le choc de la lame contre la serrure produisait un bruit au timbre désagréable qui perçait les tympans. La jeune fille s'agenouilla, observant mes gestes maladroits, prête à intervenir si elle pouvait se rendre utile.

Soudain, la serrure céda d'un coup sec. La sueur coulait le long de mon dos. C'est la jeune fille qui ouvrit le tiroir. Plusieurs sortes de scalpels étaient alignés, mais je reconnus tout de suite celui que la vieille dame voulait. Parce qu'il était le seul de son espèce dans un casier spécial, et manifestement beaucoup plus solide que les autres.

Avec un instrument pareil, on pouvait sans aucun doute enlever aisément un cartilage. Je vérifiai encore une fois à l'aide de la torche que je ne m'étais pas trompé. Le tranchant de la lame était ébréché en plusieurs endroits, et il restait çà et là des traces de sang. Je pensai qu'il s'agissait peut-être de celui de la vieille femme. Puis je le mis dans ma poche avec ma lampe.

Lorsque nous nous retrouvâmes dans le cabinet des prélèvements sanguins, la lune avait fini par se cacher derrière les nuages. Nous refermâmes la porte et entreprîmes de remettre l'armoire à sa place. Fut-ce le relâchement d'avoir récupéré l'objet sans problème, ou au contraire un faux mouvement provoqué par une trop longue tension ? Notre équilibre jusqu'alors parfait se rompit. Un flacon tomba dans l'armoire et se brisa.

Cela ne fit sans doute pas beaucoup de bruit. Mais il fut suffisant pour nous faire trembler.

— Ça va aller.

Je venais de lui adresser la parole pour la première fois depuis que nous nous étions introduits dans la clinique. J'avais compris qu'elle avait peur. Elle s'était laissée tomber, les yeux mi-clos, cramponnée à l'armoire. Sur le sol, l'ourlet de sa tenue de deuil s'étalait en un cercle d'où l'on voyait poindre à angle droit ses deux jambes graciles.

J'attendis que les dernières résonances eussent totalement disparu. Je comptai une, deux, trois, quatre gouttes de produit qui tombèrent du flacon brisé. C'était le seul mouvement perceptible à l'intérieur du cabinet des prélèvements sanguins.

Nous entendîmes quelqu'un marcher du côté de la salle d'attente. Au départ, c'était si léger que je crus que je me faisais des idées, mais bientôt le bruit de pas fut si réel qu'il ne me fut plus permis de douter, d'autant plus qu'il se rapprochait peu à peu.

De toute façon, nous restions immobiles. Nous aurions peut-être dû nous dissimuler quelque part, mais, dans cette tranquillité, c'était dangereux de se déplacer, ne serait-ce qu'un peu. Nous avions le souffle suspendu, de manière à ne pas bouger le moindre cil.

Que faire si nous étions surpris ? J'essayais de réfléchir au moyen d'éviter une situation compliquée, sans y mêler la jeune fille et tout en emportant le scalpel. Mais ma tête ne fonctionnait pas correctement, et seules les frêles épaules de la jeune fille qui tremblait devant moi envahissaient mon champ de vision. J'avais une envie irrésistible de les serrer dans mes bras. J'avais l'impression qu'il me suffirait de toucher ses épaules, ou à défaut ses genoux ou ses oreilles, pour que personne ne nous trouve.

Les bruits de pas étaient faibles et incertains. On aurait dit que le marcheur avait peur lui aussi d'être découvert. Il traversa le hall, passa par la salle d'attente, s'approcha du palier. On entendit même une main effleurer la rampe de l'escalier.

L'ancien chirurgien ne revenait-il pas pour pratiquer une opération ? Cette idée me taraudait encore plus que le pressentiment d'être découvert. Le médecin forçait la jeune fille à descendre dans la salle d'opération au sous-sol. Il l'allongeait sur le lit, glissait les doigts à travers sa chevelure et, après avoir vérifié l'emplacement de ses oreilles, attachait le dispositif sur sa tête. Il fixait les crochets, serrait les bracelets de cuir, tournait les vis. Les oreilles de la petite étaient fraîches comme si un être vivant autonome se trouvait seul à cet endroit. On voyait en transparence les vaisseaux derrière la peau blanche, tandis que le duvet ressortait à la lumière. Le médecin coupait sans hésitation et enlevait un morceau de cartilage avec son scalpel. Le cartilage, semblable à un corail bien poli, tombait trop facilement avec un bruit sec sur le sol...

Bientôt les pas gravirent l'escalier, s'éloignant en direction du premier étage. Nous nous prîmes par la main et, laissant là l'armoire et le flacon brisé, nous nous ruâmes hors de la clinique. A l'extérieur, les visiteurs pour les condoléances affluaient toujours. Nous courûmes sans réfléchir.

Le vent tiède nous environnait. Lorsque nous fûmes de retour aux arcades, il n'y avait pratiquement plus personne, mais nous continuâmes à courir sans ralentir. Les boutiques dont les rideaux étaient tirés, les lampadaires et les cheveux de la jeune fille emmêlés par le vent défilaient devant mes yeux. Sa main était petite, tout entière enfouie dans la mienne.

Lorsque nous nous retrouvâmes sur la place, nous étions à bout de souffle. Les bicyclettes attachées à la gouttière de sécurité nous avaient attendus. Je serrai la jeune fille dans mes bras. Je ne pouvais rien faire d'autre pour essayer de faire cesser ses tremblements.

Les phares d'une voiture qui faisait le tour de la place balayèrent nos pieds avant de disparaître. La fontaine ne coulait plus et les pigeons habituellement au bord de l'eau avaient dû rentrer dans leur nid, car on ne les voyait pas. Je voulais vérifier si les oreilles de la petite étaient intactes, mais je la serrais tellement fort que je n'arrivais pas à les voir.

Ce soir-là, j'écrivis à mon frère pour la première fois depuis mon arrivée au village. La nuit était déjà bien avancée.

Après avoir raccompagné la jeune fille à sa chambre, j'étais redescendu seul à la buanderie pour inscrire le nouvel objet dans le registre. La pièce était encore en désordre, mais pour moi elle commençait à dégager l'atmosphère familière d'une réserve. Je posai le scalpel à l'extrémité d'une étagère, et ne retournai dans ma chambre qu'après avoir rêvassé un moment assis sur le tabouret de la vieille dame. Alors que j'aurais dû être complètement épuisé, je n'avais pas du tout sommeil.

… Excuse-moi d'avoir tardé à t'envoyer une lettre, cher grand frère. J'avais envie de t'écrire tout de suite, mais il m'a fallu un peu de temps pour m'habituer à la vie d'ici. Je vais bien, rassure-toi… Comment s'est passée la rentrée des classes ? Les nouveaux élèves ne te donnent pas trop de souci ? Je serais content si tu pouvais me prêter le microscope du laboratoire la prochaine fois que je rentrerai. Je pense que je pourrai peut-être revenir une fois au cours de l'été… Le ventre de ta femme ne va pas tarder à s'arrondir, n'est-ce pas ? J'attends le jour où je serai tonton avec beaucoup d'impatience. Dis-lui de prendre soin d'elle et transmets-lui mes meilleures pensées… Le nouveau musée sera sans doute assez exceptionnel. Il est d'un style dont personne n'a jamais fait l'expérience jusqu'à présent. Comme les méthodes habituelles ne sont pas valables, cela entraîne pas mal de difficultés qui rendent le travail ingrat. Pour l'instant, tout va bien. Mes voisins sont gentils, mon assistante excellente, et mon employeur assure les finances. Le village est paisible, la maison confortable. Oui, tout va très bien…

Le dimanche suivant, à l'invitation du jardinier, nous allâmes tous les trois avec la jeune fille assister à une rencontre de base-ball*. Un

---

* Le base-ball, *yakyu* en japonais, a été introduit au Japon par les Américains à partir de 1873. Le jeu consiste à faire s'affronter deux équipes de neuf joueurs, alternativement en défense et en attaque, en neuf manches – une demi-manche de défense et une demi-manche d'attaque pour chaque équipe – sur un terrain en forme d'éventail – le diamant – délimité par quatre bases. Le lanceur de l'équipe jouant la première en défense se place sur le mont, au centre du diamant, et lance la balle au batteur de l'équipe adverse qui se tient à la base de départ ou marbre – *home* –, dans la zone de prise défendue par le receveur. Le batteur tente d'expédier cette balle le plus loin possible dans la zone de jeu hors de portée des autres joueurs qui essaient de l'attraper, afin de faire le tour des trois bases et de revenir à la base de départ. *(N.d.T.)*

match opposant l'Association des éleveurs de poulets au Syndicat des instruments de précision. La femme de chambre nous avait préparé tout un tas de sandwichs.

J'avais travaillé dur au cours de la semaine. J'avais fait mettre à ma disposition la salle de billard, elle aussi au sous-sol, que j'avais aménagée en salle de travail en lui apportant çà et là quelques améliorations. Par ailleurs, pensant que de la manière dont on s'y était pris jusqu'alors il était impossible d'enregistrer correctement la véritable nature des objets de la collection, j'avais réalisé un nouveau registre en créant ma propre classification. J'avais également fait développer les photographies afin d'établir une fiche de documentation correcte pour chaque objet.

Mais j'avais eu beau me lancer à corps perdu dans le travail, j'avais été incapable d'enfouir dans un tiroir de ma mémoire la réalité du vol du scalpel de l'ancien chirurgien de cent neuf ans. Alors même que, face à mon bureau constitué par le billard sur lequel j'avais fixé une planche, je recueillais les mesures de chaque objet ou vérifiais s'il y avait des manques ou des endroits abîmés, je n'arrivais pas à me défaire de la sensation éprouvée au moment de saisir le scalpel.

Puisqu'à l'origine il avait servi à des opérations clandestines et que maintenant il était tout simplement inutile, la famille ne se rendrait sans doute même pas compte qu'il avait été volé. J'essayais ainsi de me réconforter, en pure perte. La conscience de la faute, sédimentée en plusieurs couches, se transformait en pénible sentiment de fatigue qui me tourmentait.

Honnêtement, lorsque le jardinier m'invita pour la première fois, ça ne me tentait pas beaucoup. Mais comme je ne voulais pas décevoir quelqu'un qui était toujours aussi aimable avec moi, j'avais accepté. De plus, je me disais qu'en me changeant les idées le base-ball m'enlèverait sans doute un peu de cette fatigue qui ne me quittait plus.

Le temps était magnifique, il n'y avait pas de vent et la ligne de crête, habituellement noyée dans le brouillard, se détachait nettement sur le ciel. C'était idéal, on n'aurait pu imaginer meilleur temps pour le base-ball.

Dès que nous arrivâmes dans le parc forestier, je me rendis compte que l'ambiance n'était pas la même que lorsque nous y étions venus seuls, la jeune fille et moi. Sur le chemin de promenade qui conduisait au stade se succédaient des stands de vendeurs de glaces, de barbe à papa et de pommes d'amour, on tirait des feux d'artifice et l'on entendait une fanfare dans le lointain. Les enfants s'arrachaient des baudruches multicolores, les amoureux se serraient fort l'un contre l'autre. L'animation était telle que c'était à se demander d'où venaient tous ces gens.

La jeune fille, manifestement impatiente, me pressait. Elle portait une jupe portefeuille, un corsage brodé de perles et un chapeau de paille à larges bords. Toute trace du profil élégant et sérieux qu'elle avait montré lors de la veillée funèbre avait disparu, elle était redevenue une petite fille.

Et elle n'était pas seule dans ce cas. Aucun des villageois qui se dirigeaient vers le stade, tout entier exposé à la tiédeur du printemps, tout excités à l'idée du match qui allait commencer, ne se souciait du chirurgien de cent neuf ans qui venait de mourir de vieillesse.

Elle avait raison de nous presser : les tribunes étaient pratiquement pleines, et nous trouvâmes enfin trois places libres tout en haut vers l'extérieur, du côté de la première base. Le jardinier déballa aussitôt les sandwichs, acheta deux bières, et servit à la jeune fille du thé préparé dans un thermos.

— C'est assez important, n'est-ce pas ? fis-je remarquer au jardinier.

— C'est parce que c'est le match d'ouverture du Tournoi de printemps, voyez-vous. En plus, cette année, dès le début on a une bonne combinaison. Les Eleveurs de poulets ont déjà le nombre le plus important de victoires dans le passé, douze dont cinq consécutives, et les Instruments de précision, c'est une nouvelle équipe qui a gagné l'année dernière pour la première fois, après avoir engagé de bons joueurs en renfort. Allez, ne vous gênez pas, mangez.

— Je vous remercie. Alors, laquelle des équipes devons-nous encourager ?

— Celle qui vous plaît, bien sûr, mais, moi et mademoiselle, nous sommes à fond pour les Eleveurs de poulets. Nous avons toujours été des fans. C'est comme ça depuis la génération de l'arrière-grand-père, vous savez. Ils n'ont pas de pouvoir, mais c'est un groupe de joueurs d'une haute capacité sportive, qui mènent un jeu subtil. Un jeu fascinant à regarder, vous allez voir.

Le jardinier, les joues pleines, mâchait ses sandwichs avant d'avaler de grandes goulées de bière. La sirène retentit, le jeu commença.

Je n'en attendais pas grand-chose, dans la mesure où il s'agissait de base-ball sur herbe, mais le niveau était étonnamment haut. Le lanceur des Instruments de précision faisait de longs lancers classiques à gauche, tandis que celui des Eleveurs de poulets, qui était plutôt maigre, faisait de bons lancers latéraux. La défense était solide et les actions des lanceurs principaux de chaque équipe assez puissantes.

La rencontre commença tranquillement. Il y eut un coup sûr de chaque côté, mais cela ne continua pas et jusqu'à la troisième manche le score resta de 0 à 0.

— Vous ne faites pas de base-ball ? me demanda la jeune fille en s'asseyant, dépitée après qu'une occasion de 2-0 à la deuxième base eut été manquée à cause d'une chandelle au centre.

— Le sport, ce n'est pas mon fort, lui répondis-je.

— Un homme qui ne joue pas au base-ball, c'est incroyable, hein ? répliqua-t-elle, cherchant à obtenir l'approbation du jardinier. Tous les hommes apprennent la vie à travers le base-ball, non ?

— Vous avez tout à fait raison, mademoiselle.

Le jardinier lui resservit du thé. Elle mangeait toujours ses sandwichs. Sans se préoccuper du thon ou des tomates qui sortaient du pain, les coudes posés sur ses cuisses, elle engouffrait tout indifféremment.

Devant nous, quelqu'un poussa des cris, provoquant des ricanements. Autour de nous, les spectateurs avaient eux aussi déballé leur pique-nique. Toutes sortes d'aliments, bière, poulet frit ou chips, prenaient le chemin des bouches. Le troisième batteur des Instruments de précision vint se placer dans la zone de prise, le lanceur latéral attendit un signe du receveur. La demi-manche d'attaque de la quatrième manche commença.

— Alors, qui est-ce qui vous a appris le monde, à vous ?

— Je crois que c'est le microscope, répondis-je, après un instant de réflexion. La jeune fille et le jardinier poussèrent ensemble un cri étonné.

— Comment peut-on apprendre avec un microscope la persévérance, l'humiliation, le sacrifice ou la jalousie ?

— Eh bien, c'est difficile à expliquer, mais par exemple, dans les cellules vivantes que l'on peut observer à travers l'objectif, le sacrifice et même la jalousie, ça existe, tu sais. Viens un de ces jours. Je te montrerai.

— Vraiment ? C'est promis !

Au moment précis où elle portait à sa bouche le dernier sandwich, au poulet, il y eut un coup gagnant au centre. Dans un mélange de soupirs et d'acclamations, la tribune ondula, houleuse.

Le soleil, au zénith, éclairait jusqu'au moindre grain de terre soulevé par les crampons. Un enfant avait dû la lâcher, car une baudruche qui dérivait dans le ciel était sur le point de disparaître derrière les arbres. Le quatrième batteur avait été empêché par une prise, mais l'écart se creusa lorsque le cinquième passa entre la première et la deuxième base.

J'étais très occupé, car la jeune fille me posait toutes sortes de questions. Dès que ma bouche était vide, je poussais des cris d'encouragement à l'adresse du lanceur de l'équipe des Eleveurs de poulets, applaudissais à chaque balle manquée par le batteur, avant de profiter d'une occasion pour m'attaquer au chausson aux pommes du dessert. Le ruban rouge attaché au chapeau de paille de la petite ne cessait de se balancer dans son dos.

Le sixième coup fut court et la balle rebondit sur le sol, mais il ne fut pas raté. Le jardinier se redressa en s'exclamant : "Bien !" Le coup fut précis, mais le manque de puissance du batteur fut un désastre, et pour ajouter au malheur il n'obtint même pas de double jeu, car pendant ce temps-là le gardien de la troisième base était revenu, prenant aisément les devants. De dépit, la jeune fille mordit un morceau encore plus gros de chausson aux pommes. Le jardinier et moi achetâmes d'autres bières et un sac de pop-corn.

— Ah oui, il faut que je vous rende ça…

Je sortis le couteau à cran d'arrêt que j'avais gardé sur moi.

— … Je vous remercie beaucoup de me l'avoir prêté. Il m'a été très utile. Sans lui, je n'aurais sans doute pas récupéré l'objet. J'ai peur que la lame ne soit un peu endommagée, car je l'ai utilisée pour forcer une serrure.

Le jardinier ouvrit le couteau et le brandit dans l'espace pour mieux l'observer. Alors que dans la pièce au sous-sol il n'avait été qu'un objet métallique lourd et maléfique, ainsi exposé à la lumière, il ressemblait à un objet d'art imposant, magnifiquement décoré. Le manche était recouvert d'argent sculpté, et la virole était garnie d'une étoile en ivoire, tandis que la courbe faisant suite à celle de la lame avait été calculée pour donner de l'équilibre à l'ensemble.

— Non, ça va. La lame n'est pas abîmée. Ce n'est pas un couteau bâclé au point de s'ébrécher à la première serrure. Si vous voulez, je vous l'offre. Puisque je ne vous ai pas fait de cadeau de bienvenue.

Le jardinier me le remit dans la main après l'avoir refermé.

— Vous êtes sûr ? Quelque chose d'aussi coûteux.

— Je ne l'ai pas acheté. Je l'ai fabriqué moi-même. Alors ne vous en faites pas. Si la lame s'émousse, vous pouvez me l'apporter à n'importe quel moment. Je vous l'affûterai.

A ce moment-là, une balle travaillée arriva dans notre direction. La jeune fille poussa un cri et s'agrippa au jardinier.

— Bon, laissez-moi faire.

Il leva bien haut la main gauche, et la balle vint s'y poser en douceur, comme s'il en avait été convenu à l'avance. Déséquilibré, le chapeau de paille tomba à mes pieds.

— *Nice catch !*

Des applaudissements s'élevaient des rangs de spectateurs. Le jardinier, embarrassé, relança la balle en direction des employés du stade. Ce fut un tir précis et bien contrôlé. Je rangeai le couteau à cran d'arrêt dans la poche de mon pantalon avant de ramasser le chapeau de paille pour le remettre en place sur la tête de la jeune fille.

Jusqu'à la septième manche, on était toujours au score de 1 à 0. D'une manche à l'autre, la force des lancers du gaucher augmentait et les Eleveurs de poulets qui en avaient assez de frapper ne virent arriver aucune véritable chance. Dans la huitième manche, le lanceur latéral fit preuve d'une certaine fatigue, et quatre balles frappées à la suite apportèrent un point de plus. Par ailleurs, l'attrapeur laissa passer une balle de 2-0 à la troisième base, mais par chance elle frappa le ciment sur la gomme, rebondit, et il y eut un *touch out* au marbre.

— C'est un match bizarre, hein ?

Les joues de la jeune fille, brûlées par le soleil, étaient rouges et desséchées, et des miettes de chausson aux pommes étaient collées aux commissures de ses lèvres.

— Si l'on persévère, la chance vient forcément. C'est ça le base-ball. Ça va aller. Il n'y a pas à s'inquiéter.

Pour le base-ball aussi, le jardinier avait les mêmes tics de langage. Je bus la fin de ma deuxième bière, déposai la cannette vide sous le banc. Les grains de pop-corn tombés du sac s'étalaient à nos pieds.

Le chiffre 1 apparut sur le tableau d'affichage de la huitième manche en attaque. Le panneau était vieux et fatigué, et la peinture du 0 et du 1 à moitié penchés l'un vers l'autre était écaillée. L'ombre des toits derrière les filets de protection avançait en changeant peu à peu de forme, mais le soleil était toujours juste au-dessus de nous.

A ce moment-là, je commençais déjà à aimer moi aussi l'équipe de l'Association des éleveurs de poulets. Elle manquait incontestablement de force explosive, mais elle était fidèle à son jeu sobre et discret. Tous les joueurs avaient les jambes et les épaules solides, un sens raffiné vis-à-vis de la balle, ce qui donnait de l'élégance à chaque jeu. Tout me plaisait chez eux : leur attitude confiante lorsqu'ils faisaient circuler la balle dans la zone de jeu avant d'entrer en défense, l'accueil chaleureux que leur réservaient les tribunes lorsque l'un d'eux avait bien joué, jusqu'au geste du coach qui frottait leur uniforme pour en enlever la terre lorsqu'ils avaient glissé sur une base.

On arriva enfin à la neuvième manche en défense. Le batteur principal quitta la base après quatre balles.

— Vous voyez, je vous l'avais bien dit. Il n'y a pas de match sans que la chance ne vienne tôt ou tard.

Imitant le jardinier et la jeune fille, je me levai à mon tour. Mes jambes vacillèrent, et je me rendis compte alors que j'étais légèrement ivre.

Au dernier moment, les Eleveurs de poulet retrouvèrent leur énergie en attaque. Les lancers du gaucher des Instruments de précision n'avaient pas perdu de leur force, mais ils commençaient à montrer un léger dérèglement dans le contrôle. Le dernier batteur, qui était tombé sur trois coups à la suite, frappa un coup texan de *short over*, et le premier qui le suivit, ayant prit l'option de quatre balles, le résultat final fut de 1-0 à toutes les bases. Le jardinier et la jeune fille scandèrent en chœur le nom du batteur. Celui-ci, un petit gabarit qui gardait la deuxième base, après avoir tenu quatorze balles, lança un léger *light fly*. Le gardien de la troisième base fit un *touch up*, rendant enfin un point.

Le jardinier et la jeune fille se démenaient comme si les rôles étaient totalement inversés. Ils sautaient de joie, piétinant le pop-corn renversé.

— Ce serait bien si plus personne ne mourait… murmurai-je. Je ne m'étais pas adressé particulièrement à quelqu'un, mais j'avais laissé remonter discrètement ces mots du plus profond de mon cœur.

— C'est un souhait impossible, répondit néanmoins le jardinier en se tournant vers moi. Les gens du village meurent les uns après les autres. C'est inscrit dès avant leur naissance. Personne ne peut s'opposer à ce qu'il en soit ainsi.

Puis il posa sa main sur mon dos, comme pour me consoler.

— Je suis angoissé à l'idée de savoir si la prochaine fois et celles qui suivront je serai capable de récupérer correctement les objets.

— Je comprends. Mais peut-être est-ce seulement parce que vous n'êtes pas encore habitué. A côtoyer les morts dans de telles conditions. Cela fait encore peu de temps que vous êtes arrivé au village. Alors ce n'est pas étonnant.

Mais la plupart des inquiétudes passent beaucoup plus facilement qu'on ne le pense.

Le troisième batteur frappa une balle qui lui arrivait en hauteur. Elle traversa le terrain et continua vers le centre de l'aile gauche, qu'elle dépassa.

Je la vis survoler la pelouse en ligne droite. Sa trajectoire était tellement vive qu'une douleur me traversa la poitrine. La main du jardinier était toujours sur mon dos. Les cheveux de la jeune fille qui sortaient de son chapeau ondulaient près de mon épaule. Sur le moment, nous fûmes tous les trois envahis du sentiment d'avoir accompli une grande chose. L'entraide nous avait permis de recueillir une preuve physique de l'existence du chirurgien.

Le gardien de la troisième base revint, suivi de celui de la deuxième qui, en direction de la base de départ, tentait d'atteindre le marbre. La balle roula dans la zone de hors-jeu.

5

Selon l'almanach de la vieille dame, juin était le
mois du désherbage, de la fabrication des couronnes de fleurs, des feux de joie, et, de toute
l'année, le mois le plus stimulant. Conformément
à l'almanach, à partir de juin, le vert des jeunes
pousses devint de plus en plus vif, tandis que le
vent qui soufflait des montagnes était chargé
des promesses de l'été.

Le jardinier se lança dans les travaux de rénovation des écuries. Il embaucha trois jeunes du
village, leur donna d'habiles directives, et ils
commencèrent tout d'abord par enlever plusieurs des cloisons qui délimitaient les stalles. Ils
venaient tous les trois chaque jour à bicyclette
dans la mesure où il ne pleuvait pas, et travaillaient en silence. Ils pratiquaient des trous dans
les murs à l'aide d'une foreuse électrique, les
démolissaient au burin, puis entassaient les briques dans un chariot qu'ils allaient déverser tout
au bout du jardin.

Pour procéder à la stérilisation des objets de
la collection, je fabriquai dans la cour de l'écurie un dispositif simplifié de fumigation à partir
d'un tonneau métallique. J'avais décidé d'utiliser
des branches de tilleuls qui poussaient dans les
bois et de suspendre les objets à enfumer à l'intérieur du tonneau à l'aide de fil de fer. Bien sûr,

comme il n'y avait pas de thermostat, j'étais obligé de surveiller continuellement l'état de la fumée, ce qui rendait le travail assez contraignant.

— Pourquoi du bois de tilleul ? me demanda la jeune fille en démêlant le fil de fer.

— Parce qu'il est pauvre en résine et que sa sève a une action désinfectante. Et que l'ombre des tilleuls a toujours été un refuge au voyageur. C'est l'arbre qui symbolise la pureté, vois-tu. Il est aussi chanté dans *Le Voyage d'hiver* de Schubert, n'est-ce pas ?

— Aah, c'est ça ?

Elle semblait ne pas connaître *Le Voyage d'hiver*. Elle était en train de se donner beaucoup de mal, ne sachant pas comment accrocher une chouette en bois sculpté. La grosse chouette aux ailes déployées menaçait de glisser et de tomber où que l'on enroulât le fil de fer.

— Mais pourquoi faut-il faire des choses aussi compliquées ?

Elle posait toujours un grand nombre de questions. Elle léchait ses lèvres, clignait des yeux, et me regardait d'un air signifiant qu'elle attendait forcément ma réponse.

— Même si, après l'avoir passée à l'eau, la surface paraît propre, dedans il reste peut-être des insectes ou des germes de moisissures encore en vie. Et s'ils prolifèrent à l'intérieur de la réserve, c'est très ennuyeux. Cela nécessite un traitement minutieux.

Je feuilletais les fiches, cherchant le numéro d'enregistrement de la chouette. C'était un objet hérité de l'ancien président d'une association de protection des oiseaux sauvages qui avait aimé ces animaux plus que femme et enfants. La chouette, symbole de l'association, sculptée dans le bois, ornait la table de son bureau de président.

— Quelle prudence.

— Tous les musées font ça, tu sais. Ma façon de faire n'est pas particulièrement minutieuse. En fait, j'aimerais procéder d'une manière beaucoup plus rigoureuse. Les objets métalliques sont recouverts d'un film de résine synthétique qui les isole de l'air. Pour les objets en bois, l'eau qu'ils contiennent, préalablement congelée, est brutalement vaporisée, pour éviter les déformations ou les fissures. Ou encore… enfin, il y a toutes sortes d'autres méthodes, ici on n'a ni l'équipement ni le matériel, mais je ne me plains pas.

— Conserver les choses, c'est beaucoup plus compliqué que je ne l'imaginais.

— C'est normal. En général, si on les néglige, elles finissent par tomber en poussière. Les insectes, les moisissures, la chaleur, l'eau, l'air, le sel, la lumière, tout est néfaste. Tout tend à la décomposition du monde. Rien n'est immuable.

— Ma mère est immuable. Elle est restée la vieille dame que vous voyez depuis que j'ai été accueillie ici.

— C'est vrai… tu as peut-être raison.

Nous avons échangé un regard en souriant avant de retourner chacun à son travail. Elle réussit à enrouler le fil de fer autour des pattes de la chouette et à la suspendre au crochet en faisant attention à ne pas la faire tomber. Je refermai le couvercle du tonneau avant d'ajouter deux ou trois branches de tilleul.

Les rayons du soleil étaient éblouissants, l'après-midi chaud. Les rideaux des fenêtres grandes ouvertes de l'annexe dans laquelle nous vivions le jardinier et moi ondulaient tranquillement de temps à autre, tandis que près de la porte de la cuisine voletaient des piérides du chou venues du jardin d'agrément. L'ombre du soleil s'étirait le long de la tache verte du bois qui s'étendait sur la gauche, derrière lequel on apercevait la silhouette du manoir.

Des écuries nous parvenaient sans interruption les vibrations de la foreuse, la voix du jardinier et le fracas des tuiles défoncées. Assise sur la margelle du puits auquel les chevaux venaient s'abreuver autrefois, elle surveillait la fumigation de la chouette. La fumée qui s'échappait en volutes s'en allait, disparaissant quelque part vers le ciel.

Ses cheveux qui avaient poussé depuis notre première rencontre lui arrivaient jusqu'à la moitié du dos. Elle essuya négligemment la sueur de son front avec la paume de sa main et, pour éviter qu'un coup de vent ne fît s'envoler les fiches, ramassa un morceau de brique qu'elle posa dessus.

La foreuse électrique fit encore plus de bruit. Mais ce n'était pas désagréable. J'aimais bien regarder travailler les jeunes gens au milieu de ce tumulte débordant de vie. J'ignorais ce qu'ils savaient au juste de ce musée qu'ils s'apprêtaient à construire, mais en tout cas ils n'étaient pas avares de leur force. Et, en découvrant soudain au bout de mon regard le tas de briques dont le volume avait encore augmenté à la lisière du bois, j'avais la certitude de progresser réellement dans la direction que je m'étais fixée.

Les objets de la collection étaient alignés sur un plastique à nos pieds. A notre droite étaient posés ceux dont la fumigation était terminée, à notre gauche, ceux qui n'y étaient pas encore passés. Coffret à bijoux, pelote de laine, œil de verre, corne de rhinocéros, chaussure de cuir, granite, écharpe… tous attendaient sagement leur tour.

Au fur et à mesure que les objets de la collection, au départ hétéroclites et sans intérêt, passaient et repassaient entre nos mains pour l'enregistrement et la restauration, ils finissaient par susciter un certain attachement de notre part. Même si nous ne prenions qu'une partie incohérente de cet énorme amas d'objets, il y naissait obligatoirement une harmonie. Le temps et la mémoire qu'ils avaient emmagasinés se combinaient pour composer une atmosphère d'une certaine cohésion.

— Maintenant, l'intérieur de la chouette grouille de petits vers, n'est-ce pas ? dit-elle en suivant la fumée des yeux. Les deux jeunes gens apparurent, qui poussaient le chariot plein de tuiles. Le jardinier, un plan à la main, sortit la tête dans l'encadrement de la porte, leva la main pour nous faire signe comme s'il nous demandait si tout allait bien et se retira aussitôt à l'intérieur des écuries.

— Oui. Ils vont périr grâce à la chaleur et aux composants de la fumée.

Je remuai le feu avec un bâton pour élever un peu la température.

— Ils vont tous mourir, alors qu'ils ont fait tant d'efforts pour s'introduire dans le ventre et à la naissance des plumes pour y faire des nids confortables et pondre plein d'œufs ?

— Exactement, lui répondis-je. Mais il ne faut pas t'inquiéter. Ça ne les fait pas beaucoup souffrir. Tout est fini avant qu'ils n'aient eu le temps de se dire qu'il se passait quelque chose de bizarre.

Le chariot, dont les roues se prenaient dans des pierres ou des creux, faillit verser plusieurs fois, mais les jeunes gens réussissaient à l'en empêcher tandis qu'ils progressaient en direction du bois. La poussière de tuiles qui en tombait çà et là formait des petits tas contrastés sur la pelouse. Le soleil s'approchait de son zénith, illuminant ses joues pâles.

— Et nous aussi, nous nous décomposons sous l'effet des diverses matières dont le monde regorge, c'est ça ? remarqua-t-elle.

Sa jupe qui s'étalait sur la margelle du puits était en guingan jaune et vert maculé par endroits de cendres de tilleul dispersées par le vent. Etait-elle éblouie ou un peu fatiguée ? elle garda un moment les yeux baissés sur ses mains croisées sur ses genoux. Comme si en restant ainsi, elle pouvait observer la lente décomposition de son propre corps.

La voix de la vieille dame s'éleva soudain :

— Mais qu'est-ce que vous faites là, dans la torpeur du soleil ? Dès que je vous laisse, voilà ce que ça donne. On ne peut pas vous quitter des yeux.

Elle sortit de l'ombre d'un buisson, faisant comme d'habitude des moulinets avec sa canne, dispersant alentour les pétales des violettes qui poussaient à ses pieds. Elle semblait venue seule à pied du manoir, et le bord de sa jupe qui traînait était plein de terre.

— Mère, c'est un dispositif qui permet de désinfecter les objets. Ça les nettoie entièrement, même l'intérieur qu'on ne voit pas. C'est monsieur l'ingénieur qui l'a fait lui-même, vous savez.

Les explications de la jeune fille n'arrivaient pas à réfréner sa vigueur.

— Hmm. Désinfecter, tu dis ? J'en doute fort. Je vous préviens, vous ne vous en tirerez pas comme ça si vous les abîmez à les mettre là-dedans. Ils doivent rester tels quels. C'est profaner les morts que d'y toucher. Votre travail, c'est la conservation. Rien de plus, rien de moins, la simple conservation. C'est une position qui ne doit comporter aucun désir exploitant des connaissances, des sentiments ou des idées. D'accord ? Vous manquez de modestie. Sans l'humilité qui consiste à serrer sur son cœur avec un respect craintif tout objet quel qu'il soit, un musée ne peut pas s'organiser.

La vieille dame émit une toux grasseyante qui expulsa un crachat de sa gorge. Personne n'était surpris dans la mesure où elle avait l'habitude d'apparaître à l'improviste, et de vitupérer notre manière de travailler. Une telle perturbation apportait un peu de changement dans une tâche monotone.

— En plus, si vous avez la paresse de vous laisser aller comme aujourd'hui, ça n'augure rien de bon pour l'avenir. Les écuries sont toujours les écuries. Ça n'avance absolument pas. Moi qui me faisais une joie de voir ce que donnait cette transformation d'écurie en musée, quelle déception ! Je ne suis pas près de l'oublier. Je déteste les traînards. Encore plus que les chenilles, la diarrhée ou les ivrognes.

Non, ce n'est pas de la paresse, ça c'est un appareillage correct, c'est un traitement absolument indispensable pour les objets de la collection, avais-je envie de lui expliquer, mais ayant dit ce qu'elle avait à dire, brandissant sa canne, elle nous tourna brusquement le dos.

Alors qu'il faisait si chaud, elle était toujours engoncée dans ses vêtements épais, avec un foulard tout chiffonné autour du cou et son chapeau de laine sur la tête. Elle reprit son chemin en sens inverse, regardant droit devant elle, sans se soucier de piétiner les fleurs ni d'abîmer la pelouse. On aurait dit que toute la mauvaise humeur du monde, comme aspirée, venait se cristalliser sur son dos. J'avais l'impression que si elle était aussi courbée, c'était parce qu'elle ne pouvait même plus supporter son propre poids.

— Eh bien…

Je m'étais levé. Les branches de tilleul n'allaient pas tarder à s'enflammer. C'était le moment de sortir la chouette.

Ce soir-là, après dîner, elle est venue chez moi. Je lui avais promis de lui montrer mon microscope.

— Excusez-moi d'avoir tant tardé. J'ai eu du mal à la convaincre, me dit-elle, essoufflée.

— Je suis sûr qu'elle croit que les microscopes sont juste bons à faire des tours de passe-passe pour amuser les enfants.

Elle enleva le foulard qu'elle avait passé sur ses épaules, caressa ses cheveux pour les lisser.

— Tu veux boire quelque chose ? lui proposai-je, mais elle refusa poliment, observant déjà avec intérêt le microscope sur la table.

— C'est un modèle déjà ancien, et qui n'est pas très précis, mais il permet un minimum d'observation. Et puis, il est bien entretenu, tu sais.

Désignant chaque partie, elle me demanda de les nommer. Oculaire, revolver, objectif, platine, condenseur, miroir, vis, vis micrométrique… Elle poussait un soupir admiratif à chacune de mes réponses.

J'aimais répondre à ses questions, de quelque nature qu'elles fussent. C'est pourquoi je l'avais expressément invitée à venir voir mon microscope. Je me disais que mes modestes réponses seraient peut-être pour elle des paroles indispensables. N'aurais-je pas été capable de lui offrir tout ce qu'elle voulait ? C'était ce dont elle me donnait l'illusion.

— Que veux-tu observer en premier ? Il y a toutes sortes de préparations : duvet de feuilles de faux acacia, cartilage de poulet, nageoire anale de cyprin doré, cils vibratiles de grenouille, spermatozoïdes d'escargot de rivière.

Après un moment de réflexion, elle choisit la grenouille. Je l'avais attrapée dans la soirée, aux abords du ruisseau qui traversait le jardin. Tout en faisant attention à ne pas la blesser, j'attachai le batracien avec un lien sur une plaque spéciale de contreplaqué. Elle n'avait pas l'air dégoûté. Comme l'animal se débattait, elle appuya même légèrement sur son ventre pour m'aider.

— Ecoute-moi bien. Il y a de minuscules poils autour des cellules de la couche supérieure de l'épithélium de la cavité buccale, qui ont pour fonction de pousser les aliments vers le fond du tube digestif. Regarde, en faisant ça, tu vas comprendre.

J'ouvris la bouche de la grenouille, saupoudrai de la poussière de craie colorée sur la mâchoire supérieure. Rose, elle se mit aussitôt en route vers la naissance du tube digestif comme si elle fuyait quelque chose.

— Aah, dit-elle en regardant à l'intérieur de la bouche. La grenouille qui n'avait toujours pas renoncé se tortillait pour essayer de se libérer. Mes doigts étaient gluants de mucus. Toute la poudre, sans qu'il en reste le moindre grain, avait été aspirée vers le fond du trou noir.

Je prélevai un peu de muqueuse de la mâchoire supérieure avec l'extrémité d'une pincette.

— Ça ne fait pas mal ?

— Ne t'inquiète pas. Je frotte un tout petit peu en surface.

Puis je trempai l'extrémité de la pince dans le sérum physiologique que j'avais versé sur une lame, que je recouvris d'une lamelle, avant d'installer le tout sur la platine du microscope. Elle suivait mes gestes du regard, respirant à peine, inquiète, si elle m'adressait brusquement la parole, de semer le trouble dans la continuité de ce travail minutieux. La pièce était plongée dans le silence, on n'entendait que le bruit des pattes arrière de la grenouille frappant le contreplaqué.

— Viens voir par ici.

Je la fis asseoir sur une chaise et l'encourageai à s'approcher de l'oculaire. Elle cligna des yeux, tendit craintivement le cou, plongea son regard dans le microscope.

Je savais très bien ce qui se reflétait alors sur sa rétine. Lorsque mon grand frère m'avait appris comment observer des cellules de grenouille, il avait commencé par faire tomber de la poudre de craie dans la bouche. Je l'avais tanné pour qu'il me laisse faire, et un faux mouvement m'avait fait renverser une bonne moitié du récipient de craie. La boue rose qui bouchait le tube digestif, ne trouvant pas d'endroit où aller, grouillait sur le mucus. Je ne sais pas si cet échec en avait été la cause, mais la grenouille était morte peu après, même si mon frère s'était précipité pour essuyer la bouche avec un morceau de gaze.

— C'est la mâchoire supérieure de la grenouille ? dit-elle, posant sa main sur mon bras en regardant toujours dans l'oculaire. Ça a l'air complètement différent d'une grenouille, et pourtant, c'est une grenouille, hein ?

Les cils devaient encore bouger. Alors qu'ils étaient beaucoup plus fins que tout ce que je pouvais connaître, et qu'ils dessinaient tous une courbe différente, ils esquissaient en même temps un ensemble d'un ordre magnifique. Les cellules, se soutenant l'une l'autre, ne se séparaient jamais et s'épanouissaient pleinement dans le liquide transparent. N'importe qui, voyant cela, aurait certainement envie d'y tremper le bout du doigt, ne serait-ce qu'un peu.

— Tu as raison. La grenouille existe réellement, même dans cette petite goutte sous la lamelle.

Comme mon frère aîné le faisait toujours, je me tenais debout à côté du microscope, la main posée sur son épaule. Parce que je savais qu'ainsi, tous les deux ensemble, nous pourrions partir à l'aventure autant que nous voulions de l'autre côté des lentilles.

— Ça ne vous dérange pas que je regarde encore un peu ? me demanda-t-elle en se retournant.

— Bien sûr que non, lui répondis-je.

Ses cheveux avaient gardé l'odeur du bois de tilleul.

— Qui vous a montré comment on utilise un microscope ?

— Mon grand frère. Il était à lui et il me l'a donné.

— C'est généreux de sa part.

— On a dix ans de différence, et comme mon père est mort tôt, c'est lui qui a pris le relais.

— Il est certainement très gentil pour vous avoir offert un instrument aussi extraordinaire.

— Ah, tu crois ça ?

Le clair de lune était faible, et le chemin qui conduisait au manoir à travers les buissons et les massifs du jardin était plongé dans la pénombre. L'herbe étouffait nos pas. La vieille dame devait sans doute dormir, car seules deux ou trois fenêtres du manoir luisaient faiblement.

— Maintenant il est professeur de sciences. Il est marié à une enseignante d'éducation physique et sportive de son école, et ils vivent très loin d'ici. Mon frère est doué pour enseigner. Il ne se donne pas l'air important, mais il a de la dignité, et on peut lui faire confiance. Il est capable par ses gestes et ses expressions de faire passer un contenu plus important que les mots. C'est comme ça qu'il m'a appris l'utilisation du microscope. Il m'a suffi de regarder ses doigts bouger avec assurance lorsqu'il préparait un échantillon, le fixait sur la platine ou procédait à la mise au point, pour comprendre aussitôt comment faire et devenir captif de l'instrument.

— Vous lui ressemblez ?

— Pas tellement. Il est de ceux qui n'attachent pas d'importance à la possession des choses. Il n'a pas de liens. Peut-être parce qu'il connaît l'organisation de la matière. Il sait que le joyau le plus précieux n'est qu'un simple assemblage d'atomes, et que l'animal inférieur le plus horrible possède un bel arrangement de cellules. La forme extérieure n'est rien que simple tromperie. C'est pour ça qu'il attache une grande importance au monde invisible. Son opinion, c'est que "l'observation commence à partir du moment où l'homme prend conscience de la mauvaise qualité de la précision de son regard".

— Alors, c'est complètement à l'opposé de vous qui faites tant d'efforts pour conserver la forme le plus longtemps possible.

— Hmm, c'est exactement ça.

Je levai les yeux vers le ciel. Alors qu'il était entièrement semé d'étoiles, une obscurité insondable recouvrait absolument tout. Elle prit les pointes de son foulard qui menaçait de glisser de ses épaules et les noua à la base de son cou. La chaleur de l'après-midi avait fini par disparaître, et nous ne nous étions pas rendu compte qu'il commençait à faire frais.

— A la mort de ma mère, quand il a fallu trier ses affaires, il a même dit qu'il ne voulait rien.

— Votre mère est décédée ?

— Quand j'avais dix-huit ans, d'un cancer des ovaires. De toute façon, elle n'avait pas laissé grand-chose. Sa machine à coudre, du tissu, des tas de patrons, et juste quelques garnitures. Comme on ne pouvait pas faire autrement, on en a fait don à l'école de couture et à l'église. Mais je crois que, quelque part, je m'opposais à cette réaction de mon frère qui voulait garder la mémoire de ma mère sans se référer à des objets. Au moment où ses affaires étaient emportées hors de la maison, brusquement, j'ai plongé la main sans réfléchir dans un carton pour prendre au moins un de ses objets. Je n'ai pas pu m'en empêcher.

— Oh, je crois moi aussi que c'est ce que vous deviez faire. Puisque vous alliez devoir construire un musée d'objets laissés par les défunts, dit-elle. Et cet objet, c'est quoi ?

— Un livre. Le *Journal d'Anne Frank*. Tu l'as lu ?

Elle secoua la tête.

— Si tu veux, je te le prêterai. Moi, j'ai l'habitude de lire tous les soirs dans mon lit. Ça me permet de bien dormir.

Sans nous diriger tout droit vers le manoir, nous nous éloignâmes du sentier pour marcher le long du ruisseau. Il faisait trop noir pour que l'eau soit visible, et seul son léger murmure s'élevait jusqu'à nous.

— J'aimerais bien rencontrer votre frère.

— Oui. Mais je pense qu'il ne va pas pouvoir bouger pendant un certain temps. Son premier enfant devrait naître bientôt. Il va falloir que je pense à un cadeau.

— Un œuf ciselé, ce ne serait pas mal, je crois, dit-elle en se retournant après s'être arrêtée. Dans la nuit, la chaleur de son corps était plus proche. Me revinrent alors successivement à l'esprit la blancheur de sa main posée avec retenue sur mon bras, la forme de ses lèvres entrouvertes, et la courbe de ses cils effleurant l'oculaire.

— Il n'y a pas d'objet plus approprié pour fêter la naissance d'un bébé. Qu'en dites-vous ? Ça ne vous dérangerait pas que je le choisisse ? J'ai l'œil, vous savez.

— D'accord. Tu le feras. Nous irons l'acheter ensemble à la fin de la semaine. Là, ça ira, n'est-ce pas ?

Je posai le panier que je portais, en sortis la grenouille en la prenant par les pattes de devant. Alors qu'elle était tout le temps restée blottie dans un coin du panier, retrouvant soudain toute son énergie, elle entreprit de se débattre.

— Rentre à la maison toi aussi, murmura-t-elle.

Agenouillé au bord du ruisseau, je la lâchai. Nous restâmes un moment à écouter l'animal s'éloigner dans l'herbe.

Mais je ne me procurai l'œuf ciselé pour le bébé que longtemps après cette promesse. A dire vrai, ce dimanche-là, à cause du chaos qui nous tomba brutalement dessus, je fus loin de penser à des choses telles qu'un cadeau de naissance.

Mais elle, de son lit d'hôpital, passait son temps à répéter :

— Attendez encore un peu avant d'acheter l'œuf ciselé. Je vous en prie, attendez que je sois remise. Je suis si inquiète quand je pense que la naissance du bébé ne va peut-être pas tarder.

— Mais non, il n'est pas encore né, lui répondais-je chaque fois en caressant sa main bandée. Ne t'inquiète pas.

6

Le dimanche après-midi, les gens se retrouvaient sur la place centrale pour profiter tranquillement de leur repos. Les pigeons s'étaient rassemblés sur la diagonale d'ombre tracée par l'horloge de la mairie. La file de voitures qui faisait le tour du rond-point pour s'en aller vers la grand-rue reflétait le soleil, éblouissante. Des serveurs allaient et venaient l'air affairé entre les tables aux terrasses, un musicien ambulant jouait d'un orgue de Barbarie, et les enfants faisaient la queue au stand du marchand de glaces.

Devant la fontaine, il y avait encore une silhouette de prédicateur du silence. Je n'arrivais pas à savoir s'il s'agissait du même que celui aperçu la fois précédente, car revêtu de la même peau de bison des roches blanches, les mains jointes devant lui, il était debout, pieds nus, les yeux baissés. Aucune agitation ne venait troubler le cercle de silence dont il était le centre.

Nous attachâmes nos bicyclettes à la gouttière de sécurité, avant de traverser la place en direction de l'entrée des arcades, là où se trouvait le marchand d'œufs ciselés. C'était la boutique où, tout juste arrivé au village, j'en avais acheté un représentant un ange, qu'elle avait déjà choisi pour moi. Elle portait un chemisier sans manches, bordé de dentelle, et toujours les mêmes sandales rouges un peu enfantines aux pieds.

— Après avoir acheté l'œuf, on ira prendre quelque chose de frais en terrasse, hein ? proposat-elle en se retournant après avoir traversé la rue à petits pas précipités. J'ai soif.

— Je t'offre tout ce que tu veux, lui répondisje, et je m'apprêtais à la suivre lorsqu'une moto passa en trombe. Elle avait approché son visage de la vitrine pour regarder les nouveautés. L'orgue de Barbarie venait d'entamer un nouveau morceau, des applaudissements retentissaient, les pigeons battaient des ailes. L'instant d'après, tout fut englouti dans un vacarme assourdissant.

Il venait manifestement de se passer quelque chose, mais je n'avais aucune idée de ce que ça pouvait être. Quand je repris mes esprits, j'étais affalé sur le trottoir. Ce dont j'étais sûr, c'est que j'avais affreusement mal à la tête et que sa silhouette avait disparu de mon champ de vision.

Je voulus me lever. Toutes mes articulations étaient raides, et ne bougeaient pas comme je l'aurais voulu, mais comparé à mon mal de tête, c'était supportable. A chaque pas, j'écrasais des débris qui faisaient un bruit clair sous mes semelles. C'était du verre et des coquilles d'œufs. Tout cela était mêlé et réduit en une poussière qui recouvrait tout. Les rubans, les ferrures ornementées, les perles, les socles en argent, les pompons décoratifs, tout avait volé en éclats et il ne restait plus aucun œuf dans sa forme initiale.

Elle était allongée sur le ventre à l'entrée de la boutique. Ses cheveux en désordre me cachaient les traits de son visage, mais je sus aussitôt que la situation était grave. La dentelle de son chemisier était tachée de rouge, elle n'avait plus de sandales aux pieds, et ses jambes étaient tordues d'une manière peu naturelle.

— Accroche-toi.

Je la tenais dans mes bras. En parlant, je m'étais rendu compte qu'en fait de mal de tête, c'était mes oreilles qui avaient été touchées. Ma voix faisait des tourbillons en moi sans pouvoir sortir, ne réussissant qu'à augmenter la douleur. Mais je ne pouvais pas m'empêcher de continuer à lui parler.

— Ne t'inquiète pas. Les secours arrivent tout de suite. Encore un peu de patience.

Tout était étrangement calme autour de nous. Un calme oppressant dont on n'arrivait pas à s'extirper. Un calme chargé d'un pressentiment beaucoup plus funeste que le bruit assourdissant qui s'était produit quelques instants plus tôt.

J'enlevai ma veste afin de m'en servir pour épousseter les débris qui la recouvraient. Mais j'eus beau m'y reprendre à plusieurs fois, je ne parvins pas à les enlever. Des éclats de verre étaient plantés sur sa peau nue.

— Tu as mal ?

Elle ouvrit les yeux et voulut me répondre, mais seule sa respiration s'échappa sans force de ses lèvres. J'étalai ma veste sur le sol et l'allongeai dessus.

— Une ambulance. Vite, une ambulance ! hurlai-je. La douleur vrilla le fond de mes tympans, résonnant jusqu'au cœur de ma boîte crânienne. La vitre de la devanture était entièrement tombée, et il ne restait au plafond que les crochets auxquels les œufs ciselés avaient été suspendus. J'aperçus le patron de la boutique assis devant sa caisse. Etait-il grièvement blessé ou sous le choc ? il se tenait la tête à deux mains, tremblant de tous ses membres.

— Ne bouge pas, je reviens tout de suite.

Je me dirigeai vers la place pour chercher du secours. Le soleil était tout aussi brillant qu'avant, tandis que la tour de l'horloge étendait son ombre de fraîcheur, mais le spectacle avait entièrement changé. Le stand de crèmes glacées s'était couché, et de la glace au chocolat dégoulinait d'un bac qui s'était renversé, tandis que le mécanisme de l'orgue de Barbarie complètement écrasé avait volé en éclats. En plus, le rebord de la fontaine s'était effondré, si bien que le sol était inondé.

Des gémissements, des sanglots, des cris de douleur ou de colère, des klaxons et toutes sortes d'autres bruits se chevauchaient, qui arrivaient peu à peu à mes oreilles comme du brouillard qui se lève. Je compris que mes sensations qui s'étaient figées revenaient peu à peu à la normale. Dans le même temps, une odeur de poudre frappa mes narines et, me sentant mal, je me raccrochai à un réverbère.

— Ça va ? Vous devriez venir vous allonger sur le canapé du café, me proposa un jeune serveur venu me soutenir.

— Une jeune fille est tombée à l'entrée des arcades. Vous ne voudriez pas aller d'abord la secourir ?

Le front appuyé contre le réverbère, je respirai profondément pour essayer de calmer la douleur de mes oreilles. Le serveur partit aussitôt en courant.

Plusieurs personnes jonchaient la place. Elles se raccrochaient à quelqu'un en criant et en pleurant, cherchaient à fuir en se traînant sur les jambes pour se mettre à l'abri, ou restaient immobiles, prostrées, contenant leur blessure. A cause de l'air blanchâtre, entre fumée et poussière, toutes apparaissaient comme de vagues sil-houettes fantomatiques.

Je découvris soudain le prédicateur du silence renversé sur le dos en plein milieu de la place. Il était allongé à l'endroit où il se tenait debout un moment plus tôt, le corps droit, les mains jointes. Même la bordure de la peau de bison des roches blanches n'était pas du tout en désordre. Tout était intact autour de lui, et l'on aurait dit qu'il poursuivait sa prédication du silence.

J'enjambai des blessés, me frayai un chemin entre les tables et les poubelles enchevêtrées en direction de l'endroit où il se trouvait et m'age-nouillai à ses côtés. Personne ne faisait attention à lui. C'était comme s'il y avait eu un vide à cet endroit, et qu'il avait été enlevé du paysage, le regard passait sans s'arrêter.

J'allais lui adresser la parole lorsque je ravalai mes mots. Parce que je pensais qu'ils n'auraient servi à rien face au silence qu'il prêchait. Il y avait là une sorte de tranquillité complètement diffé-rente du calme funeste que j'avais pu ressentir juste après l'explosion. Le silence régnait, mais il n'était pas froid, il embrassait tout, purifiant tous les bruits intempestifs, en même temps qu'il res-tait discrètement présent près du prédicateur, comme un fidèle disciple.

Mis à part ses cheveux et son dos mouillés par l'eau qui avait débordé de la fontaine, rien n'avait changé dans son aspect. Les traces d'une ascèse sévère se voyaient dans ses pieds couverts de corne et fendillés, et son visage sec mangé par la barbe. Il était maigre, mais la souplesse de son corps débordait de vie. Il n'y avait de sang nulle part, et de ses yeux mi-clos n'émanait au-cune douleur.

Pourtant j'ai tout de suite su. Je ne peux pas expliquer pourquoi. Je pense que la vieille dame a dû éprouver ce même sentiment lorsque la petite fille qu'elle était a elle aussi recueilli son premier objet auprès du jardinier.

Le prédicateur du silence était mort. Il avait accompli son vœu de silence.

Je le dépouillai de sa peau de bison des roches blanches. Ce fut un événement soudain. Je n'avais rien pu faire pour arrêter mon corps qui se mouvait inconsciemment. Je tirai sur la bordure, glissai la main sous son dos pour soulever le bas du corps et la remontai peu à peu. Elle était plus lourde que je ne l'avais imaginé. Elle avait depuis longtemps perdu sa couleur blanche d'origine, mais elle avait conservé sa tiédeur et sa douceur.

J'eus l'impression d'enfoncer mes mains dans une masse de silence. C'était agréable et rassurant. La douleur de mes oreilles commençait à s'atténuer. Je soulevai la tête du prédicateur, enlevai entièrement la peau, et la roulai en une petite boule que je dissimulai à l'intérieur de mes bras.

La silhouette du prédicateur, dans un sous-vêtement grossier, n'avait pas perdu son attitude de prière et semblait déjà attendre le moment de ses funérailles. Les sirènes des ambulances retentissaient, et la place devenait de plus en plus tumultueuse. Des bruits de pas de plusieurs personnes allaient et venaient autour de moi. Mais ma poitrine était pleine d'un silence parfait. Je courus vers elle en le serrant à l'intérieur de mes bras.

Contrairement à ce que je pensais, la vieille dame accueillit avec sang-froid mon compte rendu. Elle ne prononça aucun mot de colère pas plus à l'encontre de celui qui avait posé la bombe, qu'envers moi qui avais emmené la jeune fille, ou concernant le concours de circonstances qui avait fait que nous avions été victimes de cette malchance. Elle se contenta d'acquiescer en silence, avant de murmurer d'une voix rauque :

— Aah, je vois.

Lorsqu'elle arriva à l'hôpital où le jardinier l'avait conduite, on venait de terminer d'enlever les morceaux de verre fichés sur tout le corps de la jeune fille qui, à cause de l'anesthésie, sommeillait encore à moitié. La vieille dame, son chapeau de laine plus enfoncé sur les yeux que d'habitude, avançait dans le long couloir de l'hôpital, agrippée au bras du jardinier. Le bruit de sa canne se répercutait sur le sol recouvert de linoléum.

Quand nous avions quitté la propriété, elle paraissait affaiblie et ratatinée par la vieillesse. Ceux qui la croisaient ne pouvaient s'empêcher de se retourner sur la bizarrerie de sa silhouette et de ses vêtements. Mais, bien sûr, elle ne faisait pas attention aux regards et de tout son corps émanait l'habituelle expression de celle qui ne s'en laisse pas conter.

— Où êtes-vous blessé ? me demanda-t-elle d'abord.

— En dehors de mes tympans déchirés, je n'ai que quelques contusions.

— Oh, les oreilles ? Faites voir.

A genoux dans la chambre, je me disais que ce n'était pas comme ça qu'elle verrait la déchirure de mes tympans, tandis que, tirant sur mes lobes elle prenait son temps pour examiner la cavité de mes oreilles.

— Il paraît qu'ils vont se refermer tout seuls.

Elle se contenta d'un "Hmm" sans dire ce qu'elle en pensait vraiment, et me laissa pour aller s'asseoir au chevet de la jeune fille.

Son visage était entièrement recouvert de bandages, à l'exception des yeux, de la bouche et du nez. Même le bout de son nez avait été blessé. Çà et là le désinfectant ressortait, dessinant des motifs jaune pâle, qui donnaient une impression de douleur encore plus intense.

Le jardinier se tenait debout près de la porte, l'air de ne pas savoir ce qu'il devait faire, tandis que je restais en retrait, les mains plaquées sur mes oreilles dont le bourdonnement ne cessait pas. Nous faisions tous très attention à ne pas troubler le repos de la jeune fille, à tel point que nous paraissions même nous retenir de respirer. Le jour était définitivement tombé, et le vent de la nuit entrait par la fenêtre restée ouverte.

La vieille dame tendit la main pour caresser les cheveux de la jeune fille qui sortaient du bandage. Elle les débarrassa de la poussière, les démêla et les arrangea pour qu'ils s'étalent joliment sur l'oreiller. Malgré la gravité de la blessure, la chevelure n'avait pas été endommagée. Elle brillait somptueusement, même dans la faible lumière de la chambre. Ses doigts ridés et complètement secs jouaient à cache-cache entre les cheveux. Jamais je n'aurais pensé qu'elle pouvait être capable d'avoir des gestes aussi débordants de tendresse.

Du fait de l'hospitalisation de la jeune fille, les travaux du musée perdirent leur rythme à toute vitesse. Dans des endroits inattendus se produisaient de petits imprévus, quelque chose se détraquait ou se volatilisait, si bien que les choses qui étaient en bonne voie finissaient par prendre çà et là du retard. Encore une fois je ne pouvais faire autrement que de reconnaître l'importance de son rôle dans ce musée. Pour les objets hérités des défunts, elle était à la fois le pilote et la gentille gardienne à qui on pouvait totalement se fier.

Après l'explosion, le temps se gâta et les jours de pluie se succédèrent. Une pluie abondante, qui détrempa jusqu'aux jeunes pousses dissimulées dans l'herbe des sous-bois et balaya jusque dans les caniveaux le reste des débris d'œuf et d'éclats de verre qui jonchaient encore la place. Quand enfin on put espérer que le temps allait s'améliorer, ce fut au tour du vent de se déchaîner, faisant trembler toute la journée les vitres du manoir.

Il fallut interrompre les fumigations jusqu'à ce que le temps se remît au beau. Du côté des travaux de réfection des écuries, les jeunes apprentis finirent par ne plus venir, l'un ayant mal au dos, l'autre s'étant fait une entorse à la cheville, si bien que le plan de travail en fut perturbé. Quant aux deux nouvelles recrues, ils étaient si négligents dans leur travail, qu'ils arrêtèrent d'eux-mêmes avant la fin de leur première semaine.

La femme de ménage et moi, nous allions à tour de rôle nous occuper de la jeune fille à l'hôpital. La femme de ménage lui apportait du linge de rechange, l'aidait pour les repas, lui préparait les pâtisseries qu'elle préférait, et s'occupait d'elle comme une mère. En revanche je ne faisais que très peu. En général je me contentais de m'asseoir à son chevet pour bavarder afin de lui éviter l'ennui, ou de pousser sa chaise roulante à l'heure de la promenade.

Ses blessures devaient certainement cicatriser petit à petit. La quantité de bandages autour de ses bras et de ses jambes diminuait de jour en jour, tandis qu'elle se plaignait de moins en moins de la douleur. Mais rien ne présageait que le bandage autour de sa tête allait être enlevé, ce qui n'atténuait pas mon angoisse. Je pense que tout le monde ressentait la même chose, mais bien sûr personne n'en soufflait mot.

Au bout d'une semaine, puis de dix jours, le coupable n'était toujours pas arrêté. La bombe était à retardement, ce qui pensait-on nécessitait une véritable technique. L'estimation des dégâts, publiée dans le journal, mentionnait la destruction de onze devantures et de six véhicules, trente-quatre personnes plus ou moins gravement blessées, et un mort.

Le prédicateur du silence avait été le seul à mourir. Je ne pouvais pas m'empêcher de me demander avec curiosité pourquoi lui seul s'était reflété dans mon champ de vision comme s'il avait été éclairé d'une manière particulière, et pourquoi j'avais été jusqu'à délaisser la jeune fille pour aller vers lui.

Je ne m'étais pas rendu compte au départ qu'il était mort. Je n'avais pas conscience qu'il était question de vie ou de mort, la preuve, c'est que je n'avais pas appuyé mon oreille sur sa poitrine, ni cherché son pouls. Simplement, j'avais été porté par la forte conviction que je devais absolument me trouver là à ce moment-là.

Si je n'avais pas été un spécialiste en muséologie, me serais-je également procuré la peau de bison des roches blanches ? Je crois que oui.

J'avais été soulagé de réussir à enlever la fourrure, au point de la serrer fort dans mes bras. Pas parce que j'avais réussi à me procurer l'objet sans encombre, mais parce que j'avais pu accomplir ce que le corps qui se trouvait sous mes yeux attendait de moi. J'avais dépouillé le prédicateur du silence de sa fourrure tout comme autour de moi on réconfortait les blessés en tenant leur main ou caressant leur dos.

Profitant d'un petit moment d'accalmie, je sortis le matériel de fumigation dans la cour devant les écuries pour stériliser la peau du bison des roches blanches. L'humidité des branches de tilleul était telle que le feu eut du mal à prendre, mais une fumée odorante ne tarda pas à s'en dégager. Lorsque la fumigation fut terminée, je lui donnai un numéro de série que j'inscrivis sur le registre, le mesurai, en vérifiai les éraflures et l'état des coutures, en fis une photo que je collai sur sa fiche. Puis je la rangeai sur une étagère à côté du scalpel à rétrécir les oreilles.

... C'est la deuxième lettre depuis mon arrivée au village. Comment ça va depuis ? Comment se porte ta femme ? Préviens-moi dès la naissance. J'attends avec impatience.

Eh bien, j'avais l'intention de rentrer au début de l'été, pour la naissance du bébé, mais il y a eu un petit accident qui fait que je ne peux pas quitter le village pendant un certain temps. En fait nous avons été victimes d'un attentat, et la fille de ma commanditaire, qui est mon assistante, a été blessée. Voilà comment ça s'est passé : nous étions partis faire des courses dans le centre, lorsqu'une bombe a explosé sur la place. Sa vie n'est pas en danger, mais sa guérison va sans doute demander un certain temps, et elle est toujours hospitalisée.

Ne t'inquiète pas pour moi, je n'ai été que légèrement blessé. J'ai eu les tympans déchirés mais ils ont déjà cicatrisé.

L'installation du musée avance doucement. L'enregistrement des objets de la collection est pratiquement terminé. Mais il reste un nombre infini de choses à faire, et le chemin à parcourir est encore long. Ce n'est pas facile à expliquer par écrit, mais l'installation s'accompagne cette fois-ci des plus grandes difficultés dans la collecte des matériaux. Les connaissances spécialisées et la perspicacité professionnelle que j'ai accumulées jusqu'à présent ne servent à rien. Et il s'agit encore moins d'un problème qui puisse se régler avec de l'argent. Devrais-je dire que la seule chose sur laquelle je puisse compter, c'est le sentiment de respect pour un monde qui a vieilli ?

Lorsque le musée sera terminé, il faudra absolument que tu viennes le voir. L'endroit est parfait pour passer des vacances tranquilles avec ta femme et le bébé.

Je pense revenir dès que la jeune fille sera guérie de ses blessures et que les choses seront rentrées dans l'ordre. Je m'en réjouis à l'avance. Je serais très content d'avoir ta réponse...

Afin de répertorier par écrit la collection et lui donner la forme d'un document solide, je lançai une enquête minutieuse au sujet de l'arrière-plan concernant chaque objet. Même si la vieille dame était ma seule interlocutrice conservant dans sa mémoire toutes les informations à leur sujet. Je me demandais avec inquiétude si elle m'inviterait aussi facilement à entrer dans la réserve de sa mémoire. Je ne savais pas du tout comment mettre en mots des objets dont je n'avais pas l'expérience de l'héritage, et la perspective de me retrouver seul avec elle me pesait. Mais on ne pouvait pas reporter le travail indéfiniment.

Compte tenu des visites à l'hôpital, la vieille dame décida que les entretiens auraient lieu pendant trois heures tous les matins, selon un horaire strict de neuf heures à midi. L'endroit changeait selon son humeur. Sans doute son éternel almanach y était-il pour quelque chose.

Le matin, j'attendais dans le vestibule avec dans mes bras les quelques objets au sujet desquels nous allions parler ce jour-là (pour ceux qui étaient difficilement transportables, j'apportais la fiche), et elle descendait seule l'escalier. Elle me jetait un coup d'œil et, après un bonjour en forme de raclement de gorge, m'exhortait à la suivre d'un signe de tête. Et elle me conduisait vers la pièce qu'elle avait choisie, vacillante et trébuchante, sa canne se prenant dans la bordure des tapis et les nœuds du parquet.

Bien sûr, il lui arrivait de choisir des endroits familiers comme le solarium ou la bibliothèque, mais le manoir recelait beaucoup d'autres pièces que je ne connaissais pas. Salon, chambres, boudoir, nursery, cave à vin, salle de bal, galerie, petite salle à manger, salle de réception, hall d'entrée, fumoir…

Où que ce fût, la fonction première des pièces avait depuis longtemps disparu. On ne voyait pas une seule bouteille de vin dans la cave, les dessus-de-lit au salon étaient mangés par les mites, et la fosse d'orchestre de la salle de bal servait de débarras.

On n'accédait à certaines pièces qu'après avoir erré dans les dédales d'un couloir labyrinthique, tandis que d'autres se cachaient tout au bout d'escaliers dérobés. Je n'arrivais pas à m'en rappeler le chemin et je me perdais souvent en repartant, une fois le travail terminé.

Je suivais la vieille dame en essayant d'imaginer à quel point le manoir était vaste, et je me sentais complètement perdu. Je succombais à l'illusion que le manoir grandissait au rythme de ses pas mal assurés.

Qu'il s'agît d'une grande salle de réception ou d'une chambre de domestique, cela ne changeait rien au style de nos entretiens. Il y avait toujours une petite table au centre de la pièce, avec deux sièges se faisant face. Des sièges confortables, à haut dossier et larges accoudoirs capitonnés. Je posais sur la table le premier objet du jour, ouvrais mon cahier, attendais qu'elle prononçât son premier mot.

Nous n'avions pour toute lumière qu'une vieille lampe électrique éclairant nos mains, les rideaux étaient tirés, la pièce plongée dans la pénombre. Aucun bruit ne parvenait à mes oreilles, sauf le souffle de la vieille dame et la pluie qui tombait dehors.

Pourquoi avais-je l'impression que la pluie ne cessait de tomber tout au long de nos entretiens ? Il est vrai que le mauvais temps persistait, mais alors qu'il y avait certainement des moments où le soleil apparaissait, le bruit de la pluie coulait à chaque instant au fond de sa voix lorsqu'elle parlait des objets hérités. C'était un peu comme un voile dont elle s'entourait afin que personne ne nous dérangeât dans le travail qui nous occupait tous les deux.

Elle observait longuement l'objet posé sur la table. Contour, couleur, odeur, aspect, irrégularités, taches, éraflures, manques, ombre, elle ne se mettait à parler qu'après avoir imprimé tout cela sur sa rétine. Elle ne perdait jamais patience.

Avec elle, je m'attendais que le récit déraillât, qu'il manquât de cohérence, ou qu'il traînât en longueur au gré de son caprice, et je supposais qu'avec toutes ces interruptions il serait sans doute difficile pour moi de prendre des notes sous une forme précise qui pût constituer un document, mais en réalité ce fut complètement différent. Dès qu'elle ouvrait la bouche, les mots s'écoulaient avec aisance, comme si elle dévidait une pelote de laine. Son récit formait une suite continue du début à la fin, sans que le fil ne se déchirât ni ne s'entremêlât. Et la pelote contenait toutes les informations que je cherchais, sans qu'il y en eût une seule en trop.

Il me suffisait de recopier ses paroles telles quelles. Il ne m'était pas nécessaire de lui poser des questions. Curieusement, la vitesse à laquelle elle parlait était merveilleusement accordée à celle de mon stylo qui courait sur le papier. Quand je n'arrivais plus à la suivre, elle s'interrompait pour reprendre sa respiration, et ne passait au paragraphe suivant qu'après s'être assurée que j'étais prêt. Sa voix et mon stylo étaient comme les mains de deux amoureux posées l'une sur l'autre.

Lorsqu'elle avait versé jusqu'à son dernier mot, au moment où je posais mon stylo, j'avais sur mon cahier la totalité de l'arrière-plan documentaire. Il n'y avait ni ratures, ni contradictions, ni erreurs. C'était l'histoire d'un objet qui s'était gravée dans sa mémoire.

Lorsque le document était achevé, elle fermait les yeux et faisait une petite pause, les doigts appuyés sur ses tempes. A la voir ainsi, on comprenait que, même si elle avait de l'énergie, raconter l'histoire d'un objet était une tâche ardue.

— Voulez-vous que nous nous arrêtions ici pour aujourd'hui ? lui proposais-je pour l'épargner, mais elle répliquait aussitôt :

— Mêlez-vous de ce qui vous regarde.

Je débarrassais la table avant de sortir un nouvel objet du sac. Puis je prenais une nouvelle page de mon cahier, et j'attendais que sa respiration retrouvât son calme.

— J'entends les pleurs d'un enfant, quelque part dans une chambre de malade.

— Ah oui ?

— Il pleure en disant qu'il a mal.

— On n'entend rien. Tu te fais des idées.

— Quand la lumière est éteinte, j'entends toutes sortes de bruits et je n'arrive pas à dormir.

— Ça va, ne t'inquiète pas. La nuit est très calme.

La lumière de la chambre était déjà éteinte, et il n'y avait qu'une petite veilleuse à son chevet. Ses pupilles, qui luisaient comme deux gouttes d'eau noire entre les bandages, sondaient l'espace des ténèbres.

— C'est sans doute parce que j'ai les oreilles recouvertes par les pansements. C'est pour ça que j'entends les bruits à l'intérieur de mon cœur. C'est ce que dit ma mère. Si on veut connaître le futur, il faut se boucher les oreilles. Alors, on peut entendre sa propre histoire au loin dans le futur.

Je lissai la couverture, appuyai ma paume sur son front. Sur la fenêtre de la chambre se reflétait un mince quartier de lune montante entouré de brume. La pluie de l'après-midi avait cessé, et une obscurité profondément silencieuse emplissait la pièce. Malgré les pansements qui la recouvraient, je pouvais sentir sa peau douce, son duvet transparent et la température de son corps dissimulés dessous.

— C'est moi qui pleure. Je ne peux pas dormir tellement j'ai peur de mes propres sanglots.

— Où as-tu mal ?

Elle secoua lentement la tête.

— Non. Je n'ai mal nulle part.

— Ah, c'est vrai. J'ai apporté le *Journal d'Anne Frank*. J'avais promis de te le prêter, hein ?

— Merci, mais c'est le précieux héritage de votre mère.

— Ça ne doit pas t'inquiéter. Tu sais bien que nous sommes des spécialistes du traitement des objets hérités.

J'enlevai ma main de son front et remontai la couverture jusqu'à son menton. Sur la table de chevet étaient posés une aiguille à crochet, un onguent antiseptique et un sac de bonbons sans doute apporté par la femme de ménage. L'ombre de mon corps courbé se reflétait sur les rideaux qui entouraient le lit. Il devait y avoir un courant d'air quelque part, car elle ondulait de temps en temps.

— C'est en manipulant, jour après jour, toutes sortes d'objets que je m'en suis rendu compte. Alors que ce devraient être des preuves de la vie des gens, je ne sais pourquoi j'ai l'impression qu'ils racontent ce qu'il est advenu de ces personnes dans le monde d'après la mort. Ce ne sont pas des boîtes qui renferment le passé, mais peut-être des miroirs qui reflètent le futur.

— Des miroirs ? questionna-t-elle en sondant toujours l'espace.

— Oui, c'est ça. Quand j'ai le livre de ma mère entre les mains, je sens que l'univers de la mort, qui devrait être entouré d'un halo de frayeur, tient agréablement à l'intérieur de ma paume. Alors que je suis en train de tourner les pages, de deviner ce qui y est écrit ou de sentir l'odeur du papier, toute peur finit par disparaître. J'ai parfois même l'impression qu'il s'agit d'une vieille amie qui m'est chère. C'est pour cela que lorsque je suis en contact avec les objets je respire mieux, je me sens calme, et je m'endors plus facilement.

— Mourir et dormir sont aussi proches que ça ?

— Oui je crois. C'est comme la main droite et la main gauche. Elles se ressemblent tellement que l'une ne va pas sans l'autre.

— Si ça ne vous dérange pas, vous voudriez bien rester un peu pour me lire ce livre ? quémanda-t-elle en s'excusant.

— Bien sûr que oui, lui répondis-je. J'ouvris alors le *Journal d'Anne Frank*, et me penchai au maximum pour approcher mon visage de son oreille.

C'était le moment où Anne, épuisée et à bout de nerfs, arrive à la cachette, comme un oiseau à qui on aurait coupé les ailes. Alors que c'était la première fois que je lisais pour quelqu'un, j'eus l'impression d'avoir fait ça depuis toujours. Jamais je n'aurais pu penser lire aussi bien à haute voix. J'étais capable de parler doucement pour ne pas troubler l'obscurité de la chambre, et d'effacer les bruits qui la tourmentaient en offrant les mots l'un après l'autre au creux de son oreille.

Bientôt, elle ferma enfin les yeux et sa respiration se fit régulière. Je poursuivis néanmoins ma lecture jusqu'à être persuadé que le sommeil faisait une solide carapace autour d'elle. Ni les pas des infirmières, ni le bruit des chambres voisines n'arrivaient jusqu'à nous. De l'extrémité de ses doigts tout fripés dont les pansements venaient d'être enlevés, jusqu'à chaque duvet de son corps, tout en elle était sur le point de sombrer dans le sommeil, enveloppé par ma voix.

7

Pendant l'hospitalisation de la jeune fille, il y eut deux morts au village. L'un était un grand-père hospitalisé à l'étage au-dessus pour un cancer de la peau. Il était tellement maigre qu'il n'avait plus que la peau sur les os, mais comme il se sentait suffisamment bien pour aller et venir à l'intérieur de l'hôpital même moi je le connaissais de vue.

Autrefois, il avait été, disait-il, organiste et chef de chœur à l'église. Mais personne ne le croyait. Parce qu'il avait une voix éraillée qui évoquait plutôt les imprécations diaboliques que les hymnes. Mais peut-être était-ce à cause des effets secondaires de son traitement.

Il s'amusait souvent à rassembler les enfants autour de lui dans le hall, pour les effrayer en leur racontant d'innocentes histoires de fantômes. Comme il était nécessaire de traverser le hall pour aller jusqu'à la chambre de la jeune fille, j'avais moi aussi été témoin de cette scène à plusieurs reprises. Avec ses sourcils froncés et ses doigts noueux, il trompait aisément les enfants en modifiant légèrement son timbre de voix, à tel point que certains éclataient parfois en sanglots.

Son dernier atout consistait à sortir en un tour d'adresse son propre œil gauche en disant :

— Quel est le poltron qui vient de se mettre à piauler ? Faudra pas qu'il vienne se plaindre si le fantôme lui mange les yeux.

Là, les enfants s'égaillaient dans toutes les directions en poussant des cris stridents.

On disait que lorsqu'il était écolier il s'était éborgné sur une épine en jouant dans les bois, ce qui expliquait son œil de verre. Dès que les enfants s'étaient dispersés, il éclatait d'un grand rire, l'air tout à fait satisfait, et, après avoir lancé deux ou trois fois son œil d'une main dans l'autre, il le remettait en place d'un seul geste. Son rire se terminait alors dans un cri rauque, qui se transformait en un bruit bizarre, à mi-chemin entre la toux et le gémissement, avant qu'il ne reparte au hasard, d'un pas mal assuré.

A sa mort, il n'y avait auprès de lui que le personnel de l'hôpital. Si bien que lorsque je demandai l'autorisation de lui faire mes adieux l'infirmière, loin d'avoir des soupçons, me l'accorda de bon cœur.

Alors qu'il était enfin délivré de la maladie, le vieil homme allongé, le visage recouvert d'un tissu blanc, paraissait encore plus maigre et plus pitoyable. Je m'assis sur une chaise à son chevet et, les yeux clos, psalmodiai intérieurement quelques mots de prière.

… Qu'il dorme en paix, cet homme courageux et sans nom, qui a mis sa vie au service de Dieu à travers la musique, qui a supporté vaillamment les douleurs de la maladie et qui, au lieu de haïr son corps estropié, s'est au contraire servi de son handicap pour faire reprendre des forces aux enfants.

Après avoir terminé ma prière, je gardai un moment les yeux clos. Pas parce que je déplorais sa mort, mais pour prolonger au maximum le moment précédant l'action qu'il me restait à faire.

Mais je ne pouvais pas traîner indéfiniment. Les employés de la maison de retraite devaient venir incessamment prendre possession du corps. Je soulevai le morceau de tissu, tirai sur la paupière gauche pour l'ouvrir et, tout en me remémorant son geste, vrillai mon index à l'intérieur du globe oculaire. Etait-ce parce qu'il n'avait cessé de l'enlever et de le remettre devant les enfants ? L'œil de verre glissa et roula dans ma paume très facilement, presque sans opposer de résistance.

De près, il ressemblait à une vieille agate, mais la légère sensation laissée en surface par le mucus témoignait de ce qu'un moment plus tôt il avait fait sans aucun doute possible partie d'un corps. Je remis la paupière en place et, après avoir vérifié qu'il ne restait aucune trace suspecte, recouvris le visage de son tissu blanc. Puis je glissai l'œil de verre dans ma poche.

L'autre mort était une veuve âgée d'une bonne cinquantaine d'années, qui dirigeait une papeterie avec son fils. Elle s'occupait des clients dans son magasin lorsque, les vaisseaux de son cœur s'étant brusquement obstrués, elle avait aussitôt rendu l'âme.

Selon la vieille dame, en plus de ses activités commerciales, la veuve tirait les cartes. Elle ne faisait pas de publicité, ne prenait pas d'argent non plus, le faisant plutôt par goût, mais elle avait la réputation de souvent tomber juste, si bien que beaucoup de gens venaient de loin pour la consulter.

— Quel genre de voyance exerçait-elle, l'astrologie, les cartes ?… questionnai-je.

— La machine à écrire, répondit-elle du même ton que d'habitude, elle voyait le futur dans les lettres de l'alphabet que les clients tapaient sur les machines qui étaient à vendre. Ce n'était rien de plus qu'un divertissement idiot.

Et, comme d'habitude, elle n'oublia pas de faire du bruit avec son nez.

Lorsque je visitai le magasin, il n'y avait aucun autre client, et un homme, qui devait être son fils, se trouvait seul à le garder. C'était une belle papeterie, avec un grand choix d'articles bien mis en valeur. Je passai devant les cahiers, papiers à lettres, stylos et règles, avant d'arriver au rayon des machines à écrire, où je déclarai d'une manière tout à fait naturelle :

— Votre mère, quel malheur.

— Oui, ce fut tellement soudain… répondit-il paisiblement.

Je baissais les yeux vers les trois machines exposées. Une seule avait une feuille de papier engagée dans le rouleau, sur laquelle quelqu'un avait laissé des lettres sans suite. J'attendis l'occasion, tout en feignant d'actionner les touches ou de vérifier le mouvement du levier.

— C'est un nouveau modèle qui vient juste de sortir. Vous pouvez l'essayer, vous allez voir, me proposa-t-il aimablement, avant de se mettre à classer des factures près de la caisse. J'enlevai le papier et le glissai subrepticement dans la poche intérieure de ma veste. Ce fut aussi simple que cela, et pourtant j'eus des palpitations et de la sueur coula dans mon dos.

— Je n'ai pas le temps pour l'instant. Je reviendrai plus tranquillement une prochaine fois.

Je me demandais avec anxiété si ma voix n'avait pas tremblé.

— A votre service, revenez quand vous voulez.

Il me regarda partir, le sourire aux lèvres, sans donner l'impression de s'être aperçu de quoi que ce fût.

Dans l'ancienne salle de billard qui me servait d'atelier, j'enregistrai la feuille de papier machine avant de la mettre à l'abri dans un dossier transparent hermétiquement fermé. Toutes sortes de lettres, de chiffres et de signes y étaient imprimés. C'était un morceau de papier déséquilibré, capricieux, qui donnait une sensation de malaise, où il n'y avait pas un seul mot ayant une quelconque signification.

Sa mort avait-elle été prédite ici ? Je réfléchissais à la femme de la papeterie que je n'avais jamais rencontrée. Je suivis un moment les lignes du bout de mes doigts sur cet objet hérité, comme si j'avais voulu tenter de découvrir à sa place le futur qu'elle aurait dû y voir.

Depuis que j'avais commencé l'archivage de la collection, je passais de plus en plus souvent chez le jardinier le soir après dîner, où je restais environ une heure à boire le whisky. Je pouvais les déranger n'importe quand, ils m'accueillaient toujours à bras ouverts.

Officiellement, c'était parce que j'avais besoin de m'entendre avec sa femme au sujet des visites à l'hôpital. Mais la véritable raison était que l'archivage des objets était un travail tout aussi fatigant pour moi que pour la vieille dame. Nous étions l'un en face l'autre, l'objet posé entre nous, et prendre en note avec ses mots à elle le récit de chaque objet était une tâche beaucoup plus ardue et minutieuse que je ne l'avais pensé. Dès que ce qui avait été prévu pour la journée se terminait, mes nerfs étaient bizarrement tendus, et je n'arrivais pas à trouver le sommeil, à moins d'avoir bu avec quelqu'un de confiance.

En général, la femme de ménage faisait de la couture, assise sur le sofa, tandis que nous buvions, le jardinier et moi. De temps à autre, elle posait son aiguille pour se rendre à la cuisine couper du jambon ou casser de la glace qu'elle nous rapportait.

— Merci, excusez-moi, lui répondais-je, confus, mais elle proposait de me resservir d'un air tout à fait naturel, comme si ce n'était rien pour elle.

La conversation à bâtons rompus, la boisson couleur d'ambre, l'aiguille se faufilant à travers le tissu m'aidaient à retrouver mon calme. La main de la femme de ménage qui tenait l'aiguille me rappelait ma défunte mère. Je me remémorais les nuits tranquilles d'un passé lointain, où j'écoutais de la même manière l'aiguille glisser sur le tissu. Je plongeais alors dans une sensation de bonheur telle que je me demandais si je n'étais pas en train de revivre exactement le même moment qu'alors.

Lorsque la femme de ménage était retenue tard au manoir pour le service de la vieille dame, nous allions dans la remise qui se trouvait à l'est de l'annexe. C'était son atelier de bricolage, avec tout le matériel, marteaux, plaques de fer, machine à poncer, et même un four, qui lui avait permis de fabriquer le couteau à cran d'arrêt.

— C'est incroyable, m'étais-je exclamé pour le féliciter, et il avait entrepris de m'expliquer avec fierté le processus de fabrication du couteau. En insistant sur l'excellence du travail sur le plan artistique.

— Si vous pensez qu'un couteau est un simple instrument, ce n'est pas la peine. L'histoire s'arrête là. C'est la même chose pour les musées. Beaucoup de gens pensent que ce sont de simples entrepôts d'exposition. Jusqu'à tout récemment, je pensais moi aussi que c'était ça. Mais pour vous, c'est quelque chose de compliqué, qui s'étend à l'infini. Un musée a un univers cohérent de musée. Pourtant, la plupart des gens se contentent de flâner au hasard dans l'entrée. Seule une poignée d'entre eux sont capables de pénétrer vraiment dans l'univers qu'ils représentent.

J'acquiesçai. Son établi croulait sous les outils, et l'extérieur des verres humides était obscurci par la limaille de fer, les copeaux de bois et la poussière. Le jardinier, qui avait relevé les manches de sa chemise maculée de transpiration, achevait son troisième verre dans un entrechoquement de glaçons.

— On peut dire la même chose des couteaux à cran d'arrêt. Un couteau peut réussir là où les dix doigts de l'homme ne suffisent pas. Sans utiliser un seul watt d'électricité, en un instant, comme ça. Et en plus, dans un bel éclat de lumière glacée… Existe-t-il au monde une section aussi parfaite ? Qu'en dites-vous ?

Il avait pris le couteau en cours de fabrication abandonné sur l'établi et, la lame à l'horizontale, jouait habilement de son poignet pour râper un bloc de fromage. Puis il approcha le couteau de mes lèvres, pour m'offrir le copeau de fromage qui se trouvait sur la lame. Je le pris doucement dans ma bouche en faisant attention à ne pas me couper. Le fromage était bien frais, avec une odeur forte.

La remise était une construction rudimentaire en bois, qui grinçait à chaque coup de vent. Les vitres des fenêtres étaient fendues, le plancher, pourri par endroits, avait des trous, et des cadavres d'insectes étaient collés à l'ampoule incandescente qui pendait du plafond. Seuls les nombreux couteaux qui recouvraient tout un mur étaient la preuve de la beauté parfaite qu'il expliquait.

— Tout ça, c'est vous ?

Je m'étais levé pour m'approcher des couteaux accrochés au mur. Le jardinier secoua la tête.

— Ceux qui se trouvent là ont été réalisés par mon père, mon grand-père et mon arrière-grand-père.

Eux seuls étaient entourés d'un cadre de bois. Ils étaient si bien aiguisés qu'ils ne semblaient pas vieux.

— C'est une sorte de maladie héréditaire qui court dans les veines de la famille.

— Je garde précieusement le couteau à cran d'arrêt que vous m'avez offert. Je le frotte de temps en temps avec un chiffon antirouille et je l'emporte toujours avec moi lors des expéditions pour récupérer des objets laissés par les défunts.

— Je vous en suis reconnaissant. La seule pensée qu'un couteau de ma fabrication puisse servir quelque part à quelque chose suffit à m'apaiser.

Le jardinier était-il un peu ivre ? Il avait croisé les mains derrière la nuque et fermait à demi les yeux, l'air serein.

Les couteaux étaient tous accrochés au mur en bon ordre, lame sortie. Les manches étaient incrustés de pierres artificielles, plaqués ou sculptés, mais le rôle principal était tenu par les lames dont la forme avait été pensée pour mettre la courbure en valeur. Même la triste lumière de la remise, dès lors qu'elle se reflétait dessus, prenait aussitôt une signification plus profonde. Tous ces couteaux donnaient l'irrésistible envie de s'en saisir pour essayer de sectionner quelque chose avec.

— La fabrication, c'est votre père ?

— Aah. En tout cas, fabriquer quelque chose est l'exercice le plus respectable qui soit donné à l'homme. C'est pour imiter Dieu qui a fait les fleurs et les étoiles qu'il fabrique des couteaux ou des musées.

— Ça, je me le demande. Je n'ai jamais pensé à Dieu, voyez-vous.

— Et vous, quel genre de musée avez-vous fabriqué la première fois ?

— Euh… Ah oui, je devais avoir dix ans. J'ai fabriqué un musée que je pouvais transporter avec moi. C'est comme ça que j'ai commencé, répondis-je après un moment de réflexion.

Le jardinier s'enfonça plus profondément dans son siège en faisant "Hmm".

— Je me suis mis à conserver toutes sortes de choses que je collectionnais, en les classant dans une boîte de cinquante centimètres carrés pleine de petits tiroirs que ma mère avait utilisée pour ranger des boutons. J'avais écrit sur des étiquettes "Végétaux (graines)", "Végétaux (fruits)", "Minéraux", "Métaux", "Insectes", que j'avais collées sur les tiroirs, et par exemple, dans les fruits des végétaux, il y avait du blé, de l'aubépine, des myrtilles, et dans les minéraux, du quartz, du mica ou du feldspath. Ce n'étaient que des choses ordinaires qui se trouvaient autour de moi, vous savez. Mais je faisais ça avec soin, en étalant du coton hydrophile au fond des tiroirs. Parce que comme ça ma collection avait quelque chose de précieux. Lorsque je trouvais une matière nouvelle que je ne savais pas où classer, je demandais à mon frère. Quand j'avais du temps devant moi, je ne me lassais pas d'ouvrir et fermer les tiroirs, d'exposer leur contenu au soleil pour le désinfecter. Je l'emportais partout avec moi, et la montrais à mes amis. La plupart d'entre eux ne comprenaient pas ce qu'il y avait d'amusant à rassembler tout ce bric-à-brac. Mais je m'en moquais. Je ne doutais de rien, comme si j'avais entièrement saisi la providence de l'organisation du monde, comme si j'avais entre les mains l'arche de Noé. Oui, c'est certain, pour moi, ce fut le premier musée…

Je ne m'étais pas aperçu que le jardinier s'était mis à ronfler. Ses ronflements disaient à quel point il se sentait à l'aise.

Soutenant la moitié supérieure de son corps qui glissait, menaçant de le faire tomber de son siège, je le fis se lever.

— Vous allez prendre froid.

En m'entendant, il entrouvrit les yeux.

— Je suis désolé, dit-il, en s'appuyant sur mon épaule.

Je le portai avec difficulté jusqu'à son lit dans sa chambre. La femme de ménage ne semblait pas encore rentrée du manoir.

— Quand je mourrai… murmura-t-il en se retournant dans son sommeil. Ayant du mal à l'entendre, je m'agenouillai et approchai mon oreille de sa bouche.

— Quand je mourrai, vous mettrez mon couteau à cran d'arrêt dans le musée.

J'ai cru qu'il parlait en dormant, mais je répondis néanmoins :

— Oui, j'ai compris. Bien sûr que je le ferai.

Pour le travail d'archivage ce jour-là, la vieille dame avait choisi la galerie nord du deuxième étage. C'était une pièce étroite, d'au moins trente mètres de long, un couloir à l'origine, transformée à une certaine époque en galerie où des objets d'art étaient exposés aux visiteurs. Le plafond était en plâtre sculpté de motifs représentant les douze constellations, et les panneaux de bois des lambris étaient recouverts d'une peinture imitant le marbre, mais ici comme ailleurs on ne remarquait aucune trace des splendeurs du passé. Les quelques peintures et sculptures qui restaient, faute d'entretien, avaient changé de couleur ou s'étaient fendillées.

A peu près au milieu de la pièce se trouvaient déjà préparées la table et les chaises que nous utilisions habituellement. La vieille dame était assise au fond, moi face à elle. La lumière qui entrait par les trois fenêtres en saillie allant du sol au plafond était vague et incertaine. Elle tirait d'une manière exaspérante sur sa jupe qui enveloppait ses jambes, la tripotait sans cesse. Son bonnet de laine qui avait glissé de travers sur sa tête laissait voir son moignon d'oreille gauche. En tout cas, j'attendis en silence qu'elle fût prête.

Je posai le premier objet sur la table.

— Numéro d'enregistrement E-416.

Puis j'ouvris mon cahier pour prendre des notes et, le stylo à la main, me concentrai pour commencer à tout moment.

Il s'agissait d'une boîte en bois contenant trente-six tubes de peinture à l'huile. Une étiquette était accrochée à la poignée qui mentionnait le numéro écrit par la jeune fille.

Chaque couleur était dans son compartiment, mais tous les tubes avaient été pressés jusqu'au bout, si bien qu'ils ne contenaient plus un seul gramme de peinture. Les tubes, systématiquement aplatis et repliés, paraissaient matérialiser leur propre mort.

Un certain temps était nécessaire pour que la vieille dame prononce son premier mot. J'étais heureux d'attendre cet instant, les yeux baissés sur la page blanche. Parce qu'à aucun autre moment elle ne me montrait d'une manière aussi franche les sentiments qui m'étaient nécessaires. Elle avait besoin de mes doigts qui fonctionnaient vite, de mes oreilles qui entendaient bien. C'était le moment où nous nous retrouvions tous les trois, elle, les objets et moi, en relation dans une atmosphère de sympathie.

Elle continuait à fixer l'objet avec intensité, sans un battement de paupières. En voyant l'expression qu'elle avait alors, on comprenait que l'attitude franchement désagréable qu'elle arborait habituellement n'était qu'un petit jeu innocent. Quand elle devenait vraiment sérieuse, elle en était presque solennelle.

De l'extérieur on ne pouvait comprendre de quelle manière elle entrait en contact avec les objets. Avait-elle une manière particulière de travailler, ou essayait-elle seulement de décrypter les signaux qu'ils lui envoyaient ? En tout cas, il était indubitable qu'il existait entre eux un échange sur lequel on ne pouvait guère empiéter. Je le sentais bien.

La pièce était d'un calme presque effrayant, aucun bruit ne nous parvenait. Les constellations au plafond, le tapis pelucheux, la Vénus en bronze, les lampes noircies par la fumée, tout ce qui était là retenait son souffle pour ne pas nous déranger. La vieille femme quitta l'objet des yeux, eut une toux grasse, fit claquer son dentier. C'était le signal qu'elle allait commencer. Je serrai plus fort le stylo entre mes doigts.

Une femme de soixante-neuf ans. Peintre qui ne se vend pas, célibataire. Condamnée une fois pour escroquerie. Cause de la mort indéterminée, par épuisement ou empoisonnement.

Après son diplôme d'une école d'art, la femme a peint tout en travaillant comme professeur auxiliaire dans un lycée, et finalement, jusqu'à sa mort, elle n'a jamais été appréciée à sa juste valeur. Elle a obtenu une seule fois un petit prix dans un concours, alors qu'elle avait environ trente-cinq ans, mais personne parmi les marchands de tableaux, les critiques ou les médias ne l'a remarquée.

Je crois que ses tableaux et elle-même étaient aux yeux des gens comme un paysage qui défile derrière les vitres d'une voiture. Même un amateur peut facilement l'imaginer, en voyant le nombre considérable de toiles qu'elle a laissées dans son atelier. Elles ont toutes été réalisées avec soin, d'une manière précise, et sont équilibrées, mais ne provoquent ni l'étonnement ni le dégoût chez celui qui les regarde. Elles ne renferment rien de significatif en dehors de la réalité qu'elles représentent. Si un brusque coup de vent les faisait s'envoler, sans doute que personne n'essaierait de les rattraper. Le temps de se retourner en murmurant "Aah…" et plus personne ne se souviendrait de quel tableau il s'agissait. C'étaient des tableaux de ce genre-là.

Le prix à ce concours, au lieu d'être un tremplin pour lancer cette femme dans la vie, l'a au contraire précipitée vers sa chute. C'est justement à cette époque qu'elle a été renvoyée du lycée, pour avoir eu une relation avec un garçon du cours de dessin. Par la suite, elle n'a plus retrouvé de travail fixe, et a continué à vivre pauvrement. De plus, victime de rhumatisme chronique des articulations, à cause de sa négligence pour se soigner correctement, au fil des ans, ses articulations se sont déformées, et il semble que depuis environ dix ans avant sa mort elle travaillait en fixant le pinceau à sa main droite à l'aide d'un bandage.

Mais malgré toutes ces difficultés, jusqu'à la fin, rien n'a changé dans son style sans relief ni affirmation de soi. Est-il bon d'exprimer la modération avec entêtement ?

La seule révolte de sa vie a été une affaire d'escroquerie basée sur des faux. Elle a tenté de vendre à un musée ses propres dessins et peintures à l'huile en les faisant passer pour des études d'un peintre ayant vécu à Paris au début du siècle. A un certain moment, il y a même eu des articles dans les journaux soulignant qu'il s'agissait d'une découverte exceptionnelle, mais quelqu'un a fini par se douter de la supercherie, et cela a fait toute une histoire, impliquant le musée qui les avait achetés, des experts et des aristocrates.

Le premier problème, même pour des études, c'était la pauvreté technique. Mais l'ironie veut que ce manque de maturité, justement, leur donnait encore plus de vérité. Ceux qui ont cru qu'ils étaient vrais pensaient que des faux auraient dû être un peu plus soignés.

L'analyse chimique de la peinture a révélé que tous les tableaux qu'elle présentait comme des études étaient des faux. Certains composants de ces peintures n'existaient pas à l'époque.

Elle a été condamnée à de la réclusion et, par la suite, elle a été complètement évincée des milieux de la peinture.

De tous les endroits où je suis allée récolter des objets laissés par les défunts, aucun ne m'a fait une impression aussi forte que cet atelier. S'il faut l'expliquer avec des mots, je dirais qu'il s'agissait d'une baraque pratiquement en ruine, qui donnait une impression palpable de menace. Une menace qui poussait à faire un pas en arrière, prendre une inspiration et adresser une prière à Dieu avant d'entrer.

En tout cas dans l'atelier, on ne voyait rien d'autre que des tableaux et du matériel de peinture. Vous me direz que c'est normal, mais il n'y avait pas de tasse de café, ni collyre, factures, photos encadrées, cigarettes, miettes de biscuits, rouge à lèvres… rien. Pas de consolation, de rappel du quotidien, rien pour se détendre.

C'était un spectacle impressionnant, implacable, à donner le frisson. Un chevalet, des carnets de croquis et des toiles jonchaient le sol, plusieurs dizaines de pinceaux aux poils durcis étaient tombés, et de la peinture avait giclé partout, des murs jusqu'au plafond. Des tableaux de toutes tailles, étaient-ils terminés ou en cours de réalisation ? se pressaient sur des étagères dont ils tombaient en cascades pour s'empiler les uns sur les autres.

Dès que l'on avançait d'un pas, on sentait une odeur nauséabonde. C'était peut-être à cause du cadavre qui était resté là près d'un mois, à moins que l'odeur n'eût daté de son vivant. De toute façon, c'était la même chose.

Un jour, elle était tombée dans son atelier, victime d'une crise d'apoplexie. Mais la paralysie l'avait empêchée de demander du secours, et son corps enfoui sous un monticule de bric-à-brac, sans eau ni nourriture, s'était épuisé progressivement.

La seule chose qu'elle avait pour se nourrir, c'étaient ses tubes de peinture. Les tenant du bout de ses doigts qui remuaient encore un peu, elle les avait pressés avec ses dents, survivant d'un jour à l'autre en léchant les couleurs.

Le voisin, incommodé par la mauvaise odeur et l'apparition des mouches, avait contacté la police, et lorsqu'on avait découvert son cadavre il était déjà presque réduit à l'état de squelette. Il paraît que de la peinture était collée au reste de peau plaqué autour de sa bouche. Finalement, on n'a jamais pu déterminer si elle était morte de faim ou par empoisonnement dû aux composants nocifs de ses couleurs.

J'ai tout de suite reconnu l'endroit où elle était morte. Parce que le sol avait pourri en suivant la forme de son corps. Heureusement, les tubes de peinture étaient encore éparpillés autour. Ni la police, ni les parents éloignés qui s'étaient chargés du corps ne les avaient emportés.

J'ai ramassé les tubes, vérifié le nom des couleurs, les ai rangés dans les compartiments de la boîte. Ils portent encore la marque de ses dents. Ils gardent aussi l'odeur de sa salive. Y est restée gravée l'opiniâtreté avec laquelle elle a essayé d'en sortir un milligramme de contenu. Les trente-six tubes de couleur sont là, tous sans exception, comme si Dieu donnait sa bénédiction à leur sauvegarde.

Tout cela est enregistré sous le numéro E-416.

La vieille femme s'était tue. Je posai mon stylo après avoir attendu d'être certain qu'aucun autre mot ne sortirait de sa bouche.

Les pages de mon cahier étaient pleines de mots serrés les uns contre les autres. Il s'agissait bien de mon écriture, mais je les regardais comme si quelqu'un d'autre les avait remplies. A la qualité de la lumière qui passait à travers les fenêtres en saillie, je vis qu'il s'était écoulé beaucoup de temps à mon insu. La vieille femme sortit un vieux mouchoir de la poche de sa jupe, le mit devant sa bouche, y cracha les mucosités qui l'encombraient.

— Voulez-vous que je vous fasse apporter une boisson fraîche ? lui proposai-je gentiment.

— Inutile de vous mêler de ça, refusa-t-elle de son ton ordinaire, manifestement différent de celui qu'elle prenait pour procéder à l'archivage.

Les trente-six tubes de couleur n'avaient pas bougé de la table. Mais le courant qui était passé entre eux et la vieille dame était déjà coupé. Ils essayaient chacun à sa manière de se remettre de leur fatigue.

— Allez, au suivant.

Sa voix retentit tout droit jusqu'au bout de la galerie. Je refermai doucement le couvercle de la boîte pour ne pas ébranler les tubes et, après en avoir déplié l'étiquette numérotée, la rangeai dans le sac.

8

Début juillet, la jeune fille quitta l'hôpital. La vieille dame organisa un repas de fête pour l'occasion.

La femme de ménage m'apprit que la dernière fois qu'il y avait eu quelque chose de ce genre au manoir, c'était bien avant l'arrivée de la jeune fille, lorsque toute la famille s'était réunie pour le cinquantième anniversaire de la mort de la mère de la vieille dame. Cette fois-ci, nous n'étions que trois invités pour ce repas, le jardinier, sa femme et moi, et nous nous chargeâmes nous-mêmes de la préparation de la grande salle à manger qui était réservée aux banquets, en l'aménageant pour qu'elle soit utilisable. La femme de ménage enleva la poussière qui s'était accumulée dans toute la pièce et fit briller le service en argenterie, tandis que le jardinier et moi réparions le lustre qui était en panne.

Nous nous sommes rassemblés dans la grande salle à manger, habillés avec plus de recherche que d'habitude. Le jardinier avait mis une cravate, et la femme de ménage une broche de fleurs artificielles sur sa poitrine. Et même la vieille dame avait couvert sa tête d'un foulard en soie à la place de son éternel bonnet de laine.

Seule la jeune fille qui tenait le rôle principal avait une tenue légèrement différente. Elle portait à l'envers une robe de lin blanc.

Mais je ne fus pas surpris. Curieusement, l'expérience m'avait appris que lorsqu'il se passait des choses extravagantes l'almanach de la vieille dame était forcément en cause.

— En cas de blessure ou de maladie graves, il faut porter son vêtement à l'envers jusqu'à la pleine lune suivante, déclama-t-elle comme je m'y attendais, si l'on ne prend pas de précautions, on est emporté dans l'autre monde par les démons. En portant son vêtement sur l'envers, on montre que l'on est quelqu'un du monde opposé, quelqu'un de là-bas, et les démons s'y trompent.

Le jardinier et sa femme acquiesçaient avec émerveillement, tandis que la jeune fille ne cessait de vérifier si les boutons, tordus, tenaient bien.

Le repas, un menu complet, fut préparé et servi par un cuisinier et un extra dépêchés par le restaurant du village. Il n'était pas très raffiné, mais la cuisine était saine et agréable.

— Félicitations pour ta sortie de l'hôpital !

Nous avons porté un toast. La vieille dame accepta avec dédain, tandis que la jeune fille répondait timidement merci à mi-voix.

Une cicatrice en forme d'étoile marquait sa joue gauche. Un éclat de verre s'y était enfoncé si profondément qu'il n'avait pas été possible de l'extraire, alors que sur le reste de son corps toutes ses blessures avaient guéri sans laisser de traces.

Les cinq sommets se rejoignaient à angles égaux, comme s'ils avaient été tracés à la règle, pour former une étoile parfaite. C'était comme une révélation du ciel incrustée dans sa joue pâle et souple. Qui aimait cette jeune fille ne pouvait faire autrement que caresser cette cicatrice pour essayer de comprendre son sens caché. Nous gardions tous ce sentiment au chaud à l'intérieur de notre paume.

La jeune fille était légèrement amaigrie, mais elle montra un gros appétit et se comporta d'une manière joyeuse. Elle parlait de la personnalité unique de certains malades ou de médecins avec beaucoup de gestes, et elle était attentive à ce que ni moi ni le jardinier et sa femme ne s'ennuient. En même temps, quand la vieille femme renversait un peu de soupe, elle l'essuyait avec sa serviette, et lorsque le plat de viande fut servi elle la lui coupa en petits morceaux pour qu'elle pût la manger.

La vieille dame ne parla pratiquement pas. Dès qu'un nouveau plat lui était servi, elle le regardait intensément d'un œil soupçonneux comme si c'était du poison, puis, cela ne lui suffisant pas, elle le titillait du bout de sa fourchette, et finissait par en porter un peu à sa bouche au moment où tout était déjà presque froid. Et elle avalait chaque bouchée avec difficulté car ses fausses dents tenaient mal.

La femme de ménage riait, tandis que le jardinier et moi échangions plusieurs coupes de vin. Le serveur se tenait en retrait derrière une colonne, s'approchant à intervalles réguliers pour changer nos assiettes ou remplir nos verres d'eau. La nuit avançait, et l'on ne voyait plus rien à travers les fenêtres. J'avais beau concentrer mon regard vers le lointain, je ne distinguais ni le contour du bois, ni même une fleur.

Je pense qu'à ce moment-là j'ai réalisé pour la première fois depuis mon arrivée au village à quel point j'avais effectué un long voyage pour arriver jusque-là. J'étais maintenant dans un endroit que jamais je n'aurais pu imaginer aussi éloigné, à une époque révolue où je multipliais les installations de musées, me débattant avec les documents dans les réserves et discutant sans fin de l'efficacité d'une exposition.

Le vaste manoir, plongé dans le silence, était environné de ténèbres bien trop épaisses. Nous étions à l'écart de la foule, et nous nous serrions les uns contre les autres comme un groupe de poussières d'étoiles rejeté en bordure du ciel. Je ne pouvais pas imaginer ce qu'il y avait de l'autre côté des ténèbres, pour autant, cela ne me faisait pas peur. Parce que nous partagions la même passion pour les objets hérités des défunts et que, grâce à cela, nous avions établi des liens solides. Je savais que, dans la mesure où nous étions à la recherche de ces objets avec tendresse, aucun de nous, glissant sur le bord, ne serait avalé par les ténèbres.

Lorsque le serveur, après avoir balayé les miettes, eut posé les assiettes à dessert sur la table, le lustre se mit soudain à clignoter. Au moment où, la cuiller à dessert à la main, nous levions dans un bel ensemble les yeux vers le plafond, il lança une dernière gerbe d'étincelles avant de s'éteindre définitivement.

— C'est bien ce que je pensais, il n'a pas tenu… murmura le jardinier. La femme de ménage alla chercher dans le buffet un bougeoir et des bougies qu'elle alluma et plaça au centre de la table.

L'éclat des bougies était faible et tremblotant. La distance entre nous cinq était d'autant plus rétrécie que l'obscurité s'étendait alentour. Nos cinq silhouettes se touchaient et se superposaient sur la nappe blanche.

Le dessert était constitué de fruits au sirop. Des pêches, des figues, du raisin et des nèfles baignaient au fond d'un sirop lourd, qui paraissait très sucré. Nous y avons tous plongé lentement notre cuiller.

Même si sa robe était à l'envers, la jeune fille n'avait rien perdu de son charme. Ses bras et ses jambes étaient toujours aussi graciles qu'à l'époque où j'avais fait sa connaissance, ses yeux avaient toujours le même éclat de pureté, et ses oreilles conservaient une immaturité qui leur permettait encore de se glisser aisément dans les trous du mur. A la clarté des bougies, l'étoile sur sa joue projetait une ombre de plus en plus profonde.

— Il faut avoir de la reconnaissance, commença la vieille dame, son verre à la main, en fixant intensément les bulles tremblotantes du champagne.

Il ne faut pas avoir de ressentiment à cause de cet attentat. Rien de ce qui nous arrive n'est gratuit. Tout ce qui se produit dans le monde a une raison, un sens, et de la valeur. Comme chaque objet hérité des défunts.

Elle mobilisa toutes ses forces pour lever bien haut son verre. C'est ainsi que nous avons trinqué encore une fois.

La première chose à faire après la sortie de la jeune fille de l'hôpital était bien sûr d'aller acheter ensemble un œuf ciselé pour le cadeau de mon frère. La boutique du marchand de souvenirs à l'entrée des arcades avait été entièrement rénovée et la vitrine comme le tourniquet de l'entrée étaient redevenus comme avant. Seules les marchandises étaient encore peu nombreuses et l'on remarquait les vides dans la vitrine, mais elle regarda un peu partout dans la boutique sans y prêter attention, prenant chaque œuf à la main pour les examiner avec soin.

Assis sur une chaise près de la caisse, je la regardai faire. J'aimais l'observer lorsqu'elle était ainsi attentionnée, qu'il s'agît d'œufs ciselés, d'objets laissés par les défunts ou de la vieille dame. Ses doigts fins étaient vraiment délicats et précautionneux. Elle prenait dans ses mains un œuf ciselé d'une manière telle qu'elle me faisait espérer être ainsi serré dans les bras de quelqu'un…

Elle en choisit un raffiné, avec son socle en forme de patte de chat, d'une pâle couleur crème, bordé de ferrures incrustées. Si l'on prenait entre ses doigts une petite protubérance, une porte s'ouvrait dans la coquille, et il y avait un mécanisme intérieur qui permettait l'apparition d'un ange. C'était le même que celui de l'œuf ciselé que je possédais, avec les ailes entrouvertes dans son dos et les yeux à moitié baissés.

Je l'enveloppai de plusieurs couches de coton, doublai de velours l'intérieur de la boîte et, pour plus de tranquillité, bouchai les intervalles avec de la mousse. Puis je déposai une carte de vœux sur le dessus et portai la boîte à deux mains jusqu'au bureau de poste.

Bientôt ce fut l'été. La caresse du vent sur la peau avait changé, une lumière éblouissante se propageait alentour, et une odeur de verdure montait des champs. Les petits animaux qui traversaient le bois avaient tous retrouvé leur pelage d'été, et les fermiers s'activaient pour les foins. De temps à autre tombait une pluie fine et certains jours la crête des montagnes était noyée dans la brume, mais cela n'arrivait pas à chasser la chaleur du ciel. L'été s'était vraiment installé uniformément partout.

La jeune fille s'efforçait d'écrire au propre ce que j'avais pris sous la dictée de la vieille dame. Le matin, elle se reposait dans sa chambre pendant que la vieille dame et moi, enfermés quelque part dans le manoir, procédions à l'archivage, et, l'après-midi, elle descendait dans l'ancienne salle de billard.

— Tu n'es pas obligée d'en faire trop, lui dis-je poussé par l'inquiétude, mais elle me répondit, l'air insouciant :

— Je veux faire quelque chose d'utile pour le musée. Comme ça, je me sentirai mieux.

Et, prenant l'œil de verre et la feuille de papier machine que j'avais récoltés pendant son hospitalisation, elle se mit à les observer avec soin.

Son écriture était la plus appropriée pour parfaire l'archivage des objets laissés par les défunts. Non pas parce qu'elle était belle ou facile à lire. Mais parce qu'elle captait le flot de paroles que je prenais sous la dictée de la vieille dame, reproduisant merveilleusement le courant qui s'établissait entre elle et les objets hérités des défunts, tout en faisant preuve d'ingéniosité pour des endroits cachés, élaborant ainsi un document encore plus parfait.

Elle recopiait au propre, à côté de moi qui, face au plan de travail, corrigeais les projets de rénovation des écuries ou restaurais les objets. La table, l'ancien billard, était vaste et, malgré son désordre, il y restait suffisamment de place pour que nous puissions y travailler tous les deux.

Elle avait préparé une pleine bouteille d'encre bleue, posé mon cahier à sa gauche, étalé devant elle une feuille de Kent numérotée. Le papier, de la meilleure qualité, d'un modèle spécial pour l'archivage, avait été acheté dans la papeterie dirigée par la femme qui disait la bonne aventure avec ses machines à écrire. La jeune fille jetait d'abord un coup d'œil à la page qu'elle devait recopier et, après avoir fixé le vague un moment comme si elle essayait de cerner l'atmosphère générale dégagée par l'objet, prenait de l'encre avec son stylo.

Dès qu'elle commençait un dossier, sa main progressait à un rythme régulier jusqu'à la fin, sans s'interrompre, sauf pour prendre une nouvelle feuille ou tremper sa plume dans l'encre. Même si j'étais absorbé par ma tâche, je ne pouvais pas ignorer sa silhouette, en bordure de mon champ de vision.

— Ça ira comme ça ?

Elle me tendait la feuille qu'elle venait de terminer, un peu gênée à l'idée de me déranger dans mon travail.

— Hmm, c'est très bien, la complimentais-je, et elle souriait, soulagée, avant de souffler sur le papier où l'encre n'avait pas encore eu le temps de sécher.

Chaque fois que je sentais ainsi sa respiration, j'éprouvais la certitude que ces objets seraient inévitablement conservés dans le musée. Ils avaient eu une existence, la vieille dame la racontait, je la prenais sous sa dictée, la jeune fille l'écrivait au propre, et tout cela formait une continuité. Même s'il y avait des manques quelque part, le cercle ne se refermait pas. La chaîne de mots écrits à l'encre bleue par la jeune fille, l'étape du travail que nous avions accompli prouvaient que nous avions terminé sans problème.

Comme on pouvait s'y attendre, pour la jeune fille, recopier au propre était une tâche beaucoup plus fatigante qu'elle ne le pensait. C'est pour cette raison que je veillais toujours à ce qu'elle ne s'épuisât pas trop. Ce jour-là, si je mis fin au travail un peu plus tôt pour l'inviter à une promenade, c'était parce que je sentais qu'il fallait qu'elle retrouvât des forces, en respirant l'air de la saison nouvelle.

Les nuages passaient lentement au-delà des montagnes, et le soleil brillait encore à peu près au milieu du ciel. Après avoir traversé le bois de la propriété, nous avons suivi vers le nord le chemin à travers champs. Çà et là poussaient des bouquets de myosotis, entre lesquels des petites fleurs dont je ne connaissais pas le nom faisaient de minuscules taches de peinture, blanches, jaunes ou violettes.

L'ombre des arbres baignés de lumière était épaisse, et le vent avait beau souffler, elle s'étalait immobile sur le sol.

Le sentier escaladait une petite colline, se frayait un chemin entre les buissons, traversait un ruisseau, continuant sa progression vers le nord. Les gazouillis des oiseaux nous suivaient partout. J'étais dans l'état d'esprit de celui qui réalise pour la première fois de sa vie à quel point l'été est une saison magnifique.

— Tu n'es pas fatiguée ? questionnai-je à plusieurs reprises, et elle me répondait invariablement :

— Ne vous inquiétez pas.

Malheureusement, il restait encore un peu de temps avant la pleine lune, si bien que ses vêtements, son chemisier comme sa jupe, étaient tous à l'envers.

— C'est dommage, vous savez, à cet endroit, il y a un très joli lapin brodé. Ça gâche tout, dit-elle en désignant le côté gauche de son corsage. Plusieurs brins de fil à broderie y étaient entremêlés.

Nous nous sommes reposés un peu, assis à l'ombre des arbres. Un vieil orme se dressait, enchevêtré de lierre, au pied duquel s'étendait un tapis d'herbe tendre. On entendait de temps à autre un battement d'ailes qui s'éloignait aussitôt. Nos pieds étaient éclairés de flaques de lumière se frayant un chemin à travers les branches.

— Il y a quelque chose que je trouve curieux, commença-t-elle, jusqu'à présent, nous nous sommes procuré beaucoup d'objets laissés par les défunts, et nous n'avons encore jamais eu de problèmes.

— Que veux-tu dire ? lui demandai-je.

— En fait, nous les avons volés, n'est-ce pas ? Il n'y a jamais eu de déclaration de vol, et la police n'est jamais venue non plus se renseigner. Et les familles ne s'en sont même pas rendu compte. Alors que quelque chose de si précieux a disparu.

Elle s'étira, roula dans l'herbe. L'odeur de terre devint encore plus puissante. Un nuage de petits insectes s'envola tandis que d'autres se faufilaient entre les herbes.

— Juste après la mort de quelqu'un, la plupart des gens sont tellement bouleversés qu'ils ne se rendent pas compte de grand-chose, tu sais.

— Bah.

— Et les objets que nous recherchons n'ont pas vraiment de valeur financière. Même s'ils s'étonnent qu'il manque quelque chose, ils ne cherchent pas plus loin. Ils se disent que ça s'est perdu dans le désordre ambiant et que ça ressortira bien un jour… Et ça s'arrête là.

Mais, pas entièrement convaincue, elle murmura :

— Vous croyez ?

Les flaques de lumière tremblotaient sans cesse, comme des créatures ailées. Elle glissa les mains sous sa tête, ferma les yeux.

— Certainement qu'ils doivent tous accepter, continua-t-elle. Parce que notre choix est tellement précis. Nous visons toujours juste. C'est pour ça que personne n'a à redire.

— Pour le choix des objets ? questionnai-je en la regardant.

— Oui. Par exemple, quand quelqu'un meurt. Que ce soit par accident ou après une longue maladie, c'est la même chose. Il se passe parfois des choses étranges : il peut arriver que le chat que cette personne élevait comme son propre enfant disparaisse, ou que la perruche qu'il aimait tant meure de faim, faute de soins. Dans ce cas, ceux qui restent se persuadent qu'ils sont partis au ciel avec lui. Sans doute que ceux qui se rendent compte du vide laissé par l'objet que nous avons volé pensent la même chose, vous ne croyez pas ? Ils doivent se dire que le mort l'a emporté avec lui…

— Dans ce cas, ça signifie que notre vol a réussi.

— Oui, c'est ça. Mais en réalité ils ne vont pas au ciel, n'est-ce pas ? C'est le contraire. Ils sont conservés au musée pour rester éternellement en ce monde.

— Aah, c'est exactement ça, répondis-je.

Elle ouvrit les yeux et se redressa après avoir cligné des paupières, comme éblouie. Des cloches sonnaient quelque part dans le lointain. Je tendis le bras pour balayer d'un geste l'herbe accrochée dans son dos, sur ses cheveux.

Ensuite, nous avons poursuivi encore un peu le chemin à travers la campagne. Les bosquets alentour s'épaississaient de plus en plus, et les champs de blé, les fermes et les granges que l'on apercevait entre les branches, les tracteurs qui passaient, se raréfiaient. Un arbre mort, fendu jusqu'à la racine, qui avait dû être frappé par la foudre, bloquait le chemin. Nous l'enjambâmes et, levant la tête, nous nous retrouvâmes en présence de l'eau, tandis que le monde s'ouvrait devant nous. C'était le marais, d'un vert profond, cerné de roseaux.

— C'est la première fois que je viens aussi loin, dit-elle.

— Même pour toi, il reste des endroits que tu ne connais pas, lui dis-je, en faisant attention où je mettais les pieds pour ne pas glisser dans l'eau.

— A vrai dire, maman me l'a défendu. Il paraît qu'en quittant le village plus on s'enfonce vers le nord, plus la direction de l'air change et plus c'est dangereux.

Elle attrapa une liane qui pendait d'une branche.

Le marais paraissait d'autant plus profond que la couleur de l'eau était sombre. Elle était d'une nuance telle qu'elle donnait l'impression que le vert collerait aux doigts si on en recueillait dans le creux des mains. Çà et là sur les eaux dormantes flottaient des herbes aquatiques qui venaient s'enrouler autour des tiges des roseaux, tandis que vers le centre les nénuphars avaient encore des fleurs. Des libellules volaient entre les pétales et la surface de l'eau. Des petites libellules, avec les ailes mouchetées de noir.

— Si vous voulez, je vous en prie.

Une voix venait de se faire entendre tout près de nous, et nous échangeâmes un regard épouvanté. Cette voix où s'attardait l'enfance était mal assortie à la politesse des propos.

— Ne soyez pas gênés. Je rentrais justement au monastère.

Un garçon de quinze ou seize ans apparut enfin derrière le tronc d'un hêtre. Il portait une peau de bison des roches blanches encore neuve.

La barque était à moitié pourrie, à se demander si l'eau n'allait pas s'infiltrer à travers les planches du fond, mais le jeune homme maniait les rames avec dextérité, et les vaguelettes qui naissaient à la proue traversaient avec force le marais. Lorsque les rames s'enfonçaient, les nénuphars s'inclinaient et les libellules fuyaient en rayant la surface de l'eau.

— Ce n'est pas indiscret que des gens extérieurs comme nous viennent vous déranger aussi soudainement ? demandai-je, ne pouvant chasser une certaine inquiétude à l'idée que nous étions montés dans le bateau parce que l'invitation du jeune homme avait été si spontanée.

— Ça va. Il n'y a aucun problème, répondit gentiment le jeune homme. La porte du monastère est toujours ouverte, et tout le monde peut aller et venir librement. Marchand de couleurs, pharmacien, rémouleur, voyageur, vétérinaire, briquetier, fonctionnaire... Toutes sortes de gens viennent pour toutes sortes de choses. Mon travail est de les transporter de cette façon.

Il était maigre et de petite taille, ses mâchoires, son cou et l'extrémité de ses épaules n'avaient pas encore terminé leur croissance. Sa peau de bison des roches blanches était trop grande, au point que chaque fois qu'il reprenait les rames il était obligé de la retrousser alors qu'elle arrivait au bout de ses doigts. Mais ses yeux tirant sur le noir, avec leur paupière double, nous regardaient avec franchise, tandis que l'on sentait son intelligence à la fermeté des traits de sa bouche. Et ce qui me paraissait plus que tout symboliser sa fraîcheur, c'était cette peau toute neuve à l'odeur animale encore très présente, différente des autres que j'avais déjà vues ou de celle qui m'était passée entre les mains en tant qu'objet hérité des défunts.

— Pour aller au monastère, il n'y a pas d'autre chemin ? on ne peut pas faire autrement que de traverser ce marais ? demanda la jeune fille sans quitter des yeux la surface de l'eau, immobile au bord de la barque.

— Si on fait le tour, il faut marcher à travers la forêt pendant au moins une heure par des sentes d'animaux. Traverser le marais est le chemin le plus court. Bien sûr, parmi les prédicateurs, il y en a certains qui choisissent de passer par la forêt pour l'exercice, vous savez.

Le plus impressionnant était qu'il ne paraissait pas préoccupé de sa blessure à la joue ni de ses vêtements à l'envers. Il ne montrait ni crainte ni indifférence excessives, il l'acceptait comme quelque chose d'entièrement naturel.

La froideur de l'eau se communiquait aux planches du fond. Le marais était plus vaste que vu du bord. Il se rétrécissait au milieu et, après une lente courbe vers la gauche, s'élargissait à nouveau en ellipse. L'adolescent guidait adroitement la barque entre les bois flottants et les paquets d'herbes aquatiques. Le grincement des rames résonnait agréablement.

— Puis-je poser une question ? commença-t-elle. Pourquoi parlez-vous alors que vous êtes un prédicateur du silence ?

Le garçon eut un sourire débordant de sympathie, comme s'il se disait, allons, ce n'est que
ça…

— Parce que je suis encore novice.

— Alors, tôt ou tard, vous aussi vous garderez
le silence ?

— Oui. Petit à petit. Bientôt, répondit le jeune
homme.

Le monastère se trouvait au sommet d'un tertre
auquel on accédait par un sentier escarpé qui
partait de l'endroit où arrivait la barque. C'était
un solide bâtiment, posé là un peu de guingois,
qui ne paraissait pas à sa place. Le seul accent
était apporté par le campanile, percé de fenêtres,
qui servait en même temps de soutien à l'ensemble.

Le jeune novice eut la bonté de nous faire
visiter, car il n'avait rien à faire, nous expliqua-
t-il, jusqu'au moment où il irait chercher ses
aînés dans la soirée, quand ils rentreraient après
avoir terminé leur travail. Dès que l'on passait le
portail, on arrivait dans une cour intérieure assez
vaste. Celle-ci n'avait d'autre décor que quelques
arbres à feuilles caduques qui étendaient leurs
branches, et des chardons et des coquelicots qui
fleurissaient en liberté. Mais au centre il y avait
un bassin entouré de briques où un moine était
en train de se laver les pieds.

Une galerie à colonnes au plafond évidé en
forme d'arche bordait le jardin, et la lumière qui
se réfléchissait sur les piliers de pierre formait
des ombres variées. Des prédicateurs assis sur des
bancs placés çà et là lisaient, raccommodaient du
linge ou méditaient. Mais, quoi qu'ils fissent, le
silence, seul, occupait tout l'espace.

Nous marchâmes sous le cloître tous les trois, l'adolescent au milieu. Il était pieds nus, et l'on percevait le frôlement de la bordure de sa fourrure sur le sol, ce qui faisait ressortir d'autant le bruit de nos chaussures, à la jeune fille et moi. J'étais terriblement inquiet à l'idée que le bruit que nous faisions pût être impoli.

— Pour les prédicateurs, ici c'est comme un salon. Ils s'y rincent la bouche, se rasent, laissent vagabonder leurs pensées, ont des conversations privées. C'est aussi l'endroit qu'ils préfèrent. En fait, c'est leur campement céleste, protégé par la vertu, disait le jeune homme sans baisser la voix, du même ton qu'un peu plus tôt sur le marais. Lorsque les prédicateurs se rendaient compte de notre présence, ils nous saluaient sans changer d'expression, avant de retourner aussitôt dans leur monde.

— Ce n'est pas tabou de parler à l'intérieur du monastère ? questionnai-je.

— Il n'est absolument pas interdit de bavarder. Les gens de l'extérieur ou les novices comme moi parlent. Les prédicateurs sont à la recherche du silence, pas de l'interdiction de parole. Le silence doit exister en nous, pas autour.

La jeune fille fixait le fond du cloître en retenant sa respiration. Les portes qui se succédaient à intervalles réguliers étaient toutes hermétiquement closes, et les poignées qui avaient beaucoup servi luisaient faiblement. Près de la fontaine, le moine trempait toujours ses pieds dans le bassin, lavant un à un ses orteils avec beaucoup de soin. On entendait un mélange d'eau qui coule et de bourdonnements de guêpes.

Il régnait alentour le même silence que celui que j'avais ressenti au moment d'enlever la fourrure du prédicateur mort dans l'explosion. Cela n'évoqua pas en moi de la tristesse. Mais quelque chose de beaucoup plus dense, incrusté dans chaque pilier, chaque gravier, qui aurait résisté si je l'avais repoussé de la main.

Le monastère était plus vaste qu'on n'aurait pu le penser. Il y avait toute une succession de pièces, un jardin potager et un jardin de plantes médicinales, une grange à céréales, un endroit pour moudre le grain, et même un autre pour élever du poisson. On voyait partout des silhouettes de prédicateurs. Ils devaient remplir leur tâche quotidienne, à moins qu'ils ne se trouvent debout dans un coin d'une salle de réunion ou derrière un hangar. Quel que fût l'endroit, ils pouvaient pratiquer l'ascèse.

— Comment les prédicateurs communiquent-ils leur volonté entre eux ? Est-ce qu'ils utilisent des signes particuliers ?

Elle avait parlé en faisant attention que sa voix ne se répercutât pas sur les murs de pierre. Ses joues, rouges tout à l'heure encore d'avoir pris le soleil, étaient masquées d'une ombre froide.

— Non, il n'y a pas de signes particuliers. Tout au plus ont-ils recours à un léger clin d'œil ou un signe de la main. Ici les affaires sont simples, on se contente de répéter ce que l'on a toujours fait, il n'est donc pas nécessaire de transmettre des informations. Cultiver, cuisiner, coudre les fourrures, faire les lits. C'est à peu près tout. Au monastère, les discussions, propositions, mises au point n'existent pas.

Le garçon répondait poliment à toutes les questions.

— Ne pas parler ne dérange personne.

— Non. Ici, c'est d'abord un endroit organisé pour que tout se passe bien sans qu'il soit nécessaire de parler.

Toutes les pièces étaient hautes de plafond et n'avaient qu'une petite fenêtre, comme pour mieux les protéger des bruits du monde et purifier le silence intérieur. Dans la chapelle, certains priaient, dans la bibliothèque, un moine âgé était en train de recoudre la reliure d'un livre ancien, et, dans la cuisine, un jeune novice écossait des pois.

Ils avaient tous la même apparence, et il était difficile de les distinguer. Parce que les éléments frappants de leur corps étaient tous dissimulés par la fourrure qui les enveloppait. En revanche, chaque fourrure avait une particularité bien distincte. Il y avait toujours quelque chose de différent, dans la longueur des poils des pattes, la luminosité de la couleur, la manière dont les peaux prenaient la saleté ou l'ondulation des bords. On aurait dit qu'elles s'assimilaient peu à peu à leur propre peau.

A l'extrémité de l'arrière-cour, au pied d'un éboulis de roches, se trouvait une petite cabane moussue.

— C'est notre glacière, dit le garçon en la désignant. En hiver, nous y entreposons sous terre la glace qui se forme sur le marais.

— Parce qu'il gèle ? demandai-je.

— Oui, mais pas chaque année. A peu près une fois tous les trois ou quatre ans.

A l'intérieur s'entassaient des réserves de nourriture, tandis que sur des étagères fixées aux murs étaient rangés du bacon, des truites arc-en-ciel fumées et des œufs. Il y faisait si froid qu'en entrant on aurait pu laisser échapper un cri de surprise. Le sol était à claire-voie pour mieux laisser passer l'air froid, et c'était difficile de marcher.

— Voici le passage qui permet d'aller dessous. Il n'y a rien d'intéressant, mais vous voulez y descendre ?

Le jeune homme souleva un paillasson en chanvre tressé. On distinguait bien une échelle.

— Oh oui, s'il vous plaît, insista la jeune fille.

Il nous fallut un certain temps pour nous habituer à l'obscurité. Bientôt apparut progressivement le contour des blocs de glace empilés sur le sol. Nous ne savions pas très bien combien de jours s'étaient écoulés depuis qu'ils avaient été entreposés là, mais l'air froid s'élevait des pains bien rangés, tous de la même taille.

— Ça a la même odeur que le marais, je trouve.

Avait-elle froid, ou peur du noir ? elle s'était rapprochée de moi.

Il n'y avait pas que l'odeur. La glace avait la même couleur vert sombre que le marais lorsque nous l'avions traversé un moment plus tôt. Une couleur opaque, insondable. En regardant mieux, on y voyait des herbes, des branchages et des feuilles mortes pris à l'intérieur. Un petit morceau, de quelque chose de très fin, était resté prisonnier, comme un fossile du paléozoïque. C'était l'aile déchirée d'une libellule.

Soudain, mon regard rencontra un petit escabeau posé contre le mur. Il devait avoir de longues années d'utilisation derrière lui, le bois avait noirci, les nœuds avaient disparu, et il était creusé en son milieu.

— Ça… dis-je en le désignant.

— C'est un agenouilloir à confession, répondit le garçon. Ici c'est en même temps une glacière et un confessionnal. Les prédicateurs qui ont enfreint la règle du silence s'agenouillent sur cette sellette, penchent la tête et appliquent leur langue contre la glace. Ils donnent ainsi un châtiment à leur langue qui a fauté, ils la réduisent au silence en faisant geler les mots qu'elle s'est fourvoyée à prononcer.

Le garçon tendit les bras hors de la fourrure et posa les mains sur la glace.

— A cet endroit. C'est un peu creusé n'est-ce pas ? C'est la preuve que quelqu'un est venu récemment se confesser. C'est la chaleur de la langue qui l'a fait fondre. Et ce n'est pas que creusé. Il y a même un peu de muqueuse qui est restée collée. Tenez…

Il gratta légèrement la glace du bout de son ongle, libérant quelques particules membraneuses qui tombèrent en tourbillonnant à nos pieds.

Nous entendîmes résonner la cloche de cinq heures du soir. Elle et moi, nous levâmes en même temps la tête vers le sommet du campanile que l'on apercevait à travers la lucarne du toit. De près, le son était beaucoup plus grossier que ce que l'on n'aurait pu imaginer. Les dernières résonances, tourbillonnant au-dessus de nos têtes, n'en finissaient pas de disparaître.

En retraversant le marais après avoir quitté le monastère, nous vîmes des bisons des roches blanches dans les éboulis à flanc de colline. Des bisons des roches blanches vivants. Par groupes de cinq ou six, à distance raisonnable, la tête penchée, ils broutaient tous dans un bel ensemble l'herbe qui poussait entre les rochers.

Il m'a semblé que je me rendais compte pour la première fois qu'à l'origine les peaux n'appartenaient pas aux moines, mais à ces animaux. Il me semble que j'avais fini par me persuader qu'elles étaient une sorte de marque distinctive corporelle, les moines en étant couverts dès leur naissance. C'est pourquoi le souvenir du moment où j'avais pris la fourrure au prédicateur défunt restait en moi comme la sensation de l'avoir dépouillé plus que de lui avoir enlevé un vêtement.

Mais en réalité l'aspect des bisons des roches blanches ne présentait aucune différence avec la silhouette des moines que nous avions vus un peu plus tôt au monastère. Chaque animal était enfermé dans sa coquille, et ne montrait ni crainte ni intérêt envers les humains. Ils ne grognaient pas, ne s'affrontaient pas à coups de cornes, ne se frottaient pas l'un contre l'autre, ne bavaient pas non plus. Mais, de temps à autre, ils se contentaient d'agiter doucement une queue chétive qui n'était pas en harmonie avec leur corps si imposant.

Oui, ils étaient vraiment trop grands. Et aussi disgracieux et bancals.

Alors que les os de leurs hanches, tout en aspérités, ressortaient, leur ventre pendait lourdement, faisant des plis, jusqu'à frôler le sol, et ils avaient une drôle de bosse sur le dos. Leur tête anguleuse, en forme de triangle, se creusait légèrement à la naissance de la bosse, et l'on ne voyait pas leur expression à cause des poils trop longs qui la recouvraient. Sur le côté, les oreilles étaient tellement minuscules qu'elles ne devaient probablement leur servir à rien, et l'on apercevait leurs cornes tordues en forme de virgule.

Avant de prendre l'embranchement qui menait au marais, je me retournai encore une fois vers la colline. Ils continuaient à brouter. Se retenant aux rochers arc-boutés sur leurs sabots, ils restaient immobiles, tête basse, comme s'ils avaient du mal à supporter le poids de leur bosse. On aurait dit des créatures apparues par hasard, par une maladresse de Dieu.

9

Depuis mon arrivée au village, je me rappelais de temps à autre les musées dont je m'étais occupé autrefois. Après la fermeture, lorsque les derniers chercheurs de la journée étaient partis, il m'arrivait assez souvent de flâner au hasard à travers les salles d'exposition, dans le bruit du trousseau de clefs du gardien.

Les spots des vitrines s'éteignaient, et l'éclairage au sol était réduit au minimum. L'étudiante qui venait aider à la vente au guichet repartait par l'entrée de service. Les conservateurs dans leur bureau étaient occupés à finir leurs tâches administratives.

— Je peux vous être utile ? me demandait le gardien.

— Non, ça va. C'est juste un document qui me préoccupe, répondais-je évasivement.

Les collections se succédaient, dans l'état où je les avais laissées après les avoir traitées, classées et exposées. Monnaies romaines, reliques saintes du Moyen Age européen, objets votifs des mausolées des dynasties de la Chine ancienne. Ou squelettes d'éléphants de Naumann, spécimens de plantes vénéneuses, momie de jeune fille sacrifiée. Ils conservaient tous fidèlement la cohérence que je leur avais donnée.

Je ramassais un morceau de ticket d'entrée que quelqu'un avait perdu, vérifiais qu'un vandale n'avait rien gribouillé sur le panneau : "Prière de ne pas toucher les objets exposés / *Please Do Not Touch Exhibits.*" Je jetais un coup d'œil pour voir si l'exposition temporaire s'était bien intégrée au reste. Et je lisais à voix basse les panneaux explicatifs, que je connaissais déjà pratiquement par cœur.

Maintenant que le travail de la journée était terminé, les objets avaient un aspect différent. Ils se relâchaient de la tension provoquée par le regard des gens et passaient le temps qui leur restait jusqu'à l'ouverture du lendemain à songer à cette époque lointaine où ils existaient autrefois. C'est ainsi que leur réflexion devenait de plus en plus dense.

Bien sûr je le savais. Que, quelle que fût l'importance du musée, ce qu'il contenait n'était rien de plus qu'un ramassis de minuscules fragments du monde. Pour autant, qui aurait pu me reprocher de les présenter ainsi, même si j'en tirais une certaine fierté ? Car c'était bien moi qui les sauvais du chaos et retrouvais leur signification oubliée. Et je pouvais avoir le droit moi aussi, juste après la fermeture, de me plonger dans l'illusion d'avoir à portée de main le monde en réduction.

— Je couperai l'électricité, disais-je au gardien qui me répondait en secouant gentiment son trousseau de clefs, avant de quitter la salle d'exposition sans aucun regret :

— Je vous remercie. Bon, je vous laisse.

Je retournais alors au départ de la visite dont le sens était indiqué par des flèches. Je m'accordais la permission de planer encore une fois au-dessus du monde.

Inversement, il y avait aussi des souvenirs que je ne voulais pas me remémorer. Le plus difficile à supporter quand on travaille dans un musée est le moment où l'on se débarrasse de la collection.

Alors que pour un musée, la collection c'est la vie, c'est la philosophie, par une curieuse ironie, il arrive souvent qu'on doive s'en débarrasser.

Si un amateur voyait comment on se débarrasse d'une collection, il perdrait sans doute d'un seul coup tout intérêt pour les musées. C'est à ce point cruel et douloureux. C'est pourquoi, au moment de déterminer les pièces à détruire, on discute soigneusement, on ne choisit que celles pour lesquelles on ne peut pas faire autrement, et il est de la plus haute importance que l'endroit réel de la destruction soit tenu secret.

Mais en quoi cette procédure peut-elle constituer une consolation ? Cela n'empêche pas la perte de ces fragments collectés avec tant de soin. A la réunion de décision des pièces à détruire, j'étais toujours silencieux et de mauvaise humeur. Je n'arrivais pas à me calmer, comme si j'avais été contraint de me retrouver dans un endroit où je ne me sentais pas à ma place.

Les spécimens végétaux qu'il n'était plus possible de restaurer étaient passés à l'effilocheuse. Un socle de l'Acropole qui s'était fendu en cours de reproduction était réduit en morceaux à coups de marteau. Et pour la simple raison que c'était trop banal, le diorama sur la vie des abeilles était mis au feu.

Et ils n'étaient pas inhumés avec autant de soin que des animaux de laboratoire sacrifiés à l'élaboration de nouveaux médicaments. Il n'y avait ni prières ni fleurs. Près d'un conservateur novice qui les détruisait mécaniquement l'un après l'autre, une autre jeune recrue inscrivait les données nécessaires dans un classeur. Pas pour garder une trace de ce qui disparaissait, plutôt pour vérifier, conformément aux statuts des musées, que la destruction avait été effectuée selon la manière prévue.

Je me tenais un peu en retrait, seul à leur dire adieu, en suivant des yeux jusqu'au bout les éclats qui jaillissaient ou les cendres qui s'élevaient en tourbillonnant. Alors qu'ils auraient certainement pu devenir, dans n'importe quelle région reculée du monde, un fragment constitutif de ce monde.

Ce jour-là, l'archivage traîna en longueur, comme je l'avais prévu. Le choix des objets que j'avais fait paraissait un peu trop important.

Si certains présentaient une histoire assez simple, d'autres au contraire en recelaient une tellement complexe qu'on n'en finissait plus. Et mon rôle était de prévoir un certain équilibre dans la sélection quotidienne.

Mais la vieille femme ne me fit pas de reproches. Simplement, comme elle avait parlé plus longtemps que d'habitude, n'arrivant pas à évacuer ses glaires, elle se racla douloureusement la gorge. Je m'approchai d'elle, lui frottai le dos.

A la réflexion, ce fut la première fois que je touchai son corps. Le toucher, plus que la vue, me permit de me rendre compte à quel point elle était frêle. Juste sous son vêtement se trouvait sa colonne vertébrale, et le bout de mes doigts sentait chacun de ses os. Son moignon d'oreille qui dépassait de son bonnet était englouti par les rides qui tombaient de ses joues vers son cou, formant des replis terriblement compliqués. J'apercevais de la crasse dans les sillons. Et la vieille femme cracha enfin une grosse quantité de glaires dans son mouchoir.

L'expérience faisait que je commençais à me douter que lors du travail d'archivage plus la pièce utilisée était grande, plus cela lui occasionnait de la fatigue. Plus l'endroit était exigu, mieux le courant passait entre elle et les objets. Mais si l'espace était vaste, elle devait se concentrer pour éviter la dispersion des signaux émis par les objets.

Ce jour-là, nous étions dans la salle de bal. Le plafond à caissons était haut, et le sol nu si vaste que cent personnes au moins auraient pu danser dessus sans se gêner. Sans doute à cause des talons des danseurs, il était éraflé, le vernis écaillé. Et là ne se trouvaient que la petite dame, les objets hérités des défunts, et moi.

Mais c'était elle qui décidait de l'endroit où nous travaillerions. Je ne pouvais pas intervenir. Je ne savais pas quelle règle ou quelle nécessité existait, si nous avions déjà fait le tour de toutes les pièces du manoir et si nous en recommencions un deuxième, ou s'il restait des salles que nous n'avions pas encore utilisées.

En tout cas, l'archivage avait lieu dans toutes sortes d'endroits du manoir. Je n'avais rien d'autre à faire que d'errer derrière elle, les objets et mon cahier dans les bras.

— Aujourd'hui, vous m'aviez promis de me montrer les plans du musée et vos prévisions budgétaires. Allons, ne traînons pas.

Elle écarta ma main qui la gênait, glissa son mouchoir en boule dans la poche de sa jupe.

— Oui, excusez-moi.

Je me précipitai pour déployer sur la table les documents que j'avais préparés.

— Tout d'abord, en ce qui concerne le travail de révision qui constitue le point principal, la modification du tracé de circulation des visiteurs a entraîné quelques rectifications au niveau du plan. En dehors du hall d'entrée, je voudrais détruire cette remise au bout de l'aile à l'est pour en faire un espace de repos avec un sofa. Cela donnera une couleur à la visite et permettra de se reposer de la "fatigue du musée".

— Parce qu'on se fatigue en venant au musée ? Ce n'est pourtant pas un travail pénible.

Elle balançait ses jambes qui n'arrivaient pas jusqu'au sol.

— Oui, c'est vrai, la distance à parcourir n'exige pas une grosse dépense d'énergie. Mais un musée est source de tension nerveuse spécifique. Parce que c'est la confrontation, dans le calme, des objets exposés et des visiteurs. A plus forte raison si ces objets sont hérités des défunts.

— Hmm. Ensuite ?

Elle était toujours aussi douée pour renifler. Elle pouvait exprimer en toute liberté son mécontentement en jouant subtilement avec son souffle.

— Par conséquent, cela augmente l'estimation des travaux de réfection, ainsi que le coût des matériaux et de la main-d'œuvre. Vous avez les chiffres ici. Ensuite, je voudrais m'occuper de l'éclairage, car même si les fenêtres des écuries sont placées en hauteur, une lumière diffusée par des vitres qui ne laissent pas passer les rayons ultraviolets est sans doute préférable. Je voudrais aussi installer un commutateur central qui permette de régler l'intensité de la lumière en fonction du nombre de visiteurs. Je voudrais éviter le plus possible les dégradations dues à la lumière. Bien sûr, cela augmentera les frais…

— Si la lumière est si mauvaise que ça, il n'y a qu'à enlever l'éclairage ici, ici et ici.

— Mais c'est absurde. Il fera trop sombre pour marcher. Même si on baisse la luminosité du passage de plus de la moitié de celle des vitrines, il faut un minimum d'éclairage pour que les visiteurs puissent prendre des notes.

— Prendre des notes, vous dites ? Hmm, ça c'est dans l'éventualité où ce genre de visiteur viendrait.

Cette fois-ci, ce fut un "Hmm" fier et torturé qui se fraya un chemin à travers les fosses nasales et la gorge.

— Pouvons-nous passer à la suite ?

Je tournai une page de mon dossier.

— Après une étude minutieuse, j'ai compris que plus que la lumière, c'est l'humidité qui pose problème. Le drainage n'est pas parfait, et c'est humide. Et même si on le révise, installer l'air conditionné vingt-quatre heures sur vingt-quatre dans la totalité du bâtiment nécessite des travaux sur une assez grande échelle qui empêcheraient d'exploiter les caractéristiques de l'écurie. Je pense que c'est mieux d'installer l'air conditionné à l'intérieur de chaque vitrine. Quant à l'humidité, il suffit de tapisser les vitrines d'un non-tissé neutre imprégné de dessiccatif afin de contrôler le degré d'hygrométrie…

Tout en expliquant, je me disais qu'elle avait raison, qu'il n'y aurait sans doute pas de visiteurs qui prendraient des notes. Pourquoi en aurait-on pris ? Pour faire une liste comparative des âges de décès et des objets afin d'essayer de trouver une relation entre les deux ? Pour dessiner celui qu'on aime, le rapporter à la maison et le peindre ?

Non, il ne fallait rien imaginer au sujet des visiteurs avant l'ouverture du musée, me reprisje aussitôt. D'ailleurs, jusqu'à présent, il m'était arrivé bien des fois d'en découvrir en train de prendre des notes avec ardeur devant des collections que pratiquement personne ne regardait, auxquelles les conservateurs eux-mêmes ne jetaient qu'un rapide coup d'œil. Et cette découverte m'encourageait toujours. Quel rôle les musées jouaient-ils, et pour qui ? Cela dépassait sans doute de loin tout ce que j'aurais pu imaginer.

— En fait, ce que vous essayez de m'expliquer, c'est que cela va coûter encore beaucoup plus d'argent.

Elle écrasa le furoncle qu'elle avait sur le front, et barbouilla le côté de sa jupe du pus qui en était sorti. Je feuilletai précipitamment mon dossier afin de lui montrer les chiffres exacts.

Mais elle ne paraissait pas s'inquiéter des questions d'argent autant qu'elle le disait. La preuve, c'est que lorsque je lui lus les chiffres à haute voix elle y prêta une oreille distraite, et ne daigna même pas mettre ses lunettes.

Il est vrai que même s'ils s'appliquaient au musée les plans ou les chiffres n'avaient pas beaucoup de charme. Comparés à la tâche excitante de trouver les objets, les subtiliser à l'insu de tous, et fixer leur existence en les enregistrant dans le musée…

— A propos, il y a quelque chose qui me tracasse depuis quelque temps… m'interrompit-elle au milieu de mes explications, la tête appuyée au dossier de sa chaise, les yeux levés vers le plafond couvert de suie. Combien avons-nous fait d'enregistrements jusqu'à présent ?

— Euh, cinquante ou soixante, peut-être ?

Je comptais approximativement dans ma tête le nombre de feuilles de Kent que la jeune fille avait écrites au propre.

— C'est tout ?… Il me semblait pourtant qu'on en avait fait un peu plus…

— Vous voulez que je fasse le compte exact ? On le saura tout de suite comme ça.

— Non, ce n'est pas la peine. De toute façon, j'ai l'impression qu'il reste un temps infiniment long avant que nous ayons terminé de raconter l'histoire des objets.

C'était rare chez elle de se laisser aller au découragement, et cela me troubla. Au bout de son regard ne se trouvaient qu'un morceau de fil électrique coupé et des toiles d'araignée.

— Je n'y arriverai peut-être pas…

— Mais si, ne vous faites pas de souci, dis-je, incapable de garder le silence. Il n'est pas nécessaire de vouloir à tout prix terminer pour l'achèvement du musée. Dès que les travaux de réfection des écuries seront finis, le musée pourra ouvrir n'importe quand. D'ailleurs, l'archivage est un travail qui enrichit la collection. Il y aura toujours des objets dont on racontera l'histoire. Nous poursuivrons notre travail d'archivage tant que le musée existera, tant que des gens mourront au village.

Je savais qu'elle parlait d'autre chose en disant qu'elle n'y arriverait peut-être pas, mais je faisais semblant de ne pas avoir compris. Les deux mains appuyées sur sa poitrine, la bouche entrouverte, elle soufflait bruyamment. Ses lèvres étaient exsangues, fendillées, complètement desséchées. Je crus qu'elle reniflait encore, mais ce ne fut peut-être qu'une impression.

— Le déjeuner doit être prêt. Je vous accompagne jusqu'à la salle à manger.

Lorsque je lui pris le bras, elle se leva docilement et me confia son corps. Je la retins entre mes bras, et nous quittâmes la salle de bal ensemble, abandonnant derrière nous les plans, le projet de budget et les objets hérités des défunts.

Au mois d'août, le beau temps se prolongea. Les touristes firent leur apparition au village, tandis que les moissons commençaient dans les champs. Les étourneaux s'attroupaient autour des vaches qui pâturaient, tandis que les grives picoraient les baies rouges des sorbiers dans les taillis. Les nuages qui se contentaient d'apparaître de temps à autre en bordure du ciel ne cachaient jamais le soleil, et le vent avait beau se lever dans la soirée, il ne dissipait pas pour autant la chaleur.

Après l'explosion, la place avait été refaite à l'identique, et il n'y avait plus trace nulle part de ce qui s'était passé. La fontaine servait toute la journée de terrain de jeux aux enfants, et le chanteur des rues jouait sur un limonaire tout neuf à l'ombre de l'horloge.

Ce matin-là aussi le soleil dardait ses rayons lorsque le corps d'une jeune femme assassinée, âgée de vingt ans, employée dans un bureau d'assurances sociales, fut retrouvé dans le parc forestier par un couple de retraités en promenade. L'affaire fit pas mal de bruit au village. C'était le premier meurtre depuis celui de la prostituée de la chambre d'hôtel cinquante ans plus tôt, et, comme à l'époque, les mamelons de la fille avaient été découpés.

— Doit-on faire preuve d'une sollicitude particulière envers les personnes assassinées ? demandai-je à la vieille dame.

— Non, me répondit-elle aussitôt. Nous ne sommes pas concernés par la cause de la mort.

Bien sûr, la manière dont meurt quelqu'un éclaire sans doute son existence à contre-jour. C'est pour cela que nous avons une rubrique signalant la cause de la mort dans le dossier des objets. Mais qu'il s'agisse de mort par commotion électrique, écrasement ou crise de démence, il ne faut pas hésiter. La mort est la mort, et rien d'autre. On choisit l'objet uniquement en fonction de cette mort. Vous devez en être capable maintenant.

Oui, c'était exactement ça. La jeune fille acquiesçait en me regardant, persuadée que j'en étais capable. Sa joue marquée de la blessure en forme d'étoile était tournée vers moi.

Nous étions en train de prendre le thé sur le balcon. Le lierre enchevêtré autour des colonnes et de la balustrade adoucissait les rayons du soleil et faisait de l'ombre à l'emplacement exact de la table. Les travaux de réfection des écuries devaient continuer sous la direction du jardinier, mais aucun bruit ne nous parvenait.

— Je me demande ce que je vais devoir prendre…

Je bus une gorgée de thé devenu tiède. Je m'étais habitué à manipuler les objets des défunts, mais, pour être franc, j'avais l'impression que je ne pourrais jamais m'habituer à les leur prendre. Chaque fois, j'hésitais, je ravalais ma salive et mes mains tremblaient. Je restais planté là, en oubliant même de prier pour le repos de leur âme.

— Ecoutez-moi. Il n'est pas forcé que l'objet soit choisi préalablement. Il y a même des cas où l'on prend conscience en entrant de ce que l'on est venu chercher. Ce fut comme ça pour la prostituée il y a cinquante ans. Je n'avais aucune idée de l'objet qu'il fallait prendre jusqu'à ce qu'elle fût réduite en cendres.

La vieille dame parlait en mangeant son gâteau sec. Des miettes débordaient de chaque côté de ses lèvres, qui tombèrent dans sa tasse de thé.

— Bah, il n'est pas nécessaire de s'énerver.

La jeune fille lui essuya la bouche avec sa serviette.

— Comme il paraît qu'il y a des badauds imbéciles qui font du tapage, le mieux est encore d'attendre un peu que ça se calme. Même après, ce sera amplement suffisant. Les objets ne s'enfuiront nulle part.

— J'irai avec vous, dit-elle, la serviette toujours à la main.

— Non, cette fois-ci, c'est mieux que j'y aille seul.

— Hmm, je crois que oui.

La vieille dame tendit le bras vers un autre gâteau sec.

— Il n'y a pas à s'inquiéter. Jusqu'à présent, nous n'avons jamais échoué dans la récolte des objets auprès des défunts. Ça ira bien cette fois-ci encore. C'est sûr que ça ira.

L'appartement de la jeune femme qui avait été tuée donnait sur une rue étroite, derrière le Jardin des plantes. L'assassin n'avait pas encore été arrêté, mais la police avait à peu près terminé son enquête, les badauds étaient partis et l'endroit avait retrouvé son calme. Les funérailles avaient déjà eu lieu dans sa famille, et ses parents devaient venir débarrasser l'appartement avant la fin du mois.

Je franchis la palissade qui donnait sur la rue, entrai par la véranda. Il n'y avait pas de réverbère, la végétation du Jardin des plantes était plongée dans l'obscurité, et la scène n'était éclairée que par un pâle rayon de lune. J'étais concentré sur les différentes étapes que m'avait enseignées le jardinier. Je mettais toute mon énergie à ne pas être distrait par une inquiétude excessive concernant des bruits suspects ou quelqu'un qui aurait pu me surprendre.

Je collai d'abord une bande adhésive sur la vitre selon un carré de vingt centimètres de côté et commençai à attaquer le verre avec un diamant en suivant le bord interne de la bande adhésive. Tenir fermement le diamant, y aller hardiment, sans hésiter. Ensuite, taper au centre du carré avec le manche du marteau. Ainsi, le verre cédera proprement, sans faire de bruit. Après, il ne restera plus qu'à introduire le bras et tourner le verrou. Tu as compris ? pas la tête du marteau. Le manche. Sinon, le verre sera réduit en miettes et ça fera du bruit. Il avait répété ça deux ou trois fois, comme on parle à un enfant.

A l'intérieur, tout était rangé. Je ne savais pas si c'était ainsi à l'origine, ou le résultat des fouilles de plusieurs personnes à la recherche d'indices. Tout était là, rangé sagement, en contradiction avec cette mort insensée.

J'hésitai à diriger le faisceau de ma lampe vers le lit. Il était recouvert d'un dessus-de-lit propre très féminin et donnait lui aussi l'impression d'avoir tout juste été fait. Je soupirai de soulagement. Je savais bien que la jeune femme, qui avait été attaquée alors qu'elle faisait du jogging dans le parc forestier, avait été retrouvée morte le long des toilettes publiques, mais je m'étais imaginé que le cadavre était encore sur le lit, les deux mamelons abandonnés au milieu des flaques de sang.

Mon regard balaya la pièce. Il y avait une armoire, un bureau et sa lampe, et un rocking-chair qui paraissait confortable. Sur le bureau était posé un cadre où elle était photographiée avec des amis, mais je n'arrivais pas à l'identifier. Ses vêtements dans l'armoire, tous d'une coupe sage, étaient sobres pour son âge. Dans sa boîte à couture se trouvait un patchwork en cours de réalisation, dans sa bibliothèque, des livres de comptabilité et de cuisine, et, devant son miroir, des lotions et des crèmes bon marché…

Je pensais qu'elle avait certainement été une jeune femme sympathique. Elle avait dû être le genre de personne qui arrivait tous les matins la première au bureau, ajoutait de l'eau aux fleurs à l'accueil, passait le chiffon sur toutes les tables. Jour après jour, elle devait compulser des dossiers, y écrire des chiffres, y apposer son sceau. Ce n'était sans doute pas un travail stimulant, mais elle ne s'en plaignait pas pour autant. Elle faisait sincèrement des efforts lorsqu'un homme peu raffiné lui cherchait querelle, et accueillait avec beaucoup de patience les vieillards durs d'oreille et gâteux. Si je l'avais côtoyée sur ce même lieu de travail, j'aurais sans doute eu envie de sortir avec elle. A cinq heures, elle rentrait directement chez elle et restait seule, tranquillement. Et pour se changer les idées, comme ça, sans réfléchir, elle allait au parc forestier…

Il fallait que je trouve un objet. Il fallait que je choisisse une chose, pour elle qui était morte couverte de sang, poignardée, les mamelons découpés par un maniaque. Je me rendis compte enfin qu'il faisait très chaud dans la pièce. L'air était moite autour de moi, mon corps s'alourdissait et j'avais du mal à respirer. Une motocyclette passa derrière la véranda, mais le calme revint aussitôt.

C'est vrai, je ne pouvais pas traîner comme ça indéfiniment. Je fis prudemment un nouveau tour avec ma lampe de poche en faisant attention que la lumière ne filtrât pas à l'extérieur. Ce fut comme la fois précédente. Au bout de la lumière ne se reflétait qu'un spectacle sain et ordinaire, sans faille où que ce fût. Je voulais répondre à l'attente de la vieille dame et de la jeune fille, mais, surtout, je voulais libérer la jeune femme du bureau des assurances sociales du souvenir d'une mort atroce. Pour cela, je devais trouver un objet à placer dans une vitrine du musée.

Il y eut un bruit de pas dans la pièce au-dessus. Mes mains se figèrent, je n'eus plus de sensations. J'avais beau attendre, la certitude qui m'avait frappé au moment d'enlever la fourrure du prédicateur du silence ne venait pas. Mon cœur battait tellement fort que mes côtes en grinçaient. Je tendis le bras sans réfléchir, mais le bout de mes doigts ne rencontra rien, tandis que l'obscurité moite ne faisait que me retenir prisonnier encore plus étroitement.

Mais oui, les mamelons, murmurai-je. Il n'y avait rien d'autre de plus approprié. J'eus l'impression que quelqu'un bougeait derrière la véranda. J'éteignis la lampe torche, l'enfonçai dans la poche arrière de mon pantalon. J'enviais l'assassin. J'étais jaloux de lui qui avait recueilli dans le creux de sa main les deux petits morceaux de chair pour les emporter.

Je sortis en rampant sur la véranda, escaladai la rambarde et sautai dans la rue. A l'instant où je me retournais pour m'enfuir, je me cognai, perdis l'équilibre. En même temps qu'en face on poussait un petit cri, le couteau à cran d'arrêt tomba de ma poche. Le bruit de sa chute se répercuta droit sur mes tympans. Les résonances en furent si pures et si belles que j'y prêtai involontairement l'oreille.

Je le ramassai, et me mis à courir sans même relever la tête pour vérifier la direction. On ne me cria pas de m'arrêter, on ne me poursuivit pas non plus. Je ne sais pourquoi au moment où je pris le couteau, seule une jambe s'imprima sur ma rétine. Une grosse jambe de femme d'âge mûr chaussée d'un escarpin bon marché, à la cheville droite déformée par le port de ses chaussures. A l'aspect de sa jambe, je compris qu'elle était beaucoup plus effrayée que moi. Le couteau toujours serré dans ma main, je m'enfuis à perdre haleine.

Après mon échec à l'appartement, je me retrouvai au parc forestier. Alors que je ne l'avais pas décidé au départ, lorsque je m'étais arrêté, fatigué d'avoir couru, je me trouvais à l'entrée du parc.

J'allai voir derrière les toilettes publiques, là où l'on disait que la jeune femme du bureau des assurances sociales était morte. Je n'y remarquai rien évoquant le meurtre. Presque sans en avoir conscience, je fauchai avec mon couteau l'herbe à l'endroit où je supposais que le corps avait roulé, et je l'emportai, serrée dans mon mouchoir.

C'était une herbe ordinaire, dont je ne connaissais pas le nom. Je ne pensais pas du tout qu'elle pouvait remplacer les mamelons, mais j'étais épuisé, à tel point que je n'avais même plus la force de réfléchir plus avant. Mon cœur battait encore à tout rompre et j'avais toujours la désagréable impression laissée par le choc avec la femme.

Si j'avais réfléchi calmement, j'aurais pu trouver toutes sortes d'autres moyens – rendre visite à son bureau ou aller voir dans sa famille par exemple – mais, finalement, il ne me restait que ces quelques brins d'herbe à moitié flétrie. Je me consolai néanmoins en me disant que l'herbe était peut-être tachée du sang de la jeune femme, ou qu'au moment où on lui avait découpé les mamelons elle s'y était peut-être agrippée.

De retour au manoir, je l'arrangeai sur une planche d'herbier avant de la montrer à la vieille dame. Parce que je pensais que sous cette forme elle avait un peu plus l'air d'un objet recueilli auprès d'un défunt.

— Vous avez bien travaillé, me dit-elle, ne me faisant aucune réflexion désagréable au sujet de ce choix, contrairement à ce que j'attendais. C'est tout juste si elle ne me complimentait pas.

On a beau répéter l'expérience, vous ne trouvez pas que le jour où l'on se procure un nouvel objet, on a l'impression que c'est un jour spécial ?

Le menton appuyé sur sa canne, elle levait les yeux vers moi, cherchant mon assentiment.

Grand frère, il fait très chaud ces jours-ci, comment vas-tu ? On dit qu'une première naissance vient toujours avec retard, mais, quand même, le bébé devrait être là maintenant. Je suis un peu inquiet parce que je n'ai pas de nouvelles. Je me demande si c'est un garçon ou une fille, et comment il s'appelle. Mais je suppose que juste après la naissance d'un premier bébé on doit être complètement débordé. Surtout, sois gentil avec ma belle-sœur.

… La fille de mon employeur a quitté l'hôpital récemment. Nous avons retrouvé un rythme de travail et maintenant nous activons le mouvement pour essayer de rattraper notre retard. Les travaux de réfection du bâtiment ont vraiment commencé, et nous sommes en train de classer la collection et de lui donner forme pour la mettre en valeur.

Contrairement à ce que je pensais au départ, cette fois-ci, le travail risque de se prolonger. Je ne vais pas partir de sitôt. En réalité, je voudrais bien rentrer une fois pour voir le bébé, mais comme je ne sais pas quand se produit la nécessité d'une nouvelle collecte, il m'est difficile d'être libre de mes mouvements. Ces temps-ci surtout, on dirait que leur fréquence augmente, et je suis un peu fatigué.

Mais il n'y a pas à s'inquiéter. A ma manière, je fais tout ce que je peux pour m'intégrer au concept de ce nouveau musée. En tout cas, moi je me débrouille bien.

… L'œuf ciselé que je vous ai envoyé pour fêter l'événement est-il bien arrivé ? J'espère qu'il ne s'est pas brisé. C'est la jeune fille qui a choisi celui dont le travail était de la meilleure qualité. Les gens du village échangent ces œufs comme symbole de renaissance. Je serais très heureux s'il pouvait devenir un porte-bonheur pour le bébé et ton couple.

J'attends de tes nouvelles, même quelques lignes écrites à la va-vite. C'est pénible, quand je rentre le soir, de regarder à l'intérieur d'une boîte aux lettres vide. S'il te plaît…

10

L'après-midi de ce jour-là, la jeune fille descendit à l'atelier avec un peu de retard. J'avais préparé l'encre et le papier de Kent afin qu'elle pût commencer à tout moment et, après avoir relu les notes que j'avais prises sur mon cahier dans la matinée, j'étais en train de fabriquer l'index de la collection en relisant le fichier.

Je saisis tout de suite la cause de son retard. Elle amenait un visiteur. C'était le jeune homme du monastère.

— Est-ce que je peux lui faire visiter ? demanda-t-elle.

La pleine lune était passée et elle était à nouveau habillée normalement.

— Je voulais le remercier de nous avoir pris à bord de sa barque.

— Bien sûr, il n'y a pas de problème, répondis-je. Puis je serrai la main du garçon et le remerciai d'être venu.

Le jeune prédicateur du silence, même s'il était novice, ne pouvait réprimer sa curiosité et disait tout ce qui lui venait à l'esprit. Fiches d'enregistrement, résine époxy destinée à la réparation, étiquettes adhésives, filtre à absorption des rayons calorifiques, échantillons de vitrine… Il posa des questions et dit ce qu'il pensait de toutes ces choses éparpillées sur la table de billard.

— En fait, ici on fait principalement le petit travail manuel. On va chercher les objets dans la réserve que tu as vue, une buanderie à l'origine, on les photographie, on les mesure et on les répare. Pour le travail un peu plus important, par exemple la désinfection des objets exposés, on va dehors. Il y a de l'espace, on est tranquille. On peut avoir tous les objets qu'on veut, il n'y a pas de problème. Ah oui, regarde. Moi aussi j'ai un travail important. Ce cahier contient les textes se rapportant à chaque objet hérité des défunts. Et moi, je les recopie au propre.

Elle semblait lui avoir donné les explications de base avant d'arriver ici. Elle répondait pratiquement seule à toutes les questions. Je n'avais pas besoin d'intervenir, elle pouvait s'exprimer précisément au sujet du musée. Elle passa différents objets au garçon, ouvrit le cahier pour l'encourager à en lire des extraits.

— Si l'on vous gêne dans votre travail, dites-le. Nous vous laisserons aussitôt.

Le jeune novice avait l'air plus candide que lorsqu'il se trouvait au monastère, mais il se comportait néanmoins avec politesse. Il se déplaçait en faisant attention que le bord de sa peau de bison des roches blanches ne fît rien tomber, et lorsqu'il voulait toucher quelque chose il adressait un regard à la jeune fille pour lui demander son approbation.

— Non, ça ne me gêne pas. Vous pouvez rester tout le temps que vous voulez.

Mais je me sentais mal à l'aise et je n'arrivais pas à me concentrer. L'intrusion de ce jeune homme sur mon lieu de travail suffisait à me déstabiliser.

Il avait les yeux baissés sur le cahier. Je me demandais avec anxiété si c'était une bonne idée de laisser lire aussi facilement le récit des objets à un étranger. A chaque page tournée, j'avais l'impression que des empreintes superflues imprégnaient le monde des objets où seuls moi, la jeune fille et la vieille dame pouvions pénétrer.

En même temps que j'étais inquiet, je me rendis compte que pas une seule fois la vieille dame ne m'avait ordonné le secret au sujet du musée. Cette découverte me laissa perplexe.

— Y a-t-il des objets qui vous intéressent ? demandai-je, feignant le calme.

— Oui, plusieurs, répondit le jeune novice en levant la tête.

Conformément à sa fourrure toute neuve, ses cheveux et sa peau étaient frais, et les talons de ses pieds nus encore intacts.

— A dire vrai, je croyais qu'un musée était un endroit où l'on se contentait d'exposer des choses.

— Ce n'est pas étonnant. C'est ce que pensent la plupart des gens. Ils ne font pas la différence d'avec un entrepôt.

— Ça sert à quoi d'écrire ces textes ?

— A valider l'existence des documents. Il n'y a pas que les textes, on leur donne une signification par toutes sortes de moyens, la photo, le croquis, les chiffres. Si le carnet d'enregistrement est un état civil, le dossier rédigé est un *curriculum vitae*, vous voyez. Mais cela est plus profond et a beaucoup plus de charme qu'un simple *curriculum*.

Le jeune homme se tut, pensif, et remit le cahier en place. Quand son corps se déplaçait, on sentait des effluves de suint. Cela me rappela les disgracieux bisons des roches blanches qui baissaient la tête entre les rochers.

— Valider leur existence, est-ce que ça signifie les conserver ?

— C'est exactement ça. La conservation est le
rôle le plus important d'un musée. Parce que si
on les laisse, toutes les choses de ce monde,
quelles qu'elles soient, finiront un jour par être
détruites.

Cette fois-ci, c'était elle qui avait pris la parole.
Elle avait répondu ce que je lui avais expliqué
un jour.

Dépouiller les bisons des roches blanches
faisait-il aussi partie du travail des moines ? Je
ne sais pourquoi je n'arrivais pas à m'enlever
ces animaux de la tête. Comme ils portaient des
fourrures blanches, ils devaient certainement
utiliser celle des bisons au moment où leurs
poils d'hiver viennent tout juste de repousser.
Mais comment faisaient-ils pour tuer des animaux
aussi gros ? A moins qu'ils n'eussent la patience
d'attendre leur mort naturelle ?

— Est-ce qu'on vous autorise à écrire des mots
sur du papier ?

Si j'avais posé la question, ce n'était pas pour
en connaître la réponse, mais pour chasser les
bisons des roches blanches de mon esprit.

— Non, c'est défendu.

— Eh bien, c'est sévère, remarqua-t-elle, sans
dissimuler sa compassion.

— Quand on pratique l'ascèse du silence, on
ne peut ni écrire des lettres, ni tenir un journal.
Mais on a la liberté de lire. On ne nous refuse
pas ce qui vient de l'extérieur, mais rien ne sort
de l'intérieur de soi-même. C'est comme si on
se retirait de son corps pour disparaître à l'intérieur de son cœur.

Ce devait être un travail pénible d'arracher la
peau à la chair recouverte d'une épaisse couche

de graisse. Les mains se tachaient de sang, les cheveux s'imprégnaient de l'odeur de putréfaction. Ce garçon avait-il pu le faire, avec ses mains pâles qui n'avaient pas encore terminé leur croissance ?

— Alors, c'est exactement le contraire de notre musée. Parce qu'il présente des objets hérités des défunts pour conserver leur présence. C'est bien ça, hein ?

Elle s'était tournée vers moi.

— Hmm, c'est bien ça.

J'acquiesçai en la regardant dans les yeux.

Quand je la regardais ainsi, la cicatrice de sa joue entrait dans mon champ de vision. Comme si elle faisait partie de son œil.

— C'est peut-être justement parce que c'est exactement le contraire que c'est attirant. La chapelle du monastère et la réserve du musée ont une odeur très ressemblante.

L'adolescent formulait ce que j'avais ressenti au monastère.

— Et le moment d'entrer dans la pratique du silence est déjà décidé ?

Je me rappelais qu'elle lui avait posé une question similaire sur le marais.

— Il n'est pas question de fixer un moment précis. Les mots s'effacent petit à petit avec le temps, jusqu'au silence complet. Et nul ne sait, moi y compris, quand ça se fera.

— Ils s'effacent déjà en ce moment ?

— Ça, je me le demande. Ce n'est pas encore visible en tout cas… répondit-il d'une manière ambiguë.

— J'espère que tu reviendras nous voir. Avant que les paroles s'effacent.

— Même en silence, je peux visiter un musée, vous savez.

— Quand est-ce que tu es de repos au marais ?

— Il n'y a pas que ça. J'ai pas mal d'autres choses à faire chaque jour. Mais je prendrai le temps comme aujourd'hui de revenir vous voir.

— Si tu lui montrais l'écurie en partant ? suggérai-je, et elle acquiesça en détournant les yeux.

— Vous croyez que la copie au propre que je devais faire aujourd'hui pourra attendre à demain ?

— Bien sûr que oui.

Ils quittèrent la pièce côte à côte.

J'attendis que le bruit de leurs pas se soit éloigné dans l'escalier pour ouvrir le registre et retourner à la composition de l'index.

Ce soir-là, je fis des observations au microscope. C'était la première fois depuis que j'avais montré à la jeune fille l'épithélium de la cavité buccale de la grenouille.

En rentrant du travail, j'alignai sur la table de la salle à manger les escargots de rivière que j'avais ramassés dans le ruisseau pour, après avoir fendu leur coquille d'un coup de marteau, n'en retenir que les mâles. J'échouai pour certains, les écrasant totalement.

L'organe reproducteur, d'un marron tirant sur le noir, épousait la forme en spirale du coquillage. Quand je le découpai aux ciseaux, l'extrémité de l'hélice palpita nerveusement, comme si elle réagissait à la douleur. Je les plongeai dans une soucoupe contenant une solution saline à trois pour cent, en déchirai la peau du bout des pincettes, libérant les spermatozoïdes.

Mon frère me dessinait souvent des spermatozoïdes de toutes sortes d'animaux.

— Les spermatozoïdes des animaux qui ont une reproduction sexuée sont de forme différente selon les espèces.

— Qui décide de cette forme, Dieu ?

La naïveté de mes questions le faisait toujours rire d'un air gêné.

— Leur forme est calculée de la manière la plus rationnelle pour l'animal. La forme qui leur permet d'avoir un taux élevé de descendants. Dieu est rationaliste.

A ma demande, il était capable de dessiner minutieusement n'importe quel spermatozoïde, sans oublier le moindre détail. Ils ressemblaient à des vers parasites d'une nouvelle espèce, ou à des êtres imaginaires venus d'une étrange planète.

J'aspirai une goutte de solution saline avec une pipette, et la déposai sur une lame avant de recouvrir le tout d'une lamelle. Les escargots de rivière abandonnés sur la table étaient tous amorphes, presque mourants. Je réglai le grossissement à quatre cents.

Il y en avait beaucoup plus que je ne l'aurais pensé. La petite mer qui investissait mes globes oculaires était agitée, comme en quête de nouveaux territoires à conquérir.

Je remarquai plus de spermatozoïdes anormaux que de normaux. Les anormaux étaient plus complexes et plus élégants, agrémentés d'une bonne dizaine de flagelles.

— Ce n'est pas drôle, lui objectais-je. Les spermatozoïdes normaux n'ont qu'une ficelle et leur forme est trop discrète, on ne les remarque pas.

— Je te l'ai déjà dit, non ? Les choses correctes n'ont rien en trop. Plus on a de superflu, plus on s'affaiblit rapidement.

Nous passions beaucoup de temps avec ce petit dispositif. Mon frère me pardonnait même si, me trompant de produit, je gâchais une de ses précieuses préparations. D'ailleurs, il pouvait rattraper facilement la plupart de mes échecs. Dans la même pièce, maman actionnait le pédalier de sa machine à coudre, découpait un patron, ou appliquait le fer à repasser sur ce qu'elle venait de coudre. Elle entendait notre conversation, qui parfois la faisait pouffer de rire.

Mes souvenirs communs avec mon frère renaissent immanquablement au moment où mes cils effleurent l'oculaire. Même ceux où il n'y a pas de microscope. Par exemple, le jour des funérailles de maman, nous ne devions avoir en mains que le cadre avec sa photographie et, en réalité, j'ai l'impression que c'est le microscope que nous tenions précautionneusement.

Les spermatozoïdes d'escargot de rivière n'avaient pas encore perdu leur entrain. Leurs flagelles ondulaient en rythme sans se mêler. Je réglai la vis micrométrique.

Il m'arrive de me rendre compte brusquement que mes souvenirs se reflètent sur la lentille de l'objectif. Tout en suivant des yeux le mouvement des flagelles, j'aperçois derrière mon frère, moi et maman. Un peu mouillés, à cause de la solution saline.

Lorsque je manipule pendant longtemps le microscope, il m'arrive souvent d'avoir l'impression de ne plus être derrière l'oculaire, mais à l'intérieur de la petite goutte prise entre la lame et la lamelle. C'est l'instant où je suis le plus heureux. Parce que je peux fouiller ma mémoire de mes propres yeux.

— Alors, pas encore couché ?

La porte s'était ouverte, le jardinier entrait.

— Comme il y avait de la lumière, je me suis dit qu'on pouvait boire un coup ensemble. Mais si vous avez du travail, je vous laisse.

— Pas du tout. Ce n'est qu'un simple divertissement. Allez, asseyez-vous.

Je poussai le microscope sur le côté, proposai une chaise au jardinier.

— Ce sont des escargots de rivière, hein ? C'est pour le musée ?

— Non. Je m'amusais seulement à regarder à travers le microscope.

— Eh, vous avez de drôles d'idées.

Le jardinier balaya d'un geste les débris de coquilles éparpillés sur la table pour y poser sa bouteille de whisky. J'allai chercher des verres et de la glace.

— Excusez-moi de vous laisser la responsabilité des travaux. Je n'arrive pas à trouver assez de temps.

— Ne vous en faites pas. Pour l'instant, ça avance bien. Vous rentrez tard le soir, on dirait, vous êtes très occupé ?

— C'est parce que le travail est tellement différent de ce que j'ai fait jusqu'à présent pour les autres musées. Ça traîne et je n'arrive pas à trouver comment faire.

— Mais non. Vous vous y prenez bien, ça avance.

Tout en faisant rouler les cadavres des escargots de rivière, le jardinier avala une gorgée de whisky avec délectation.

— Il ne faut pas vous surmener. Parce que ça va durer longtemps. Hein ? Vous vous débrouillez très bien, vous savez. Si vous êtes fatigué, il faut vous reposer. Sans hésiter.

— Eh, je vous remercie.

J'acquiesçai en mélangeant les cubes de glace avec mes doigts couverts du sperme des escargots de rivière.

Le terroriste et l'assassin n'avaient toujours pas été arrêtés. Les chuchotements inquiets des gens du village que l'on pouvait surprendre au fond des ruelles ou à l'angle des terrasses de café ne cessaient pas, mais les vifs rayons du soleil, éblouissants, masquaient tout.

Les touristes photographiaient des paysages qui n'étaient pas si intéressants que ça, achetaient des œufs ciselés chez les marchands de souvenirs, et partaient en excursion, le sac au dos. Çà et là résonnaient les cris de joie des enfants, mêlés à la musique provenant de la place, des restaurants et des bars. Les nuances de vert des montagnes évoluaient au fil des heures, et l'on ne se lassait pas de les regarder à longueur de journée.

Le jardin d'agrément de la propriété lui aussi, bien que le jardinier ne pût s'en occuper à cause des travaux, était plein de fleurs d'été. Des abeilles voletaient entre les pétales des jacinthes, des bruyères, des rhododendrons et des gentianes. Le matin, les bois vibraient du chant des grillons, qui se calmait au fur et à mesure de l'élévation du soleil, puis, au moment le plus chaud de l'après-midi, arrivait le silence complet, que pas une feuille d'arbre ne venait troubler.

— C'est la première fois que nous avons un été aussi chaud.

La femme de ménage, qui ne cessait de faire le tour du manoir pour ouvrir les fenêtres, procédait soigneusement à la toilette de la vieille dame et préparait des plats nourrissants.

Comme on pouvait s'y attendre, cette chaleur semblait affecter la vieille femme. Il devenait de jour en jour plus difficile d'ignorer sa fatigue, lorsque, face aux objets hérités des défunts, elle venait de terminer leur histoire, et quand la séance matinale de travail était terminée elle devait se reposer dans un endroit frais. Les glaires encombraient tellement sa gorge que j'avais beau lui frotter le dos, elle trouvait difficilement sa respiration et elle avait mauvaise mine.

Mais elle ne faiblissait pas dans ses récits, et l'assurance de son rythme, la tension établie entre elle et les objets étaient comme avant. Dès qu'elle prononçait son premier mot, et jusqu'à la fin, elle ne s'interrompait pas, sauf pour reprendre sa respiration. C'était plutôt moi, avec mes mains qui glissaient à cause de la transpiration, qui risquais de me faire distancer. Malgré la chaleur, elle n'oubliait jamais de cacher ses oreilles sous son chapeau de laine, de prendre une attitude menaçante avec sa canne, ni de répondre en reniflant à chacun de mes avis.

J'étais plutôt préoccupé parce que l'écriture au propre n'avançait pas comme je le souhaitais. Le tas de feuilles de Kent que je préparais chaque jour ne diminuait pas beaucoup. La jeune fille allait souvent du côté du marais pour rencontrer le jeune novice.

L'ancienne salle de billard, à mi-sous-sol, avec la fraîcheur de la terre qui se transmettait aux murs, était plus agréable à vivre que les pièces du haut. Pendant le travail, nous ne parlions pas inutilement. Je prêtais seulement l'oreille au glissement de sa main sur le papier. Ainsi je pouvais vérifier que les objets hérités des défunts se trouvaient bien entre nos mains et m'assurer de la réalité de la présence de la jeune fille qui m'aidait, tout près de moi.

— Euh…

Le bruit du stylo s'interrompait au bout d'une page.

— Est-ce que je peux sortir un peu ?

182

Elle avait l'air profondément gêné. Au point que sa cicatrice en forme d'étoile en était déformée.

— Aah, comme tu veux, répondais-je.

— Je ferai mon possible pour rattraper ce soir.

— Rien ne presse. Nous en avons encore pour longtemps.

J'imitais les paroles du jardinier.

— Alors à tout à l'heure.

Elle partait en courant légèrement. La disparition du frottement de la plume sur le papier suffisait à rendre l'atelier triste et nu.

Je détournai le regard des documents éparpillés, levai les yeux vers le soupirail poussiéreux. Il me semblait qu'à l'extérieur le soleil de midi dardait ses rayons. J'avais promis d'aller voir l'avancée des travaux dans l'après-midi, mais je voulais rester encore un peu seul. A mes pieds attendaient sagement les objets hérités des défunts que j'avais prévu d'archiver pour le lendemain.

Les bisons des roches blanches, en ces jours si chauds, étaient-ils toujours, tête baissée, obstinément collés à la paroi escarpée ? Si au moins ils descendaient jusqu'à la réserve de glace, ils auraient de l'ombre et de l'eau fraîche… Je fermai les yeux, me remémorai le paysage aux abords de la cabane. Celle-ci était isolée, glacée, comme une grotte dissimulée au fond du marais. La lumière et le vent n'y parvenaient pas. Si l'on croyait entendre un léger bruit, ce n'était que la proue de la barque provoquant des remous à la surface de l'eau.

Un prédicateur tirait la sellette devant les blocs de glace. Le givre sur le sol, raboté, crissait. Le prédicateur posait un genou sur la légère dépression, et ses deux mains sur la glace.

C'était le jeune novice. Je le devinais à sa fourrure trop grande et à la forme de ses oreilles qui auraient pu facilement se glisser à travers les trous du mur. Il approchait ses lèvres craintivement, comme s'il allait embrasser quelqu'un de cher, sortait doucement la langue, l'appliquait sur la glace.

Sa langue, d'un léger rouge franc, avait un aspect qui convenait bien à son innocence. Elle conservait encore pas mal de mots.

Il s'écoulait beaucoup de temps. Je ne me rendais pas compte que j'avais l'impression de regarder à travers le microscope. J'observais la langue du garçon comme les cellules prisonnières d'une préparation.

Bientôt, la salive séchait, la surface perdait sa couleur, se rétractait. Respectant la règle du confessionnal, il ne bougeait pas, mais la sellette grinçait parfois du fait de l'insupportable douleur.

Ses mots qui avaient brisé le silence, les mots qu'il avait prononcés pour la jeune fille, s'enfonçaient dans le marais. Ils étaient scellés au plus profond, afin qu'ils ne remontent jamais à la surface.

Les cloches du campanile résonnaient et, au moment où les bisons des roches blanches commençaient à se déplacer à la recherche d'un endroit pour dormir, la confession se terminait enfin. La langue était complètement affaissée, à tel point que l'on pouvait craindre qu'elle ne se détachât du fond de la gorge. Des morceaux de peau arrachée adhéraient à la surface du bloc de glace légèrement creusé. En pellicules desséchées, comme des miettes de mots éclatés. Le garçon rentrait doucement une langue pleine de silence, d'où sourdait le sang…

— Aujourd'hui encore il a fait chaud, n'est-ce pas ?

Lorsque je lui adressai la parole, la vieille dame allongée sur sa chaise longue leva vers moi un regard distrait, esquissa un petit bâillement.

— Que l'été soit chaud, ça ne date pas d'aujourd'hui.

Le balcon, abrité du soleil, avec le lierre accroché à sa balustrade, était assez agréable. Elle avait dû somnoler, car elle frotta ses yeux qui papillotaient, avant de redresser son bonnet. Je ramassai la serviette éponge servant de couverture qui avait glissé pour la remettre à ses pieds.

— D'ici, la vue est magnifique, n'est-ce pas ?

La propriété s'apprêtait à vivre ses plus belles heures de la journée. Le soleil était accroché à la crête des montagnes et tout, des oiseaux qui volaient au loin entre les nuages jusqu'à la lune ébréchée qui venait d'apparaître à mi-hauteur du ciel, baignait dans les lueurs du couchant. La nuit était encore loin, mais on sentait l'obscurité approcher, tapie dans l'ombre des arbres.

L'allée de peupliers qui découpait la colline en serpentant contrastait avec la douceur de la pelouse et le gris du gravier des abords du manoir, tandis que de charmantes petites fleurs pointaient çà et là hors des buissons. Qu'y avait-il au-delà des bois ? on avait beau chercher du regard, on ne voyait rien à cause des nuages. On avait l'impression que le paysage s'éloignait au fur et à mesure que le soleil déclinait.

— L'été lui aussi est fini, dit la vieille dame.

— N'est-il pas à son apogée au contraire ?

Appuyé sur la balustrade, je m'étais retourné vers elle.

— Vous ne savez pas comment vient l'hiver dans ce village. C'est pourquoi vous pouvez parler avec autant d'insouciance.

— Je peux en avoir une petite idée, vu l'escarpement des montagnes.

— Ça fait plusieurs dizaines d'années que, assise au même endroit, j'observe le même paysage, vous savez. Mon regard n'est trompé par aucun artifice, si ingénieux soit-il.

Sur la table de chevet se trouvaient sa tasse de thé à moitié bue et une coupe ayant semble-t-il contenu de la glace à la vanille. Des feuilles mortes de lierre étaient éparpillées sous sa chaise longue. La balustrade en pierre était souillée de fientes.

— Tenez, regardez là-bas. Sur la souche d'orme à l'entrée du bois, on dirait que les champignons commencent à pousser. Bientôt elle va en devenir toute gluante. Et plus loin, au milieu du ruisseau, il y a un tourbillon qui tourne dans le sens contraire des aiguilles d'une montre. Et là-bas. Les chats sauvages sont déjà en rut. Tout ça, ce sont les signes que la fin de l'été est proche, dit-elle en montrant l'espace au-delà du balcon.

Mais je ne vis ni les champignons, ni le tourbillon, ni les chats sauvages. L'embrasement du couchant, toujours plus intense, s'apprêtait à disparaître.

— L'été se termine brusquement. Sans laisser de regrets, d'un seul coup. Quand on se retourne et que l'on s'en rend compte, c'est trop tard. Plus personne ne peut se rappeler même sa silhouette vue de dos.

— Eeh, je vais en tenir compte.

— A propos, avez-vous apporté un manteau pour vous protéger du froid ? me demanda-t-elle.

— Non, je ne pensais pas que le travail se prolongerait jusqu'à l'hiver... dis-je en secouant la tête.

— Ça, ce n'est pas bien. Il faut vous en faire tailler un au village, et de la meilleure qualité. Quelque chose qui tienne longtemps, en tissu avec beaucoup d'angora ou de cachemire. L'hiver reviendra encore et encore. Beaucoup de gens meurent l'hiver. Ils laissent beaucoup d'objets.

Elle s'enfonça dans sa chaise longue, devenant une petite masse d'ombre. On aurait pu croire qu'elle replongeait dans le sommeil ou qu'elle concentrait son regard pour ne pas laisser échapper les signes de la fin de l'été.

— Je vous remercie de votre prévenance, lui dis-je.

Elle se contenta de se retourner, sans renifler, sans évacuer de crachats.

— Pour l'archivage de demain, ça ira à l'heure habituelle ?

— Pas la peine de poser la question, puisque vous le savez.

— Si vous êtes fatiguée, vous me le dites.

— Arrêtez vos amabilités. Ça ne marche pas avec moi.

— Je vais aller chercher mademoiselle maintenant.

Je m'éloignai de la balustrade pour débarrasser la table de chevet, mettant la tasse et la coupe de glace sur le plateau.

— Où est-elle partie ? questionna la vieille dame en se redressant à demi.

— Au théâtre de marionnettes avec un ami. Il y a une troupe itinérante qui s'est installée dans le parc forestier. Là-bas ce n'est pas très sûr le soir.

Le soleil avait à moitié disparu. L'ombre des bois qui jusqu'à tout à l'heure encore se découpait nettement sur la pelouse semblait disparaître dans l'obscurité. Sans que nous y prenions garde, la lune avait retrouvé sa couleur de lait et, près d'elle, les premières étoiles commençaient à scintiller.

— Aah, je suis désolée. Je vous la confie.

Après avoir dit ça, elle s'allongea à nouveau, les yeux en direction des étoiles.

11

Vint le jour de l'inauguration du musée. Les travaux n'étaient pas terminés et, bien sûr, il n'y
avait pas encore un seul objet exposé, si bien
que nous n'avions aucune idée du jour de son
ouverture mais, toujours à cause de cet almanach, la vieille femme avait insisté pour que ce
fût absolument ce jour-là. Parce que c'était celui
rarissime où l'étoile symbolique rencontrait la
lune parfaite.

Quelle que soit l'importance du musée, en
général l'atmosphère d'une inauguration est
ennuyeuse et empruntée, et il est normal qu'elle
n'ait pas autant de charme que ce qui se trouve
à l'intérieur du bâtiment. Je peux citer un tas de
musées pour lesquels j'ai travaillé, dont je ne
me souviens pas de l'inauguration.

Mais cette fois-ci, c'était différent. A la lumière
de mes différentes expériences, je peux dire
que cette inauguration-là, exceptionnellement
impressionnante, a fidèlement reflété l'esprit de
la collection.

Il n'y eut ni cérémonieux tapis rouge, ni *kusudama** vulgaire, ni ruban à couper, ni caméras, ni

* Grosse boule en papier mâché suspendue qui s'ouvre
en deux parties, laissant échapper des petits papiers multicolores. *(N.d.T.)*

flashs. A la place, les fleurs touffues tenaient lieu de décor et les gazouillis de musique. Nous nous retrouvâmes tous les cinq comme cela ne nous était pas arrivé depuis longtemps, la vieille dame et la jeune fille, le jardinier, la femme de ménage et moi. A l'intérieur et autour de l'ancienne écurie, c'était toujours aussi encombré d'outils et de briques cassées, mais, grâce à la femme de ménage qui avait nettoyé les abords de l'entrée, nous eûmes tout de même une impression de cérémonie.

Le jardinier, sur l'échelle, avait du mal à accrocher droit le panneau. En équilibre sur ses deux jambes, tout en mesurant du regard la largeur de la porte, il déplaçait légèrement le clou.

— Là, ça va ?

Chaque fois qu'il posait la question, il y avait toujours quelqu'un pour émettre un doute.

— Un peu plus à gauche, non ?

La femme de ménage, les deux mains enfoncées dans la poche de son tablier, penchait la tête, les yeux plissés.

— Je crois que c'est un peu trop.

— On dirait que c'est de travers.

La jeune fille, qui avait rassemblé ses cheveux en queue de cheval, avait l'air plus adulte que d'habitude. Nous avions tous les yeux plissés, éblouis par le soleil.

Alors que dans ce genre de situation, c'est la vieille dame qui aurait dû faire le plus de remarques, contre toute attente, elle était assise sur la margelle du bassin, observant la scène sans rien dire. Tenant vigoureusement sa canne, les jambes fermes. Nous n'avions pas idée du moment où elle allait se mettre en colère, mais aucun de nous ne manifestait la moindre crainte. Comme si nous voulions lui montrer que chacun avait le devoir de donner son avis au sujet du musée.

— Faites attention à ne pas tomber, dis-je en maintenant l'échelle qui n'était pas très stable.

— Ce ne serait pas très malin d'aller refaire le coup de l'arrière-grand-père, dit-il gaiement. La femme de ménage tapota le bas de son tablier.

— Ça ferait un beau tableau, ton couteau à cran d'arrêt exposé à côté du sécateur de ton arrière-grand-père.

— Deux personnes d'une famille de jardiniers qui tombent d'une échelle, ce n'est pas très glorieux.

— Est-ce qu'on fera une vitrine spéciale pour les objets que nous laisserons ? intervint la jeune fille. Sur un socle bordé d'une guirlande dorée, par exemple…

— Si tu le désires, je peux le faire.

— Ce qui est dommage, c'est qu'on ne pourra pas venir les voir, remarqua la femme de ménage.

— De la même façon qu'on ne peut pas assister à ses propres funérailles.

— Avec les musées, on ne peut jamais éviter le phénomène de hiérarchisation de ce qui est exposé. Même si on considère que traiter une collection avec le plus d'impartialité possible fait partie des conditions d'un musée de qualité.

— Mais on pourrait au moins arranger comme on veut son propre endroit d'exposition. Ce droit devrait nous être accordé.

— Aah, mademoiselle a raison.

Le soleil se déversait sur nous avec une égale intensité. Les nuages défilaient au-dessus de la tête du jardinier, et le corsage de la femme de ménage, moite de transpiration, collait à son dos, tandis que la cicatrice sur la joue de la jeune fille avait l'éclat du diamant.

— Alors, qu'est-ce que ça donne comme ça ? cria le jardinier.

— C'est bon.

La vieille femme ouvrait la bouche pour la première fois.

— Là, c'est bien.

Nous nous étions retournés, et lui avions libéré le passage. Elle s'agrippa au bras de la jeune fille pour se lever.

— Bon. C'est comme si c'était fait.

Le jardinier tira son marteau de la poche de son pantalon.

Vu l'importance du bâtiment dans son ensemble, le panneau était plutôt petit. C'était une plaque ovale d'orme brut uniformément polie par le jardinier.

Le musée du Silence

L'écriture était si mesurée qu'il était difficile de croire que c'était celle de la vieille dame, et elle s'intégrait parfaitement, comme des signes gravés depuis toujours dans le mur de l'écurie. Mais à l'instant où le soleil s'obscurcit soudain, chaque caractère se mit à ressortir sur la couleur de cuivre jaune de l'orme naturel, d'un air solennel auquel nous ne pouvions échapper. J'eus l'impression que même le visiteur insouciant qui s'approcherait involontairement pour passer le temps se sentirait sans doute obligé de les lire.

Le bruit du marteau tapant sur les clous se répercutait dans le lointain. Nous étions tous là, immobiles, sans nous préoccuper de la poussière de briques qui tombait. Les répercussions sonnaient comme une fanfare donnant au musée sa bénédiction.

Le même jour dans l'après-midi, je visitai le chantier pour inspecter les travaux qui avaient avancé à quatre-vingts pour cent et revoir les dimensions définitives des vitrines. A l'intérieur, il y avait encore des monticules de briques, et çà et là les murs étaient toujours troués, mais le seul fait d'avoir accroché la pancarte commençait à faire planer à l'intérieur une indéniable ambiance de musée. Je marchai lentement en regardant partout afin de bien me remplir les poumons de cette atmosphère. Le jardinier me suivait, le plan à la main.

Il n'existe sans doute pas beaucoup de personnes qui connaissent les charmes d'un musée dont la collection n'est pas encore exposée. Il est vrai que ce n'est alors qu'un endroit triste, plein de défauts. Mais bientôt naît le sentiment qu'il va devenir l'écrin qui recevra le monde en réduction. Je m'attends alors à tout moment à une pluie d'objets tous plus fascinants les uns que les autres dans l'espace compris entre les murs, à l'ombre des colonnes et sur les cloisons uniformément blanches.

Dans ma tête, j'avais déjà une idée assez précise de la disposition des objets. J'étais capable, devant chaque espace, de visualiser la réalité des choses dans leur vitrine. J'arrivais au moment le plus rassurant pour un muséographe, celui où, en même temps que la progression des travaux, l'image qu'il se fait de son musée commence progressivement à se révéler. En comparaison de la première fois, alors qu'emmené par la vieille femme dans la buanderie, je m'étais retrouvé devant le bric-à-brac de tous ses objets, c'était une avancée prodigieuse.

Je vérifiai les points qui me tracassaient, à savoir l'installation des fils électriques, les montants métalliques des vitrines, ou encore l'emplacement des lampes de secours. Le jardinier m'expliquait la situation et, tout en écrivant mes indications sur le plan, suggérait des améliorations encore plus précises. Mais au final il ponctuait toutes les questions soulevées d'un :

— Pas de problème. Ne vous inquiétez pas, donnant chaque fois des petits coups sur le mur de pierre avec son plan enroulé.

— A propos, je voudrais vous demander votre avis, lui dis-je brusquement lorsque nous eûmes terminé notre visite. Prochainement, j'aimerais obtenir un congé pour rentrer au pays, vous croyez que c'est possible ?…

— Ah, si ce n'est que ça, vous n'avez qu'à en parler à madame. Ça ne pose aucun problème.

— Ce serait seulement pour quelques jours. Quand on commencera l'installation, je ne pourrai plus bouger, et je pense que m'absenter un tout petit peu maintenant n'aura pas grandes conséquences.

— Aah, ne vous gênez pas, prenez des vacances. Il n'y a pas de raison que madame s'y oppose. Vous n'avez pas cessé de travailler depuis que vous êtes arrivé ici. Il vous faut une pause maintenant. C'est même moi qui aurais dû prévoir d'en faire la demande à madame. Je suis désolé de vous avoir causé du souci inutilement.

— Mais pas du tout. Ce n'est qu'une manifestation d'égoïsme de ma part.

— Alors, vous avez une femme qui vous attend chez vous ?

Le jardinier me donna un petit coup sur le dos avec son plan enroulé.

— Non, malheureusement, ce n'est pas le cas. Je voudrais juste voir le bébé de mon frère, répondis-je honnêtement.

Comme l'avait dit le jardinier, la vieille dame m'accorda un congé presque trop naturellement.

Elle me donna l'autorisation d'un seul mot : "Bien."
Sans sarcasme ni clappement de langue.

Elle eut même de la prévenance à mon égard.

— Et faites attention à vous.

Ce n'est qu'en commençant réellement à faire mes bagages que je me rendis compte de la manière puérile avec laquelle je me réjouissais. Alors que la vie en ce lieu ne m'était pas particulièrement pénible, alors que presque personne n'attendait mon retour, je me surpris à fredonner en pliant mes vêtements et démontant mon microscope pour le ranger dans sa boîte. J'étais persuadé que la jeune fille et le jardinier se débrouilleraient fort bien en mon absence et qu'à mon retour nous passerions à la vitesse supérieure pour ouvrir le musée.

Je ne possédais presque rien de plus qu'à mon arrivée. Il me suffisait d'enfouir le microscope au milieu des vêtements pour ne pas le casser, puis de poser le *Journal d'Anne Frank* sur le tout. Le jardinier devait me conduire en voiture à la gare pour le premier train du matin. J'essayai d'imaginer comment je passerais mes congés. Je n'avais pas prévenu mon frère, mais il m'accueillerait certainement avec joie. Comme toujours, ma belle-sœur préparerait toutes sortes de plats en quantité qu'elle me proposerait jusqu'à ce que je n'en puisse plus. Si elle paraissait fatiguée avec les soins à donner au bébé, je ferais le baby-sitter pour qu'ils puissent sortir tous les deux. Parce que depuis la naissance du bébé ils n'étaient sans doute même pas allés au concert qu'ils appréciaient tant. Mais serais-je vraiment capable de m'occuper d'un bébé ? Alors que je tremblais déjà de crainte à l'idée de toucher un corps trop tendre sentant le lait. Le bébé dormirait paisiblement dans son petit lit tout neuf.

Accoudé au rebord, je l'observerais sans me lasser. Souriant à chaque minuscule changement, mouvement de succion avec les lèvres ou petit éternuement. A son chevet aurait été placé avec précaution l'œuf ciselé que j'avais envoyé en cadeau...

A l'heure prévue, le jardinier n'arrivait pas. Prêt à partir, je laçai mes souliers et attendis, mon sac à la main. Je me demandais avec un peu d'inquiétude si je serais à l'heure pour l'express.

— Monsieur...

Le jardinier apparut enfin dans l'entrée, essoufflé, déjà transpirant dans sa tenue de travail, alors qu'on était encore tôt le matin. Il avait l'air d'arriver précipitamment du manoir.

Il reprit son souffle avant de continuer.

— ... C'est malheureux, mais il va falloir que vous reportiez vos vacances. C'est un ordre de madame. Il y a eu un autre mort, dit-il, l'air de ne pas savoir comment s'excuser.

Je ne me rappelle plus quand, un ami devenu médecin m'a confié que le moment où il était le plus occupé n'était pas lorsqu'il faisait un diagnostic ou soignait quelqu'un, mais le moment où le patient n'allait pas tarder à mourir, surtout s'il n'y avait plus rien à faire.

C'est triste de devoir s'en remettre à quelqu'un d'autre quand on va mourir. Puisque de toute façon on est prêt, car on ne peut pas éviter que le cœur s'arrête, on se sent gêné de donner tant de travail, même à un médecin.

Si c'était moi, je dirais sans doute :

— Je vous en prie, ne faites pas tant de cas de moi.

Avoir du travail quand quelqu'un meurt, ça vaut aussi pour le musée du Silence, mais personne ne plaint celui qui s'en occupe. Le mort est déjà une masse froide, après son départ pour le lointain. Il ne se retourne même pas.

Cette fois-ci, il s'agissait d'une jeune femme célibataire de vingt-sept ans, professeur de tricot. Elle était morte d'hémorragie. Vers neuf heures et demie du soir, alors qu'elle partait après avoir effectué son dernier cours au centre d'échanges culturels, elle avait été entraînée dans un coin retiré de la salle de documentation, où elle avait été poignardée au cou et à la poitrine, avant d'être découverte le lendemain matin par un employé. Il n'y avait pas de traces de vol ni de violence, mais comme la jeune femme des assurances sociales, et en remontant encore plus loin dans le passé, comme la prostituée retrouvée morte à l'hôtel, ses mamelons avaient été découpés et emportés.

Après avoir rassemblé des informations et observé la situation, je choisis le moment qui me semblait le plus propice pour me rendre au centre d'échanges culturels. Je ne sais pourquoi cette fois-ci je ne sentis ni la mauvaise conscience, ni la peur ni le regret qui me tourmentaient habituellement quand je récoltais les objets. C'était plutôt une colère indescriptible qui avait envahi mon cœur.

Cela aurait été plus facile avec des personnes âgées comme le chirurgien, mais pourquoi fallait-il que toutes ces jeunes femmes se succèdent ? Alors que jusqu'à ce que j'arrive ici, il ne s'était produit aucune affaire de meurtre en cinquante ans. Et en plus, les mamelons avaient été découpés. L'objet qui aurait été le plus à même d'exprimer fidèlement la mort de cette jeune femme était déjà entre les mains de l'assassin et tout ce que je pourrais récolter ne serait rien de plus qu'une simple dépouille…

Ça me mettait en colère. Non, si ça se trouve, j'étais tout bêtement irrité parce que mes vacances tombaient à l'eau. En tout cas, je procédai à chaque étape du travail avec une perspicacité virant à la brutalité qui me consterna. Tout en murmurant que mes congés n'étaient pas un problème important.

Le centre d'échanges culturels était un bâtiment de trois étages qui ne recevait pas le soleil, d'aspect plutôt misérable pour un nom pareil. Il semblait offrir un choix varié de cours outre le tricot et, après avoir vérifié le programme, je choisis pour passer à l'action le vendredi où se superposaient "Histoire de l'Orient "et "Art de la photographie – niveau moyen" car je pensais qu'il y aurait sans doute une fréquentation d'hommes relativement importante.

Ainsi que je l'avais prévu, je pus me glisser sans difficulté à l'intérieur du bâtiment. Comme les autres fois, je n'avais pas décidé de l'objet à emporter. J'errai dans l'entrée, aux abords de l'accueil et des salles vides, faisant semblant d'attendre le début des cours. J'avais l'impression que, quel que fût l'objet, ce serait déjà mieux que l'herbe poussant le long des toilettes publiques dans le parc forestier.

Dans un coin du hall étaient exposés les ouvrages réalisés lors des différents ateliers. Gravure, teinture, broderie anglaise, ciselure, peinture à l'huile, fleurs séchées, rien que des petites choses. Des centres de table et de la dentelle travaillés par les professeurs étaient présentés dans un coin de la salle de tricot. Ils ne ressortaient pas particulièrement au milieu des vestes et des cardigans tricotés par les élèves. C'étaient des ouvrages tout à fait ordinaires. Ils devaient être là depuis longtemps, car les motifs en toile d'araignée étaient couverts de poussière.

Ma mauvaise conscience habituelle ne revint qu'au moment d'enlever les épingles pour retirer du mur le centre de table. Incapable de surmonter mes scrupules, je ne m'immobilisai qu'un instant, le tenant par le bord. Tout modeste qu'il fût, il s'agissait là indéniablement d'un musée. En tant que spécialiste, j'avais honte de voler un autre musée pour enrichir ma propre collection.

La pendule sonna, il y eut un bruit de pas dans l'escalier, et le visage de la jeune femme qui écrivait à l'accueil commença à se tourner vers moi. Balayant mes scrupules, je tirai brusquement sur le centre de table que je glissai dans la poche intérieure de ma veste. Il était sans doute resté accroché à une épingle, car la bordure se déchira en crissant. Le dos toujours tourné à l'accueil, priant pour qu'on ne me criât pas de m'arrêter, je traversai le hall à grands pas d'un air qui se voulait imposant. Je n'avais pas besoin de me retourner pour imaginer aisément le vide absurde laissé par ma main dans ce qui aurait dû être un musée.

Rien n'est plus triste qu'un objet de collection détruit de la main même d'un muséographe. Je quittai le centre d'échanges culturels, me lançai à bicyclette et, une fois arrivé à la place, dépliai le centre de table sur la selle. La déchirure était importante au point de le partager en deux, et chaque fois que j'en touchais le bord elle s'étendait, s'effilochant en largeur. Le fil défait frisottait d'une manière incertaine.

Je clappai de la langue. Du début à la fin, tout s'était mal passé, c'était n'importe quoi. Je n'avais pas le sentiment d'avoir accompli quelque chose, je n'étais pas soulagé non plus. Comme si cette dentelle était la cause de mon échec, je la chiffonnai en une boule que j'enfonçai dans ma poche avant de pédaler de toutes mes forces en direction du manoir.

Cette nuit-là, j'eus une poussée de fièvre et, finalement, ne pus quitter le lit pendant près de dix jours. C'était la première fois que j'étais aussi malade depuis que j'avais attrapé la coqueluche dans mon enfance.

Je pensais que si je me retournais dans mon lit sans pouvoir trouver le sommeil, c'était à cause de cette récolte d'objet qui avait mal tourné, mais, bientôt, j'eus des frissons et, les tremblements ne cessant pas, je me sentis mal au point de ne plus savoir comment me mettre. Si au moins j'avais pu somnoler, j'aurais été plus à l'aise, mais ma conscience était claire au point que le sommeil ne semblait pas près de vouloir me visiter.

Ne pouvant faire autrement, je m'étais recroquevillé et, les dents serrées, observais l'œuf ciselé suspendu à la fenêtre. En regardant la silhouette de l'ange changer de couleur au fil des heures, je calculais le temps qui me restait jusqu'à l'aube.

Le mal de tête empira d'heure en heure et, bientôt, la douleur s'étendit des oreilles au cou, à la poitrine puis aux reins. Au moment où les motifs des ailes de l'ange commençaient à se découper dans le soleil matinal, tout mon corps était écrasé sous le poids de la douleur.

C'est la femme de ménage qui me découvrit en venant comme tous les matins m'apporter mon petit-déjeuner. Le jardinier appela le médecin en urgence, mais celui-ci ne fit pas grand-chose compte tenu de ce que je souffrais. Après m'avoir sommairement ausculté, il dit qu'il s'agissait sans doute d'une mauvaise grippe d'été, et repartit en laissant des médicaments.

C'est la femme de ménage qui s'occupa de moi.

Je voulus m'excuser, mais je ne pus émettre qu'un sifflement de poitrine.

— Quand on est malade, il ne faut pas se gêner.

Et, comprenant ce que je ressentais, elle me frotta le dos.

Les trois premiers jours, je ne pus rien avaler d'autre que du liquide. Le médicament contre la douleur était trop fort, si bien que j'avais la tête dans le vague, ne sachant plus si c'était le jour ou la nuit, si j'étais réveillé ou non.

De temps en temps, la porte grinçait dans l'entrée, puis j'entendais des pas dans l'escalier. J'entrouvrais les yeux, et je distinguais une silhouette à mon chevet. La prise de conscience, qui d'habitude se faisait tout naturellement, nécessitait un temps infiniment long. J'étais dans un tel état que même pour prendre une inspiration je devais mobiliser le peu de force qui me restait. Mais les visiteurs se tenaient tous patiemment en retrait. Même la vieille dame.

— La grippe est beaucoup plus dangereuse en été qu'en hiver, dit-elle en approchant son visage pour me parler à l'oreille. Pour continuer à vivre et à faire des dégâts par cette chaleur, il faut que les substances toxiques soient très résistantes. Vous serez peut-être malade pendant un certain temps, jusqu'à ce que vous soyez habitué au climat du village. Bah, c'est le cas de tous ceux qui viennent d'ailleurs. Bientôt, vous serez immunisé, et il n'en restera rien.

Sa respiration était humide, et son dentier sentait le liquide désinfectant. Derrière elle se tenait la femme de ménage avec une bassine d'eau chaude pour me frotter le corps.

— Heureusement que vous n'êtes pas tombé malade en rentrant chez vous. Sinon, non seulement vous n'auriez pas pu profiter de vos vacances, mais vous auriez donné bien du souci à votre famille. Sans parler, pour nous, de l'inquiétude de ne pas savoir quand vous seriez revenu. Mais nous sommes rassurés de vous savoir ici avec nous. Si vous vous soignez avec persévérance, vous allez guérir. Vous pourrez vous remettre à vous occuper des objets laissés par les défunts.

Je voulus acquiescer, mais j'eus un vertige et je fus incapable d'ouvrir les yeux un peu plus.

— Alors, à plus tard.

Après avoir frappé le plancher de sa canne, la vieille femme se leva et alla descendre l'escalier d'un pas mal assuré.

Et la jeune fille ne manquait jamais elle non plus de me rendre visite une fois par jour. Le bruit de ses pas était tellement plus discret que ceux des autres que je la reconnaissais aussitôt.

— On dirait que vos lèvres ont meilleure couleur qu'hier.

Elle commençait toujours par des paroles qui me remontaient le moral.

— Et votre respiration, elle a l'air vraiment plus facile.

Puis elle se pencha pour appliquer son oreille contre ma poitrine. Ses cheveux, qui retombaient sur mon visage, me chatouillaient.

— Ne vous faites pas de souci pour le musée, hein. Parce que je fais le maximum pour recopier au propre l'archivage en retard. Après je discuterai avec le jardinier pour tout organiser afin que vous puissiez revenir au travail en douceur dès que vous serez en forme.

202

— Il ne faut pas sortir tard le soir.

J'avais encore beaucoup de mal à parler, mais je voulais absolument lui dire au moins cela.

— Je sais. C'est à cause de cette affaire de meurtre, hein ? Moi ça va. Ne vous inquiétez pas.

Arranger les oreillers, essuyer la sueur sur mon front, ouvrir ou fermer les rideaux, elle essayait toujours de trouver quelque chose à faire. Voulant voir la satisfaction sur son visage, j'arrivais à lui demander de l'eau alors que je n'avais même pas soif. Elle préparait alors avec entrain un verre d'eau glacée qu'elle me faisait boire en me soutenant le dos.

— Il faut faire attention. Où que tu ailles, ne prends pas ta bicyclette, demande au jardinier de t'emmener en voiture. Tu as compris ?

— Oui bien sûr, c'est ce que je ferai. Vous pouvez dormir tranquille, me répondit-elle posément.

Lorsque je fermais les yeux, s'étendait toujours sur l'écran de mes paupières une dune uniforme à l'infini. J'entendais même le son rugueux du sable soulevé par le vent. Je ne savais pas moi-même à savoir si c'était à cause du sommeil ou de cette tempête de sable que je n'arrivais pas à garder les yeux ouverts.

J'essayais de franchir cette dune sans savoir où j'allais. Dès que j'avançais d'un pas, mon pied s'enfonçait dans le sable et je tombais. Chaque fois que je me relevais en repoussant le poids du sable, je me sentais dépossédé du peu de force qui me restait. Mais je n'avais pas le loisir de me reposer. Il me fallait absolument franchir cette dune. C'était la seule chose claire dans mon esprit.

Alors même que je devais être en train de dormir, je me demandais avec curiosité pourquoi j'étais aussi fatigué. En réalité, j'aurais voulu être allongé immobile dans un endroit beaucoup plus calme où le vent ne soufflait pas.

Pour me changer les idées, je faisais de mon mieux pour penser à quelque chose de complètement différent. Il me fallait oublier ne serait-ce qu'un instant le poids du sable et sa sensation désagréable. Qu'est-ce que je pouvais trouver ? Ah oui, j'allais penser aux mamelons de la jeune fille.

Mamelons ?

Aah, exactement. C'était certainement une idée inattendue et peu élégante, mais je ne pouvais faire autrement. Le sable qui avait balayé l'intérieur de mon crâne avait tellement remué ma cervelle que trouver un thème nécessitait un terrible effort de ma part.

Bien sûr, je ne les avais jamais vus. Mais à certaines occasions il m'était arrivé de prendre conscience de leur existence. Dans l'ancienne buanderie, lorsqu'elle me passait les objets. Lorsqu'elle soutenait gentiment la vieille dame chancelante. Lorsqu'elle approchait son visage pour poser une question concernant un objet de la collection.

Ils avaient une forme régulière et saine. Ils n'avaient pas du tout cet aspect mystérieux comme lorsqu'ils sont cachés sous les vêtements. Ils étaient là, comme ses pieds nus dans ses sandales rouges. Et ils étaient en harmonie avec la cicatrice sur sa joue.

C'est pour cela que moi aussi je pouvais me relâcher et me sentir à l'aise. Je n'avais pas besoin de maîtriser le désir qui m'aurait fait tomber dans le dégoût de moi-même. En concentrant mon regard avec attention, je finissais par voir le sang passer uniformément du bord du sein jusqu'à la petite extrémité granuleuse. Je le voyais en transparence à travers la peau. J'étais agréablement surpris de voir la vie se manifester ainsi dans un organe aussi petit.

La base, recouverte d'une peau encore plus fine, se rétrécissait selon une forme parfaite pour y appliquer le bout des doigts. Découper un mamelon devait être facile. Avec un couteau bien entretenu, la lame devait glisser comme sur de la soie.

La jeune fille ne poussait pas un cri. Elle ne se rendait même pas compte de ce qu'on lui avait fait et regardait d'un air incrédule le sang couler de sa poitrine...

Lorsque j'ouvris les yeux la fois d'après, le jeune novice se trouvait près de moi.

— Pourquoi es-tu là ?

Ma voix était faible et rauque, comme si elle arrivait à grand-peine d'au-delà de la dune. Sans répondre à ma question, le garçon me montra seulement qu'il priait, les mains jointes dépassant de sa fourrure. Ses cheveux étaient un peu plus longs que la dernière fois que je l'avais rencontré, ses joues plus fermes.

— Excuse-moi. Comme tu vois, je ne peux rien faire pour t'accueillir dans l'état où je suis.

— Ne vous en faites pas, répondit la jeune fille à sa place.

— Ah, tu es là toi aussi ?...

Son visage pointait par-dessus l'épaule du jeune novice.

— Il a apporté des plantes médicinales du monastère. Elles ont une action de détoxication, et elles ne poussent que sur la montagne du monastère. Il paraît que les bisons des roches blanches en mangent lorsqu'ils sont malades. Vous pouvez être tranquille, il vient de les faire infuser correctement. Bien sûr, je pense que ça ne doit pas être très bon, mais faites un effort, hein ?

Comme elle le disait, c'était un liquide épais, couleur de mousse, qui dégageait une odeur nécessitant du courage pour l'avaler. J'avais l'impression que si le garçon raclait le fond du marais dont il était le passeur, ça sentirait peut-être la même chose.

Quoi qu'il en fût, je me redressai pour boire la tisane. Je fis le vide dans ma tête, bus toute la tasse d'un coup. Parce que j'étais encore trop faible pour penser à quoi que ce fût, et que je ne voulais pas poser de problèmes à la jeune fille en ne répondant pas à la bonne volonté du jeune novice.

— Merci d'être venu exprès.

Le médicament engluait ma langue qui bougeait difficilement. Le garçon acquiesça, posa la tasse vide sur la table de nuit.

— Ce que vous venez de boire, vous savez, n'est pas un simple médicament pour faire tomber la fièvre. C'est plutôt le contraire, il détruit les toxines en brûlant les graisses au fond du corps. C'est pour ça que pendant un certain temps la fièvre va remonter et vous aurez peut-être l'impression d'aller plus mal. Mais ne vous inquiétez pas. Vous allez transpirer abondamment, et dès que toutes les toxines auront été éliminées par les pores, vous verrez, c'est incroyable, vous serez guéri. Les moines ont connu l'existence de cette plante médicinale grâce aux bisons des roches blanches, vous savez. Les animaux fragiles, qui ont la diarrhée ou le poil terne, s'éloignent du troupeau et se déplacent jusqu'à l'ombre des rochers où elle pousse. Et ils restent cachés là jusqu'à ce qu'ils aillent mieux. Discrètement, pour ne pas déranger leurs compagnons. Il paraît que pour les prédicateurs la fourrure des bisons les plus faibles qui ont plusieurs fois mangé cette plante est bien mieux que celle de ceux qui sont morts à la fin d'une vie en bonne santé. Elles sont plus souples, collent à la peau et contiennent plus de silence…

Lorsque je me rallongeai, je fus envahi d'une irrépressible envie de dormir. Je voulais répondre à ses explications, mais, dans ma demi-conscience, je vis s'éloigner leurs visages qui m'observaient.

Pourquoi le garçon ne parlait-il pas ? Je réfléchissais vaguement dans ma tête. Il avait progressé dans sa pratique du silence. A l'instant où je m'en rendis compte, je tombai dans le sommeil. D'une profondeur à laquelle je n'étais jamais parvenu jusqu'alors, qui avala d'un coup la dune et les mamelons.

Les plantes médicinales furent très efficaces. Ce jour-là, toute la journée, la fièvre revint, et je transpirais à tel point qu'il fallut changer mes draps toutes les deux heures, ce qui donna beaucoup de travail à la femme de ménage. Mais lorsque j'ouvris les yeux le lendemain matin j'étais guéri. Sauf quelques courbatures, je n'avais mal nulle part, mes bourdonnements d'oreilles et le poids sur ma poitrine avaient disparu, et mon corps avait retrouvé sa légèreté. Je sortis du lit, allai m'étirer à la fenêtre. Je sentis mes organes, jusqu'alors atones, se remettre en marche les uns après les autres.

Pendant que je fus alité, le centre de table en dentelle déchiré resta en boule à l'intérieur de la poche de ma veste.

12

Une fois guéri, je me rendis compte que l'été était terminé au village. Les avertissements de la vieille dame n'étaient pas des mensonges.

Le matin où je repris le travail, en traversant le jardin pour me rendre au manoir, je vis les champignons se presser sur la souche de l'orme à l'entrée du bois. Leurs petits chapeaux ocre de la taille de l'extrémité d'un petit doigt, déprimés en leur milieu comme des globules rouges, avaient investi la souche sans laisser d'intervalle entre eux. Dans l'ombre où ne parvenait pas le soleil matinal, leur surface recouverte de pruine était humide et froide.

Je levai les yeux vers le ciel. La forme des nuages, la manière dont les branches s'agitaient, les sortes d'oiseaux, la sensation de l'air sur ma peau, tout était différent d'avant. Il ne restait rien de l'été. Je me dépêchai en direction du manoir en pensant qu'il fallait que je demande à la jeune fille de m'indiquer un bon magasin où je pourrais me faire tailler un épais manteau.

Après m'être remis au travail, il me fallut un certain temps pour me retrouver comme j'étais avant. La maladie m'avait laissé des séquelles plus importantes que je ne l'aurais pensé. Ayant perdu du poids, j'avais des vertiges et des difficultés à rester concentré sur le plan du musée.

Quant à l'archivage des objets de la matinée, c'est tout juste si j'arrivais à en faire un en entier. Je discutai avec la vieille dame pour n'en faire qu'un par jour pendant un certain temps, car il s'agissait de laisser une documentation correcte.

Mais, en réalité, le véritable problème était la condition physique de la vieille femme plus que ma maladie. Comme on pouvait s'y attendre, elle avait mal supporté les grosses chaleurs de l'été. Quand j'avais fait sa connaissance, je pensais qu'on ne pouvait pas être plus vieux, mais maintenant, après avoir traversé l'été, elle donnait l'impression d'avoir descendu un degré supplémentaire. Mais comme le ton de sa voix restait ferme lorsqu'elle racontait l'histoire des objets pendant que je prenais des notes sous sa dictée, je croyais que c'était temporaire.

A l'extérieur du manoir aussi toutes sortes de choses s'apprêtaient à changer. Les touristes se faisaient rares, et avec eux le marchand de glaces et le joueur d'orgue de Barbarie avaient fermé boutique, si bien que la place était triste. Les moissons du blé et du houblon étaient terminées et les champs avaient totalement changé d'aspect. La saison de base-ball tirait à sa fin et avec elle disparurent les files de supporters qui se dirigeaient chaque week-end vers le stade en bordure du parc forestier. Finalement, l'équipe des Eleveurs de poulets avait laissé passer la victoire.

La nouvelle qui remua le plus le village fut l'arrestation du terroriste. Cela égaya un peu le vide laissé par le départ de l'été. Le coupable était un homme d'âge mûr, ancien facteur au chômage. Il avait déjà été hospitalisé à plusieurs reprises pour paranoïa, raison pour laquelle il avait été évincé de son travail, et c'était dans la remise d'une ferme où il prenait pension qu'il avait fabriqué sa bombe.

Selon l'article du journal, c'était un homme peu recommandable et l'on pouvait se demander pourquoi il avait fallu attendre pour l'arrêter qu'un prédicateur perdît la vie et qu'une jeune fille fût blessée à cause de lui. Il n'y avait ni revendication, ni révolte ni ambition. Boudant le monde, il s'était réfugié dans la solitude, cherchant dans l'odeur de la poudre un fil conducteur et la tranquillité.

Son attentat ne visait pas les gens, mais les bâtiments. On avait retrouvé dans sa chambre un plan précis des habitations qui datait de l'époque où il distribuait le courrier, sur lequel il avait numéroté ses cibles, y plantant des épingles. Sur la photographie publiée dans le journal, on voyait qu'une ligne reliant les différentes épingles traçait les contours d'une étoile ressemblant beaucoup à la blessure sur la joue de la jeune fille. C'était un hasard terrifiant. Si tout avait réussi, les principaux bâtiments du village, tous sans exception, auraient été détruits.

Mais je fis une découverte beaucoup plus importante, qui me fit détourner le regard de la photographie. La place était l'endroit numéro 1. C'était le centre de l'étoile, à partir duquel une ligne filait vers l'ouest jusqu'au sommet d'une branche. Et l'épingle numéro 2 était plantée dans le manoir de la vieille dame.

Le jour suivant, je retournais à l'annexe après avoir interrompu mon travail plus tôt que d'habitude lorsque je trouvai deux inconnus dans l'entrée. A part les jeunes gens qui travaillaient pour le jardinier, jusqu'alors aucune personne extérieure ne s'était introduite aussi loin dans la propriété. Je ne pensais pas qu'ils avaient des raisons de venir pour moi. Afin de cacher mon embarras, je les accueillis d'une manière particulièrement courtoise.

C'étaient des inspecteurs. Comme ils se ressemblaient beaucoup, jusqu'au bout, j'eus du mal à les distinguer l'un de l'autre. Ils portaient un costume imprégné d'odeur de tabac, une cravate bas de gamme et des chaussures à bouts usés.

Nous avons bavardé un moment. Au sujet de mes relations avec la vieille dame, de ce qui m'avait fait venir au village et de la teneur de mon travail. Pour les détails concernant le musée, je répondis en trichant un peu pour rester évasif, tandis qu'ils acquiesçaient à plusieurs reprises pour montrer à quel point cela les intéressait. Leur attitude était intimidante et désagréable.

Je devinais qu'ils étaient venus à cause de cet attentat. Non seulement nous avions une blessée, mais puisque nous étions la cible suivante, ils devaient suivre cette piste.

— Avez-vous vu la maison principale ? leur demandai-je.

L'un d'eux répondit que non.

— C'est un très beau manoir d'époque, vous savez. En plus, il est vaste. Le bâtiment en lui-même est un objet de musée. Vous pouvez chercher partout dans le village, il n'y en a pas d'autres comme ça, poursuivis-je.

— Eeh, c'est vrai, répondirent-ils tous les deux en même temps.

— C'est normal qu'un fanatique des bombes, après avoir attaqué le centre du village, ait envie de pulvériser cette propriété.

Cette fois-ci, ils n'approuvèrent pas.

— S'il est nécessaire que vous visitiez la maison principale, je peux aller demander à la propriétaire. C'est une bonne femme assez acariâtre, vous savez. A ne pas prendre avec des pincettes. Mais si j'interviens, je pense que vous pourrez au moins obtenir un entretien. Sa fille a été blessée, elle ne devrait donc pas être complètement indifférente à ce qui se passe. Vous avez bien fait de venir d'abord me trouver. Si vous aviez débarqué à l'improviste au manoir, elle se serait sans doute fâchée. Parce que c'est quelqu'un qui vit sans se préoccuper des autres selon les règles qu'elle a établies en se faisant son propre almanach. Je ne sais pas très bien, car cet almanach est assez compliqué, vous savez. D'ailleurs, moi-même je n'ai pas sa confiance à cent pour cent. Mais cela fait près de six mois que je vis ici, et l'on peut dire que je commence à peine à savoir comment m'y prendre avec elle…

— Où étiez-vous le 3 août entre neuf et dix heures du soir ? m'interrompit l'un d'eux, sans amabilité, sans même profiter d'un raclement de gorge. A la différence d'avant, le ton était net.

— Le 3 août ? bredouillai-je, surpris.

— Un mardi, ajouta l'autre.

Au lieu de me sentir obligé de répondre à cette question, je me demandais avec beaucoup de suspicion pourquoi ils voulaient savoir cela. J'essayai de relier cette date à l'attentat, mais ça ne marchait pas. En fait, j'avais envie de faire une pause le plus rapidement possible et de prendre un bon café.

— Je ne me souviens pas de tout ce que j'ai pu faire il y a plusieurs semaines.

J'avais répondu la vérité.

— Vous n'avez rien noté dans un agenda ou un journal ?

Ils ne cédaient pas.

— J'ai un journal de bord, mais il est sur mon lieu de travail, et il n'est pas aussi précis que ça.

— Vous avez l'habitude de sortir le soir ?

— Non, pratiquement pas…

Je secouai la tête.

— Le soir, quand mon travail est terminé, la plupart du temps je rentre directement ici. C'est très rare que je quitte la propriété.

Je ne savais pas très bien si je devais me montrer circonspect ou plus détendu.

— Et le 30 août entre neuf et dix heures du soir ?

— Soit dit en passant, cette fois-ci c'est un lundi.

L'un me fixait des yeux, tandis que l'autre tapotait de son ongle le bord de la table, sur laquelle étaient restés tels quels, comme je l'avais laissé le matin en partant, une tasse, des peaux d'orange, une soucoupe et un compte-gouttes.

— Vous pouvez toujours énumérer ces dates, ça ne change rien. A cette heure-là, soit je suis encore au travail dans mon atelier de la maison principale, soit je suis en train de prendre un verre chez le jardinier, mon voisin. Rien d'autre ne me vient à l'esprit.

— Ah, mais bien sûr, bien sûr. La mémoire humaine est assez vague, vous savez. Ne vous impatientez pas. Il suffit d'un déclic, parfois, pour que ça vous revienne. Vous pouvez prendre tout votre temps pour vous rappeler.

— Que voulez-vous que je me rappelle ? A quoi ça rime tout cela ?

— Où vous étiez, avec qui et ce que vous faisiez. C'est tout ce que nous voulons savoir.

L'homme n'arrêtait pas de griffer la table. J'étais fatigué, j'avais le vertige. Je voulais avant tout me pelotonner à l'intérieur de mon lit.

213

— Vous avez arrêté le terroriste, non ?

Ils gardaient tous les deux le silence. Le soleil déclinant teintait la pièce d'une couleur terne. Mon vertige empirait.

— Eeh.

Lorsque enfin l'homme acquiesça, ma question avait déjà perdu son sens.

— Et le 13 août ?

— Le temps était lourd, la lune dans son premier quartier.

Je baissai les yeux, pressai mes tempes. Pas pour réveiller mes souvenirs, mais pour calmer mon vertige.

— Non, rien… répondis-je, la tête toujours baissée.

Après le départ des inspecteurs, dans mon lit, j'essayai encore une fois de me remémorer ces trois dates. Et je fis aussitôt le rapprochement. Le 3 et le 30 étaient les jours où la jeune femme des assurances sociales puis celle qui enseignait le tricot avaient été tuées, et le 13, celui où, m'étant introduit dans son appartement, j'avais échoué dans ma tentative pour récupérer un objet ayant appartenu à la défunte.

Même après que j'eus retrouvé suffisamment de forces, nous continuâmes à n'archiver qu'un objet par jour, sans revenir au rythme que nous avions précédemment. Parce que l'on ne pouvait plus ignorer l'état de faiblesse de la vieille dame. J'avais beau poser un objet sur la table, les yeux fixes, grands ouverts, elle n'en finissait pas de commencer à raconter, tant elle paraissait avoir de difficulté à se concentrer. Sa voix était rauque et, chaque fois qu'elle avalait des mucosités ou essayait de reprendre sa respiration, elle perdait le fil, si bien que je me retrouvais souvent obligé d'attendre, la main posée sur le cahier.

Pour autant, la précision du travail d'archivage ne se relâchait pas, seul le rythme avait changé, nous réussissions à avoir un récit complet et nous formions un bon tandem. Lorsque je la voyais, emmitouflée dans sa couverture, complètement pliée en deux, la langue embarrassée, mettre toute son énergie à raconter le récit émanant de l'objet avant qu'il ne lui échappe, j'étais envahi par un sentiment de pitié qui me poussait à m'appliquer davantage encore pour noter ses paroles.

— On dirait qu'il s'est mis à pleuvoir.

Quand nous avions terminé le travail, elle me tenait de plus en plus souvent des propos décousus. Je crois que c'est parce qu'elle avait besoin de temps afin de retrouver suffisamment de forces pour retourner dans sa chambre.

— Oui, on dirait, répondais-je en rangeant l'objet et mon cahier.

— Ça va sans doute durer longtemps.

— C'est écrit dans votre almanach ?

— Il n'est pas nécessaire de le consulter sans arrêt, il n'y a qu'à écouter pour le savoir. La pluie est différente selon son timbre lorsqu'elle frappe le toit.

— On dirait que la température va encore baisser.

Je regardai dehors à travers l'interstice des rideaux. Alors que c'était la matinée, il faisait triste et sombre comme dans la soirée.

— Je me demande comment sera l'hiver cette année. J'ai commandé chez le tailleur un manteau dans le tissu le plus épais.

— Vous n'avez qu'à aller examiner les cécidies du chêne qui se trouve le plus au nord du bois.

La vieille dame, les genoux pliés, appuyée sur les accoudoirs, avait posé les deux mains sur sa poitrine. Sur son front, la verrue qui suppurait avait fini par sécher, on aurait dit qu'elle était recouverte de poudre, et c'était encore plus pénible à voir.

— Si l'intérieur des cécidies est complètement sec, l'année prochaine, il y aura la disette pendant l'été, s'il en sort des vers, on récoltera du blé de bonne qualité. Si elles sont tapissées de toiles d'araignée, les premières neiges tomberont en novembre, et l'hiver sera long et rude.

— J'ai compris. J'irai vérifier.

— Je vous trouve bien docile.

— J'ai toujours été raisonnable.

— Hmm, c'est stupide, conclut-elle avant de tomber dans un bref sommeil. Lorsque je m'en rendis compte, elle ronflait déjà. Je m'approchai doucement, remis la couverture qui menaçait de tomber, et m'assis en face d'elle en attendant, à n'en plus finir, l'instant où le réveil allait la visiter.

Pendant ce temps-là également, des gens mouraient. Alors que l'automne s'intensifiait de jour en jour, j'errais çà et là à travers le village, à la recherche d'objets laissés par les défunts.

Si certains mouraient au terme d'une vie bien remplie, d'autres étaient fauchés dans leur jeunesse. Si certains avaient pris le temps de dire adieu à leurs proches, d'autres ne s'étaient même pas aperçus de ce qui leur arrivait. Les objets se trouvaient dans toutes sortes d'endroits, pièce d'appartement minable, villa avec vue perchée au sommet d'une colline, sombre ruelle, ferme, usine, bibliothèque, magasin, école. Ils attendaient sagement que ma main vînt se poser sur eux.

Ce qui m'impressionna le plus dans tout cela fut ce que je récoltai au monastère. Lorsque le jeune novice m'avertit que quelqu'un était mort là-bas, je pensai que j'allais encore récolter une peau de bison des roches blanches, mais il ne s'agissait pas d'un prédicateur, c'était l'éleveur de truites qui était mort.

Lorsque nous arrivâmes, la jeune fille et moi, les funérailles étaient justement en train de se dérouler à la chapelle. Ce fut la cérémonie la plus modeste et la plus tranquille à laquelle il me fut donné d'assister.

Nous étions les seuls participants aux côtés d'une dizaine de moines et je ne savais pas s'ils étaient tous là ou s'ils ne formaient qu'une petite partie de la communauté. La chapelle était désolée, remplie d'une obscurité que la lumière des bougies n'arrivait pas à dissiper.

Existait-il des signes qu'ils étaient les seuls à comprendre ? Un prédicateur au centre de l'autel semblait diriger la cérémonie en suivant un certain ordre. Mais c'était le silence qui régnait, et je me demandais avec inquiétude par quel moyen je pouvais y maintenir ma place. Je ne pouvais rien faire d'autre que prier, baisser la tête et fermer les yeux, à l'imitation du jeune novice à côté de moi.

Le mort était allongé à l'intérieur d'un cercueil de bois brut. Il n'y eut ni fleurs, ni musique, ni sanglots. Le frottement des fourrures sur la peau s'élevait seul avec la suie qui montait des bougies en tremblotant.

Après une prière silencieuse encore plus longue, le cercueil, sur les épaules de quelques moines, quitta la chapelle, longea le cloître, traversa le jardin potager, fit le tour du bassin de pisciculture où l'homme avait travaillé, puis escalada l'escarpement rocheux. Nous le suivîmes, sur deux files avec le reste des participants.

Ils portaient le cercueil magnifiquement bien. Cela aussi était peut-être l'une de leurs pratiques. Que ce fût sur les aspérités des rochers ou dans les ronces, ils faisaient en sorte d'assurer leurs pas, veillant à ne pas leur donner d'impulsions superflues.

Le chemin fut long. Le novice regardait droit devant lui, la jeune fille marchait avec ardeur, légèrement penchée en avant, afin de ne pas prendre de retard sur le cortège. Sa cicatrice, rougie par le froid, creusait encore plus sa joue d'une étoile. Le soleil ne s'était pas montré depuis le matin, et le vent d'ouest, qui soufflait de plus en plus fort, apportait de lourds nuages venus des montagnes. Je me dis avec regret que j'aurais dû mettre mon manteau qui venait tout juste d'être terminé.

La procession arriva aux abords du sommet de la colline. Le champ de vision s'élargit soudain et lorsque je levai la tête je fus surpris de découvrir un vaste cimetière.

La sobriété du spectacle symbolisait parfaitement l'esprit de la communauté. Il n'y avait qu'une succession de pierres tombales, fines et blanches comme des os, alignées sans ordre à première vue, mais qui respectaient un certain équilibre.

Les pierres tombales s'étendaient à perte de vue sur la pente, à tel point que l'on pouvait s'étonner de tant de prédicateurs décédés. Certaines penchaient comme en méditation, tandis que d'autres présentaient de profondes lézardes, comme si elles avaient été atteintes par la foudre. On ne voyait de nom sur aucune. Il n'y avait ni maxime, ni épitaphe. Seuls avaient été gravés sur une ligne, d'une écriture maladroite, le jour, le mois et l'année du décès.

La tombe de l'homme avait été préparée à peu près à mi-pente. Le cercueil fut placé dans le trou, puis recouvert de terre. La stèle, toute neuve, gardait encore la poussière des chiffres qui y avaient été gravés.

D'après le novice, l'homme vivait déjà au monastère bien avant son arrivée. Un jour, on l'avait secouru alors qu'il s'était écroulé dans la cour, et, depuis, il n'avait plus jamais quitté le monastère, et personne n'était jamais venu lui rendre visite.

Tout le monde l'avait poussé à devenir prédicateur. Parce qu'il n'avait pas de mots. On ne savait pas si c'était à cause d'un problème physique ou de son éducation, mais en tout cas il n'avait jamais prononcé ni écrit un seul mot de son vivant. Il n'avait même pas été capable de donner son nom. Dès l'instant où il s'était écroulé près de la fontaine, il avait réalisé l'ascèse du silence.

Il avait refusé d'être moine, mais comme il effectuait avec bonne volonté et sans rechigner toutes sortes de travaux, on lui donna une chambre, et on lui permit de vivre au monastère. Bientôt, il avait commencé à montrer de merveilleuses connaissances en pisciculture. Il avait aménagé le ruisseau qui coulait dans les jardins sur l'arrière, et fabriqué des hameçons lui permettant de pêcher toutes sortes de poissons. C'est ainsi que les prédicateurs surent pour la première fois quelles richesses se cachaient dans la petite rivière.

A la place des mots, l'homme s'exprimait à travers les poissons. Prendre la température de l'eau, mesurer sa quantité, déceler les lieux de ponte constituaient l'affirmation de sa philosophie, et l'instant où il offrait sur ses paumes le

poisson qu'il avait pris était celui de l'épanche-
ment de ses sentiments.

Jamais l'on n'avait pu apprendre où et comment
il avait assimilé tout ce savoir-faire. De la même
manière que les prédicateurs ne connaissaient
pas l'itinéraire qui l'avait conduit au monastère.

Bientôt, l'homme qui avait construit un bassin
de pisciculture réussit à y élever des truites.
Elles furent servies dans les restaurants du village, offrant une source de revenus substantiels
au monastère. Et l'homme s'était lancé dans des
recherches pour élever des truites de meilleure
qualité, passant la majeure partie de ses jour-
nées sur son lieu d'élevage. C'est ainsi qu'on
l'avait découvert la veille au matin, mort au bord
de la rivière. Il avait été victime d'une asphyxie,
due à des vomissements de sang.

Il était rare d'obtenir de telles informations
concernant le sujet de la récolte. C'était aussi la
première fois que je me joignais à un cortège de
funérailles sans craindre le regard de quiconque.
Habituellement, l'existence du mort était beaucoup plus vague que celle de l'objet qu'il laissait. Mais pour lui c'était différent. Nous avions
écouté le bruit de la terre jetée sur son cercueil
et nous avions été témoins de sa disparition pro-
gressive. Nous avions même pu imaginer ses
mains imprégnées de la viscosité des poissons,
dont le rôle était maintenant terminé, endormies
pour l'éternité sur sa poitrine.

Lorsque je repris mes esprits, la jeune fille pleurait. Sans baisser la tête ni sangloter, le regard
fixé sur le cercueil, elle versait des larmes pour
l'inconnu. Je voulus essayer de comprendre
pourquoi elle pleurait, mais j'y renonçai aussitôt. Parce que ça n'avait aucun sens. Ses larmes
se déversaient, comme la chaleur montant de la

terre retournée, comme les tourbillons au fond de l'eau qui remontent à la surface après le départ des truites.

Le vent devenait de plus en plus fort. Un vent sec, qui piquait la peau. Il soulevait la terre, faisait claquer le bord des fourrures. On apercevait des bisons des roches blanches au lointain. Ils ne pâturaient pas, ne se déplaçaient pas non plus, ils étaient immobiles, la tête tournée dans notre direction. On aurait dit qu'ils vérifiaient le bon déroulement de la cérémonie. Leur fourrure d'hiver devait être en train de repousser, car les poils marron du reste de leur fourrure d'été formaient des boules çà et là, accentuant leur laideur. Cette laideur donnait encore plus de tristesse aux funérailles. Lorsqu'une rafale de vent arrivait du marais, on avait l'impression qu'elle apportait leurs plaintes à travers le ciel.

Je serrai la main de la jeune fille. Le cercueil avait pratiquement disparu sous la terre.

Comme objet personnel, l'homme n'avait laissé qu'un sac de toile tenant dans une main, accroché à sa taille lorsqu'il était venu s'écrouler dans le monastère. Coupé dans une grossière toile de chanvre et fermé par une ficelle. Je l'ouvris, étalai son contenu sur la table.

Un peigne, une cuiller, un hameçon et une bille. C'était tout. Soin, nourriture, travail, souvenir. Le plus petit musée qui personnifie l'homme.

Je remis le contenu en place, refermai la ficelle, et dis :

— Je prends ça.

Le novice acquiesça.

— C'est un très bel objet, dit la jeune fille en l'enveloppant de ses mains.

Elle avait toujours aussi froid et ses doigts étaient gourds. La chambre de l'homme, éclairée uniquement par une petite lucarne, était si exiguë que nous pouvions à peine nous y tenir debout tous les trois. Le matelas et la couverture de son lit avaient déjà été rangés. Lorsque nous aurions emporté l'objet qu'il avait laissé, il ne resterait plus aucune trace de sa présence en dehors du bassin d'élevage des truites.

— Je ne m'étais pas rendu compte qu'il y avait un cimetière dans la montagne, remarquai-je.

— Et si grand en plus... ajouta-t-elle.

— C'est aussi le cimetière des bisons des roches blanches.

Le jeune homme que je n'avais pas vu depuis longtemps avait les traits fermes, et sa fourrure que je croyais trop grande pour lui s'était ajustée à son corps à mon insu.

— On leur organise des funérailles comme pour les hommes ?

— On ne fait pas de différence.

— Vous les traitez avec beaucoup de soin.

— Mais vous les dépouillez ?

— Eeh.

— Quand vous n'avez pas assez de peaux, vous les tuez ?

— Non. L'hiver venu, ils meurent naturellement.

Le nombre de ses mots avait nettement diminué. Il y avait toujours un blanc comme s'il hésitait à prendre la parole, et sa voix, basse, était inquiétante parce qu'on se demandait quand elle allait définitivement être engloutie dans le monde du silence.

— Les prédicateurs s'endorment avec eux, hein ? dit la jeune fille, la tête penchée, en regardant le garçon par en dessous. Je compris qu'elle aussi était inquiète.

— Ils sont les seuls à pouvoir partager équitablement le silence avec nous.

Le jeune homme fit voltiger le bord de sa fourrure. Une odeur animale s'en échappa.

Je ne pouvais absolument pas me résoudre à rentrer directement dans ma chambre. Alors que la jeune fille et moi étions épuisés, et que nous voulions certainement nous réchauffer le plus vite possible, mes nerfs étaient à vif et je n'arrivais pas à me calmer. Le vent froid du cimetière, la tristesse de l'enterrement, la sensation laissée par un nouvel objet hérité d'un défunt, tout cela s'était mélangé et sédimentait lourdement au fond de ma poitrine.

Nous laissâmes nos bicyclettes sous le porche, pour marcher un moment le long du ruisseau avant de pénétrer dans le bois. A la réflexion, alors que ce bois se trouvait toujours quelque part dans mon champ de vision quand j'étais au manoir, c'était la première fois que je pénétrais à l'intérieur.

Il était bien plus profond que ce qu'il m'avait laissé supposer vu de l'extérieur. Les arbres avaient à moitié perdu leurs feuilles, mais les longues branches qui se dressaient en se superposant nous cachaient le ciel, si bien que j'avais l'illusion d'être enfermé dans un endroit perdu. Çà et là la vigne vierge et le sorbier offraient de jolis petits fruits, tandis qu'un écureuil grimpait le long d'un tronc en agitant une queue épaisse, mais cela ne faisait pas disparaître l'illusion.

— Petit à petit, il va finir par ne plus parler.

La jeune fille portait avec précaution l'objet hérité.

— Sans doute… répondis-je évasivement.

Il n'y avait pas de vrai chemin, nos chaussures disparaissaient dans les feuilles mortes, et des graines effilées s'accrochaient en quantité à ses collants.

— Même quand il a quelque chose à dire, il bat lentement des paupières sans desserrer les lèvres, c'est tout.

— Mais il a répondu correctement aux questions.

— Oui. Mais il y a quelque chose qui ne va pas. Une espèce de réticence, comme quelqu'un qui connaît les mots depuis peu et n'a pas confiance dans ce qu'il prononce.

— Tu as peur de ne plus pouvoir parler avec lui ?

— Je ne sais pas. C'est que je n'ai aucune idée du silence qui va en sortir.

Elle trébucha sur une racine et faillit tomber. Je la rattrapai aussitôt dans mes bras. Elle retint fermement l'objet par la ficelle.

— J'envie les bisons des roches blanches. Ce sont les seules créatures vivantes capables de partager leur silence, hein ?

Le vent soufflait aussi dans le bois. Il faisait trembler les branches, détruisait les nids, soulevait ses cheveux. Nous étions obligés de nous serrer l'un contre l'autre pour lui laisser le passage.

— Le voilà !

La jeune fille tendait le doigt. C'était le plus vieux chêne qui se dressait le plus au nord du bois.

Nous en fîmes le tour tous les deux, trouvâmes une grosse cécidie, y plongeâmes ensemble notre main. Nos doigts superposés à l'intérieur du trou noir et humide restèrent immobiles un moment afin de déchiffrer la signification qu'elle recélait.

Pour se protéger du vent, elle avait fermé les yeux. Ses cils paraissaient encore humides. J'avais même l'impression que des larmes s'étaient accumulées dans le creux de sa cicatrice.

Au bout de nos doigts s'entremêlaient des toiles d'araignée.

13

Les travaux de l'écurie se terminèrent. Un jour où il gela très fort.

Bien sûr, seul le musée en tant que cadre était prêt, les aménagements intérieurs pour exposer les objets étaient encore à faire, mais, heureusement, nous avions réussi à terminer la reconstruction avant la véritable arrivée de l'hiver. Parce que je craignais qu'avec la neige les travaux importants ne devinssent difficiles.

De l'extérieur, l'atmosphère datant de l'époque des écuries n'avait pas changé. On avait seulement réparé les parties abîmées des murs, et le puits pour les chevaux était resté tel quel. Seul le panneau de l'entrée montrait que l'endroit n'était plus une simple écurie.

A l'intérieur, il n'y avait plus trace des outils et des briques. La plupart des cloisons ayant été enlevées, l'endroit était vaste et ne donnait plus cette impression d'abandon. Il n'y avait rien à redire sur l'éclairage et la ventilation. L'air décomposé qui avait sédimenté pendant longtemps sur le sol semblait avoir été entièrement balayé et purifié. En regardant l'espace qui s'étendait devant mes yeux, le bureau d'accueil délimité par des cloisons et le passage pour la visite qui se poursuivait vers le fond, je nous voyais, moi et la jeune fille, en train d'installer les vitrines et d'y placer chaque objet.

Cette nuit-là, dans la remise de l'annexe, nous fêtâmes l'événement seuls tous les deux, le jardinier et moi. En fait de célébration, nous nous contentâmes de boire, mais nous avions envie, sous n'importe quelle forme, de nous réjouir d'avoir franchi une étape de notre travail.

— Au début, j'étais sceptique à l'idée de transformer les écuries en musée, vous savez.

Le jardinier, de bonne humeur, parlait beaucoup alors que l'ivresse ne l'avait pas encore gagné.

— C'était la première fois que je faisais des travaux aussi importants, et en plus je n'arrivais pas à me représenter l'image d'un musée. Parce que jusqu'alors je n'avais pas fait grand-chose d'autre que remblayer un étang, construire une serre ou agrandir le dressoir de madame.

— Mais vous voyez comme tout s'est bien passé ? C'est grâce à vous.

— Non, pas du tout. Je n'ai fait que me conformer à ce que vous disiez.

Ayant ouvert un meilleur whisky que d'habitude, nous trinquâmes. Le feu brûlait dans le poêle, et il faisait bon à l'intérieur de la remise. Le fromage et le jambon préparés par la femme de ménage étaient frais et délicieux.

— Pour être franc, madame avait de telles idées que pendant un temps nous nous demandions comment ça allait tourner. Avant votre arrivée, beaucoup d'autres techniciens ont abandonné en cours de route. Certains étaient anéantis par ses méchancetés, d'autres reculaient en découvrant les objets hérités des défunts. Sans compter les escrocs attirés uniquement par l'argent. C'était épouvantable.

— Je n'ai aucune qualité particulière, vous savez. Je n'ai fait que me conformer à l'esprit du règlement des musées, en utilisant les moyens nécessaires.

— C'est justement ça l'important. Tout le monde ne peut pas avoir la patience de respecter les étapes d'un travail austère. En plus, s'il faut être reclus dans un village aussi peu intéressant.

— En définitive, j'aime les musées. Quels qu'ils soient, et quoi qu'ils exposent.

— Aah, j'ai l'impression que moi aussi je pourrais les aimer. Quand je pense que je suis le seul au village à en avoir construit un, je n'en suis pas peu fier, alors que ça ne me ressemble pas. Parce que jamais je n'aurais pensé que mes compétences de jardinier auraient pu être utiles aux objets hérités des défunts.

— Lorsque les vitrines seront installées, les objets exposés, et qu'un paquet de tickets d'entrée tout neuf aura été déposé à l'accueil, ce sera encore plus attrayant, vous verrez.

— Je vous crois. Il me tarde de le voir.

Ayant épuisé les louanges mutuelles sur notre travail, nous nous lançâmes dans une conversation à bâtons rompus. Le jardinier me raconta son histoire d'amour et son mariage avec la femme de ménage, et je lui parlai de l'univers qui se reflétait dans le microscope. Il disserta sur l'art et l'architecture des jardins, je lui exposai un plan de réorganisation de l'équipe de base-ball des Eleveurs de poulets.

Le poêle ronflait agréablement. Je ne me souciais pas de renverser de l'eau à cause d'un geste incertain, pas plus que de faire tomber des miettes de cracker dans mon verre. La tête appuyée au dossier de la chaise, un pied accroché au coin de la table, je bus autant que je voulais. Je n'avais pas besoin de faire attention ni de m'inquiéter pour quoi que ce fût.

La fenêtre recouverte de buée formait une tache noire. Il devait geler encore plus à l'extérieur. Mais à la pensée que le musée du Silence se trouvait de l'autre côté mon cœur se réjouissait tout seul. Le sentiment bien réel d'avoir franchi une étape difficile m'investissait à mesure que l'alcool progressait à l'intérieur de mes organes.

J'avais l'impression de recevoir la bénédiction de tout ce qui se réfléchissait dans mes yeux. Chaque éclat de lame des couteaux accrochés au mur chantait mes louanges.

— Bon. Je vais affûter votre couteau. C'est le moment de s'en occuper.

Le jardinier poussa son verre sur le côté, se frotta les mains, et posa devant lui une cuvette d'eau et une pierre à aiguiser.

— Ce n'est pas dangereux quand on a bu ?

— Ça m'ennuie que vous me sous-estimiez. J'utilise les couteaux aussi adroitement que mes doigts. J'en fabrique depuis tant d'années que ça m'est venu à mon insu. C'est presque mieux avec un peu d'alcool qui enlève le trop-plein de force. Allez, sortez-le. Vous l'avez ?

— Bien sûr. Je l'ai toujours sur moi.

Je le sortis de la poche de mon pantalon.

— Ooh, à l'usage, il commence à avoir une belle patine, dit-il avec nostalgie et, l'ayant pris, il caressa les ferrures et l'ivoire sculpté de la poignée, avant d'en sortir la lame comme s'il touchait quelque chose qui lui était cher.

— Qu'avez-vous coupé jusqu'à présent ?

Il l'examinait à la lumière.

— Toutes sortes de choses. Après l'avoir utilisé la première fois pour casser la serrure d'un tiroir, j'ai épluché une orange, coupé du petit bois, enlevé la peau d'une truite… C'est à peu près tout, je crois.

— Hmm. Ma plus grande joie est d'imaginer à quoi servent les couteaux que j'ai fabriqués.

Il fit lentement glisser son index sur le manche décoré puis sur le dos de la lame, comme s'il voulait en savourer le toucher le plus longtemps possible. Je comprenais bien qu'à l'origine les couteaux étaient fabriqués à sa main. Ils y paraissaient beaucoup plus à l'aise que dans la mienne.

— Je suis heureux que vous en preniez soin.

Il fit tomber quelques gouttes d'eau sur la pierre, fit glisser la lame dessus. Cela produisait un beau son aigu. Je fermai les yeux et, prêtant l'oreille à ce bruit qui naissait des doigts du jardinier, je bus un autre whisky.

Au moment où je rentrais chez moi après avoir raccompagné le jardinier, deux hommes sortirent soudain de l'obscurité de l'entrée. Je trébuchai, me rattrapai à la porte contre laquelle je m'appuyai. J'étais essoufflé, alors que je n'avais parcouru que quelques mètres depuis la remise.

— Ça va ? me demandèrent-ils. Il faisait trop sombre pour que je puisse voir leur visage, mais je reconnus tout de suite les inspecteurs qui étaient déjà venus.

— Je suis seulement un peu ivre.

J'avais les idées claires, mais je n'arrivais pas à parler distinctement.

— Alors, qu'en est-il ? Vous rappelez-vous pour l'autre jour ?

Ils étaient devant moi, me bloquant le passage. Le peu de lumière qui s'échappait de chez le jardinier éclairait leur profil.

— Quoi ? questionnai-je exprès brutalement.

— Nous pensions que vous aviez relu votre journal de bord et que vous vous étiez souvenu de quelque chose. Vous savez, le soir du 3 août et…

— Le 30 et le 13, c'est ça ?

Je détournai la tête, posai la main sur la poignée. Evidemment, ils se rapprochèrent encore plus.

— Eeh, vous êtes bien au courant. C'est exactement ça.

Ils m'énervaient d'autant plus qu'ils conservaient obstinément leur calme.

— Et vous m'avez attendu là en pleine nuit pour me demander encore la même chose ? Vous avez bien du courage.

— C'est justement pour ça que nous voudrions en finir le plus vite possible.

— Etes-vous allé au parc forestier ?

Restant sur leurs gardes, ils recommençaient leurs questions.

— Bien sûr que oui. Je suis allé voir un match de base-ball. Mais pas en août. C'était au printemps.

— Et l'appartement numéro 104 du bâtiment B derrière le Jardin des plantes ?

— L'appartement ?

Après cette réponse, j'avalai ma salive, essayant de réprimer mon affolement. J'avais le pressentiment que la moindre imprudence me placerait dans une situation irrémédiable. J'avais beau essayer de me comporter avec le maximum de prudence, je laissai échapper une haleine alcoolisée qui trahissait mon trouble. L'ivresse ne quittait pas mes membres, si bien que j'étais incapable de tenir droit sans me retenir à la porte.

— Je ne connais pas cet endroit, éludai-je.

— Regardez le visage de cette demoiselle.

Le premier avait sorti une photographie de la poche intérieure de sa veste, qu'il éclairait avec sa lampe torche.

— Et cette jeune fille.

Le deuxième me tendait une autre photographie.

— Vous les connaissez ?

C'étaient de banals clichés. Ils représentaient des jeunes femmes. Des visages ordinaires, que j'aurais aussitôt oubliés après leur avoir jeté un coup d'œil.

— Non.

Il faisait un froid glacial dehors. J'eus un frisson, et mes dents s'entrechoquèrent. La chaleur réconfortante qui m'avait enveloppé dans la remise un peu plus tôt avait disparu depuis longtemps, et avec elle j'avais perdu le sentiment de bonheur et de plénitude partagé avec le jardinier. Cherchant du secours, je dirigeai mon regard vers le musée. Mais je ne vis rien, empêché par l'obscurité.

— Vous êtes certainement allé au bureau des assurances sociales. Vous y avez rempli des papiers quand vous êtes venu vous installer au village.

— Et le centre d'échanges culturels ? Vous n'allez pas suivre des cours là-bas ?

— La personne de l'accueil dit qu'elle vous a vu.

Je secouai la tête. J'eus un brusque haut-le-cœur que je ne pus réprimer.

— Pardon.

Je les poussai pour vomir.

— Ça va ?

L'un me frottait le dos, tandis que l'autre rangeait sa torche et les photos dans sa poche. Je ne répondis pas.

— Bon, alors nous reviendrons. Soignez-vous bien.

Sur ce, ils s'éloignèrent enfin.

Vint le jour de la fête des Pleurs. On y déplorait la fin de l'automne et l'on y formait des vœux pour un hiver doux. Ce fut un jour froid, tout au long duquel une pluie fine tomba par intermittence. La jeune fille et moi, nous allâmes au marais chercher le novice pour assister ensemble à la fête.

Au marais cependant, nous ne trouvâmes pas le jeune homme, mais un vieux prédicateur aux cheveux blancs, grand et maigre. Il était enveloppé d'une peau crasseuse et usée qui convenait parfaitement à un vieillard. Nous eûmes un mauvais pressentiment.

— Où est le garçon qui est là d'habitude ? tentai-je de demander, mais comme je m'y attendais, il n'y eut pas de réponse. Au lieu de cela, il nous fit signe avec la main de monter sur la barque. Nous décidâmes donc de nous rendre d'abord au monastère.

La température de l'eau du marais avait encore baissé depuis que nous étions venus peu de temps auparavant chercher l'objet, et sa couleur vert foncé était encore plus dense. Les libellules tachetées de noir avaient disparu, les herbes aquatiques étaient décolorées, et des feuilles mortes pourrissantes s'accumulaient au bord. Le vieillard ramait faiblement en comparaison du novice et perdait souvent l'équilibre en voulant éviter des bois flottants.

— Même s'il ne peut pas parler, il comprend ce que nous voulons dire, hein ?

La jeune fille le regarda. Il continuait à ramer. On aurait pu croire qu'il acquiesçait, ou qu'il se contentait seulement de reprendre les rames en main pour essayer d'aller plus vite.

— Nous voulons voir le garçon qui garde le bateau. Où est-il aujourd'hui ? Nous voudrions aller à la fête avec lui si c'est possible. Bien sûr, nous savons que vous ne pouvez pas parler. Alors, si vous voulez bien nous indiquer la direction approximative de l'endroit où il se trouve, la chapelle, le cloître ou la bibliothèque, ce serait bien.

La barque arriva. Nous descendîmes sur la berge embourbée. La jeune fille, qui attendait une réponse, faisait attention à chacun de ses gestes.

Mais il ne nous adressa aucun signe et, sans même nous jeter un regard, il fit faire demi-tour au bateau, nous tournant le dos. L'écho de la voix de la jeune fille qui ne se fixa nulle part nous rendit encore plus tristes.

Il ne nous restait plus qu'à faire le tour du monastère à la recherche du jeune homme. Le changement de saison n'avait pas affecté l'atmosphère qui planait à l'intérieur. Le silence y avait une existence pleine et entière.

Nous croisâmes plusieurs moines, mais cela ne nous avança à rien. Il y en eut un qui me donna l'impression que je pourrais peut-être avoir le courage d'essayer de lui poser la question, mais finalement je m'étais fait des idées. Au moment où j'allais lui adresser la parole, je me heurtai à une épaisse couche de silence qui me fit reculer.

Le garçon n'était ni sur un banc du cloître, ni à la bibliothèque, ni à la glacière. Le campanile, luisant de pluie, paraissait plus haut avec son sommet caché dans la brume. Alors qu'il ne devait pas rester beaucoup de verdure, les bisons des roches blanches fouinaient entre les rochers à la recherche de nourriture.

Nous avons marché jusqu'au bassin d'élevage des poissons et, en arrivant, j'ai réalisé que quelque chose n'était pas comme d'habitude. C'était toujours une partie d'un monde de silence, mais la sensation de vie et les traces d'une présence humaine antérieure avaient disparu. A la place s'élevait une odeur de mort difficilement supportable. L'eau du vivier bordé d'une clôture était couverte d'une prolifération de plantes aquatiques entre lesquelles flottaient des cadavres de truites. De beaux poissons bien nourris. Les bouches béaient douloureusement, des plantes gluantes s'étaient accrochées aux nageoires, mais les ventres argentés auraient étincelé même sous un ciel couvert d'épais nuages. De cette couleur argentée se dégageait une puanteur encore plus forte.

La jeune fille porta la main à sa bouche et recula. L'endroit matérialisait la mort plus que le cimetière dans la montagne. Je ne pouvais pas m'empêcher d'évoquer l'odeur dégagée par le corps de l'homme qui n'avait laissé pour tout objet qu'un petit sac de toile de chanvre.

— Allons-y.

J'entraînai la jeune fille derrière moi.

Nous descendîmes au marais, montâmes à bord du bateau avec le vieux prédicateur, et retournâmes au village.

La rue principale qui aboutissait à la place était décorée de fruits et de fleurs séchés et d'œufs ciselés. Toutes sortes de stands se succédaient, et une musique entraînante sortait des haut-parleurs de la mairie. Les gens étaient attroupés autour des saltimbanques et les enfants, tout excités, poussaient des cris perçants.

Pourtant, je ressentais une atmophère de tristesse diffuse qui m'empêchait de me réjouir pleinement. Je marchais en regardant mes pieds, les mains dans les poches, me fiant à la présence de la jeune fille que je serrais de près pour ne pas la perdre. Etait-ce le contrecoup de la visite des inspecteurs ? Ou l'influence de ce temps pluvieux, ou encore tout simplement à cause de l'expression "fête des Pleurs" ?

Tout d'abord, pour oublier la puanteur des poissons, nous achetâmes des bonbons à la menthe, avant de boire un chocolat chaud. Dès qu'elle trouvait une boutique intéressante, la jeune fille s'arrêtait pour examiner toutes sortes de choses, mais elle n'acheta rien en dehors d'un pot-pourri pour la vieille dame. Il est vrai qu'elle était déçue de n'avoir pas pu rencontrer le garçon.

— C'est moi qui régale, alors ne te gêne pas, lui dis-je.

— Ça va. Il ne faut pas dépenser à tort et à travers les jours de fête. Ma mère n'aime pas les fêtes, vous savez, dit-elle en léchant le chocolat sur ses lèvres.

— Pourquoi ?

— Il y a beaucoup de monde, on se bouscule, c'est sale, et quand elle voit des gens rassemblés qui s'amusent, ça l'énerve.

— Il me semble que je comprends. Parce que ta mère est spécialiste des objets laissés par les défunts, tu sais. Quand on a affaire aux morts, on est obligé d'être solitaire.

La place, où il était interdit aux véhicules de circuler, était encore plus animée. La brume flottait toujours, et la pluie tombait par intermittence, mais personne n'avait de parapluie, ils avaient des bonnets ou une écharpe autour de la tête. La jeune fille avait le front et les joues dissimulés sous la capuche de son manteau. Mais ses cheveux qui dépassaient étaient mouillés.

La brume qui ondulait en suivant la ligne de crête se mélangeait aux nuages à son point culminant, formant un voile encore plus épais. Le vent qui soufflait en descendant des montagnes était si froid que l'on pouvait se demander quand la pluie allait se transformer en neige.

Un petit train plein d'enfants avançait sur des rails installés autour de la fontaine, la cloche sonnait au stand de vente des billets de loterie pour annoncer le tirage du gros lot, et il y avait une file d'attente au stand de tir. Personne ne se souciait du froid. Seuls moi et la jeune fille regardions frileusement la montagne.

— Si tu veux t'amuser, vas-y, lui proposai-je, car je voulais qu'elle se détendît un peu.

— Je ne suis plus une enfant, vous savez, me répondit-elle avec agacement.

— Je me demande quand même pourquoi ça s'appelle la fête des Pleurs.

Nous étions appuyés à la gouttière de sécurité, à l'écart de la vague humaine.

— On pleure parce que l'arrivée de l'hiver rend triste, enfin.

— L'hiver est donc si détestable ?

— Eh bien, je pense qu'il n'y a pas beaucoup de gens qui l'aiment. Vous vous en êtes aperçu en enregistrant les objets, non ? Il y a soixante-dix pour cent des gens qui meurent à la saison froide. On peut se demander pourquoi. Bien sûr, c'est sans doute parce que le froid a des répercussions sur le corps, mais il y a peut-être d'autres raisons ? Que ce soient les médecins, les historiens ou les voyants, personne ne peut donner de réponse claire.

— Je trouve que les gens n'ont vraiment pas l'air triste.

— Vous allez voir quand la procession va commencer. Les habitants défilent à travers le village en pleurant. En fait, ils font semblant, mais quand même. En tête, il y a la princesse des larmes qui est choisie chaque année, qui pleure avec le plus d'exagération, de douleur et de tristesse possible, en brandissant une branche d'aubépine. On croit que ça fait peur à l'hiver qui va reculer.

Elle enfonça encore plus sa capuche sur sa tête. Je ne sais pas pourquoi, ne pas voir sa cicatrice en forme d'étoile m'angoissait. J'avais l'impression de perdre de vue un signal adressé uniquement à moi.

— Ça vous semble peut-être impensable aujourd'hui, mais il paraît qu'autrefois ma mère elle aussi a été choisie pour incarner la princesse des larmes, vous savez.

— Quels sont les critères ? Il faut être belle, c'est ça ?

— Pour un sacrifice, il y aurait peut-être un inconvénient à ce que ce soit quelqu'un de laid. Mais la première condition c'est que cette personne puisse pleurer beaucoup. Parce que c'est avant tout la princesse des larmes.

— Je ne me rappelle pas avoir vu ta mère pleurer.

— Moi non plus. On dirait que toute l'eau de son corps s'est évaporée. Ses sentiments ne sortent que transformés en colère.

Tout en parlant, elle relevait la tête de temps en temps et suivait des yeux le mouvement des gens. Elle continuait à chercher le novice.

Les décorations dans les arbres bordant la rue, trempées, s'étaient affaissées. Le manteau que j'avais fait tailler dans le meilleur tissu sur ordre de la vieille dame m'enveloppait le corps

avec douceur, mais les chaussures que je portais
déjà avant d'arriver au village étaient lourdes
d'avoir absorbé la pluie. Il ne restait plus rien de
la chaleur du chocolat que nous avions bu.

— Les prédicateurs du silence ont-ils le droit
de pleurer… murmura la jeune fille en renouant
son écharpe.

Ne sachant si elle me posait la question ou se
parlait à elle-même, je gardai le silence.

— Vous croyez qu'il devra se confesser dans
la glacière pour se faire pardonner ?

Les gouttes de pluie devenaient progressivement plus grosses et les cercles devenaient plus
nets à la surface de l'eau de la fontaine.

— Ça ira peut-être s'il pleure en silence, lui
dis-je.

— Mais les bisons des roches blanches, eux,
ils ne pleurent pas. Ils n'ont même pas de larmes.

— Hmm… eus-je pour toute réponse.

— Aah, les voilà.

Elle avait relevé la tête, tandis qu'au bout de
son regard apparaissait la procession arrivant
sur la place par l'avenue. Au même moment, la
musique des haut-parleurs se tut, le petit train
s'arrêta et le brouhaha se calma. Les gens se
rangèrent spontanément sur les bas-côtés pour
ouvrir le chemin. C'est à ce moment-là que je
me rendis compte que le soir approchait en
même temps que la procession. Le profil de la
jeune fille s'apprêtait à plonger dans l'obscurité.

Le défilé était moins agité que je ne l'aurais
pensé. On entendait bien des pleurs, mais tout
était beaucoup plus calme que l'agitation qui avait
précédé, et il n'y avait ni musique pour rythmer la
marche, ni tenues éclatantes pour les participants
conduits par une princesse des larmes qui n'avait
pour tout ornement que sa branche d'aubépine.

Elle était trop loin pour qu'on pût voir son visage, mais elle devait avoir à peu près le même âge que la jeune fille et, vêtue d'une cape noire, elle tenait un rameau d'aubépine un peu plus long et un peu plus fin que les autres participants. A ses côtés marchaient deux hommes de forte constitution, peut-être pour la protéger, qui l'escortaient avec des flambeaux. Derrière eux il n'y avait rien d'autre de particulier sinon qu'ils étaient suivis de toutes sortes de personnes qui avançaient sur deux colonnes. S'il y avait une femme d'âge mûr, trop grosse pour marcher sans traîner les pieds, il y avait aussi un bambin dont on venait tout juste d'enlever les couches. S'il y avait un vieillard avec un chat dans les bras, il y avait aussi un jeune homme de toute beauté.

Le défilé continuait lentement. La princesse des larmes arriva au niveau de la fontaine, sans doute le but de cette procession, car elle entreprit d'en faire le tour, tandis que tout le monde suivait, les gens arrivant sur la place les uns derrière les autres. Les spectateurs, qui s'étaient réfugiés aux terrasses des cafés et sur les trottoirs, se bousculèrent néanmoins pour essayer de voir de plus près. Je passai mon bras autour des épaules de la jeune fille.

Bientôt, le défilé forma un grand cercle. Chacun pleurait dans son propre style. Certains, tête baissée, épaules tremblantes, laissaient échapper de gros sanglots, d'autres levaient les yeux au ciel avec une intrépidité de rôle principal dans un drame classique et poussaient des cris en faisant tournoyer leur branche d'aubépine. Larmes de douleur, de souffrance, de peur, de tristesse, il y en avait de toutes sortes. Mais elles n'entraient pas en contact. On ne voyait personne plonger son visage dans la poitrine de quelqu'un d'autre ou serrer une main, chacun était enfermé dans une tristesse solitaire.

La nuit s'apprêtait à plonger sur nous. Les réverbères n'étaient pas allumés, seules les deux torches éclairaient la place. La jeune fille était immobile entre mes bras.

Je me faisais peut-être des idées, mais j'avais l'impression que plus la nuit s'approfondissait, plus les cris de douleur s'amplifiaient. Bien sûr, c'était la première fois que j'entendais autant de monde pleurer en même temps. Le mélange de toutes ces voix qui, prises une par une, étaient manifestement des sanglots, ressemblait au mugissement d'un tourbillon au fond de la mer. Auquel venaient s'ajouter les piétinements, les branches d'aubépine frappant le sol et la respiration des spectateurs, qui lui apportaient des nuances encore plus complexes.

Chaque fois que les gardes brandissaient leur torche, une pluie d'étincelles en jaillissait. La princesse des larmes, le visage caché derrière sa cape, éleva encore plus la voix. A la suite de quoi un homme qui se trouvait vers le milieu de la procession se frappa les jambes avec sa branche d'aubépine, et, juste derrière lui, une femme détacha ses cheveux et les ébouriffa. Les bras de quelqu'un se convulsèrent, quelqu'un d'autre se griffa le torse.

Je ne me faisais pas des idées. Le mugissement marin prenait de plus en plus d'ampleur. Le cercle n'en finissait pas de tourner, formant un tourbillon de pleurs encore plus dense, qui n'avait pas l'air de vouloir s'arrêter.

— Ah !

Le corps de la jeune fille s'était raidi.

— Là-bas…

Elle avait du mal à tendre son doigt engourdi.

— C'est lui !

L'instant d'après, elle s'échappa de mes bras et s'en alla, fendant la foule. Je me précipitai pour l'arrêter, mais je ne fus pas assez rapide. Je n'eus même pas le temps de lui demander où elle allait.

Je me lançai à sa poursuite en essayant de ne pas la perdre de vue, me faisant insulter par les gens que je bousculais. Elle s'arrêta une fois devant le cercle qui continuait à tourner, sembla reculer, mais se reprit aussitôt, essaya de se frayer un passage entre les gens qui pleuraient. Tout au bout de la direction qu'elle avait prise se trouvait un prédicateur du silence. C'était le jeune novice.

Pourquoi ne l'avions-nous pas remarqué plus tôt ? Il se trouvait certainement là avant l'arrivée de la procession.

Les mains jointes devant lui, les jambes légèrement écartées, il avait les yeux baissés sur le sol pavé. Là où l'autre prédicateur avait été tué par la bombe, il priait dans la même position que lui. Il ne pleurait pas. Sa peau de bison des roches blanches, qui était si fraîche lors de notre première rencontre, était recouverte de boue à tel point qu'il était impossible de se rappeler comment elle était.

L'adolescent était exactement au centre du cercle. Celui-ci tournait autour de l'axe de son silence. Je rejoignis enfin la jeune fille.

— C'est dangereux. Retournons là-bas pour l'instant.

— Non. Je dois y aller.

De près, la procession de la fête des Pleurs était bien plus impressionnante que lorsqu'on la regardait de loin. Les visages dégoulinaient de pluie et de larmes mêlées, et le souffle blanc qui s'en dégageait était chaud.

C'était un cercle de sanglots parfait. De forme continue, sans aucun relâchement.

La jeune fille qui voulait le traverser fut repoussée et elle chancela. La soutenant, je mesurai du regard le rythme de la procession et profitai d'un mince intervalle pour forcer le passage. Alors que nous étions entrés de quelques pas à l'intérieur du cercle et que nous aurions dû pouvoir arriver jusqu'au garçon, les cercles concentriques de pleurs qui enflaient de plus en plus ne nous le permirent pas et nous repoussèrent. Elle tomba à la renverse et m'entraîna dans sa chute. L'eau d'une flaque nous éclaboussa, elle laissa échapper un gémissement. Je me rendais compte que les spectateurs nous montraient du doigt en murmurant. Même alors le rythme de rotation ne fut pas troublé.

Au moment où je voulus aider la jeune fille à se relever, quelqu'un la frappa dans le dos avec sa branche d'aubépine, puis quelqu'un d'autre me piétina la main et me donna un coup de pied dans les reins. Ce ne fut pas tant la douleur que l'énergie avec laquelle nous fûmes repoussés, qui fit que je ne pus réagir autrement qu'en l'enveloppant pour la protéger. Mon manteau et mes gants étaient couverts de boue. Personne ne nous adressa la parole, ne se préoccupa ni ne s'écarta de nous. Tout le monde mettait son énergie à tirer des larmes d'yeux qui ne nous voyaient pas.

La princesse des larmes fit voler sa cape, brandit bien haut son rameau d'aubépine, le fit retomber sur la jeune fille. Ce fut la princesse qui poussa un cri. Un cri propre à éveiller la douleur des gens. Le rameau d'aubépine se brisa, l'extrémité roula sur le sol. Larmes, salive, chassie, neige fondue, morve, poussière de feu, pellicules, boue, toutes sortes de choses retombèrent sur nous.

Le novice était là, immobile. Sans s'approcher de nous, sans nous regarder, il continuait à serrer sur son cœur son bloc de silence. Un bloc qui paraissait cruellement lourd pour un si jeune garçon. On voyait bien, même par-dessus sa fourrure, que ses bras étaient engourdis et que de fatigue il ne sentait plus ses jambes.

Il y avait longtemps que nous ne pouvions déjà plus partir, ni appeler le garçon, et encore moins pleurer. Le corps de la jeune fille était tiède et sentait bon. Le cercle de douleur continuait à tourner inexorablement autour de nous.

14

Alors que tous ces gens s'étaient tant lamentés, évidemment ils n'avaient pu empêcher l'arrivée de l'hiver. Tout le monde savait déjà que le fructueux automne s'en était allé et n'était pas près de revenir. La couleur des montagnes, le débit des ruisseaux, l'ombre de l'horloge de la mairie, le son des cloches du monastère, tout était sous la domination de l'hiver.

Le lendemain de la fête, la jeune fille eut les amygdales enflées et resta couchée toute la journée, tandis que le jardinier et moi allions dans le bois ramasser des bûches pour le poêle. La femme de ménage nettoya mon manteau, mon écharpe et mes gants salis.

Je me lançai à corps perdu dans le travail pour terminer le musée. La vieille dame faiblissait de jour en jour, le problème des inspecteurs restait en suspens, et je n'avais toujours pas de réponse de mon frère à mes lettres. La jeune fille était déprimée parce que le jeune novice était entré dans la pratique du silence. Mais j'avais décidé de travailler et de ne penser à rien d'autre qu'à mon travail. Même si c'était difficile, l'archivage avec la vieille dame me donnait satisfaction, et lorsque je comptais les vis des vitrines ou testais les boutons de réglage de la lumière, j'avais le sentiment d'être à l'abri dans un refuge qui avait le nom de musée.

En un certain sens, la jeune fille elle aussi essayait de s'accommoder comme moi de la réalité. Elle n'évoqua jamais ce qui s'était passé le jour de la fête des Pleurs. Pas plus qu'elle ne me demanda mon avis au sujet de l'ascèse du garçon. Dès que ses amygdales furent guéries, elle redescendit au sous-sol où, assise correctement à la table de travail, elle se plongeait silencieusement et avec ardeur dans la copie au propre des documents archivés. Quand je lui proposais de faire une pause, elle me répondait sans lever les yeux, avant de poursuivre son travail :

— Je voudrais en écrire un peu plus.

Par ailleurs, l'état de la vieille dame était sérieux. Elle avait beau m'abreuver d'insultes, elle ne pouvait pas maquiller sa faiblesse physique. Au contraire, plus ses paroles étaient violentes, plus on remarquait son état pitoyable.

La quantité de ses repas avait considérablement diminué, elle ne pouvait pratiquement plus absorber que du bouillon ou de la gelée, que la femme de ménage avait toutes les peines du monde à lui faire accepter. Son visage s'était encore recroquevillé, et elle ne pouvait plus marcher sans aide. Le système de chauffage du manoir ne fonctionnant plus très bien, elle s'emmitouflait sous les multiples couches de tous les vêtements qu'elle pouvait trouver. Son chapeau de laine de confection, bien sûr, mais aussi trois paires de chaussettes, des guêtres, une jupe portefeuille et un tablier, chemisier, petit gilet, chandail et cardigan, et en plus, une écharpe, des gants, un châle, des cache-oreilles… Tout ce à quoi on pouvait penser était enchevêtré et superposé pour faire rempart entre elle et le monde. Lorsque je la voyais arriver au fond du couloir, soutenue par la jeune fille, j'avais l'impression que c'était un paquet de chiffons qui marchait. On ne voyait que deux yeux entre les chiffons. Je me demandais même si sa démarche fragile n'était pas due au poids de tous ces vêtements plutôt qu'à sa faiblesse.

On avait fini par installer une chaise longue dans la pièce que nous utilisions pour l'archivage. La vieille dame y racontait allongée l'histoire des objets. Cela n'était pas du tout gênant. Même si l'orientation de son regard avait changé, la communication avec l'objet s'établissait correctement, et le fait d'être allongée relâchait la tension de ses cordes vocales, si bien que sa voix et mon stylo se côtoyaient avec plus d'intimité.

Un après-midi, il neigea. C'était la première neige que je voyais depuis mon arrivée au village. Entraînée par le vent, fondant dès qu'elle touchait le sol, elle n'allait sans doute pas tenir, mais c'était néanmoins de la neige.

C'est le lendemain que sont arrivées les vitrines. Le jardinier et moi avons défait les colis devant le puits, avant de les transporter à l'intérieur du musée avec beaucoup de précautions pour ne pas en rayer les vitres.

— Elles paraissent très solides, dit le jardinier.

— Parce que ce sont les précieux écrins qui vont protéger la collection. Elles jouent tout autant le rôle de gardien résolu que de lit paisible.

— Ooh. C'est remarquable. Je ne savais pas qu'il en existait de forme et de taille aussi différentes. Je croyais que c'était beaucoup plus simple.

— La seule présentation ne suffit pas. La même collection peut avoir une signification différente selon la manière dont elle est installée. La forme des vitrines, la couleur, l'accent, c'est la combinaison de tous ces éléments et la réflexion sur l'arrangement en fonction de l'approche visuelle qui donnent au muséographe l'occasion de manifester sa sensibilité.

— Ah, je vois. Mais quand le musée commence à se remplir, on se dit qu'on y est, c'est émouvant. Maintenant, personne ne croirait qu'il y avait des chevaux ici autrefois.

Le jardinier, posté dans l'entrée, regardait l'intérieur avec attendrissement.

— Quand les objets seront installés, ce sera différent, vous verrez, remarquai-je.

Lorsque nous eûmes terminé de déballer toutes les vitrines, nous nous partageâmes le travail pour les installer conformément au plan. Celles en forme de boîtes furent fixées dans le sol, celles avec des étagères placées contre les murs.

Comme dans les musées dont je m'étais occupé jusqu'alors, ce travail était confié à des spécialistes de l'installation que je me contentais de regarder opérer, j'eus l'impression de connaître le bonheur de transbahuter des caisses ou d'utiliser le tournevis électrique. Je me découvrais une nouvelle fois en train de me dévouer pour une collection. Même le jardinier, qui bien sûr ne connaissait rien de l'esprit d'un musée, mettait de l'amour dans ses gestes pour enfoncer le moindre clou. En le voyant ainsi de profil, je me rappelais l'un des principes de muséographie : un musée n'est pas quelque chose de naturel. C'est l'homme qui le fabrique.

Les vitrines une fois installées, l'ordre naquit dans cet espace jusqu'alors confus. Les lignes droites, les cubes, les lignes courbes et les sphères étaient bien équilibrés.

Quand ce fut terminé, la vieille dame, amenée par la jeune fille et la femme de ménage, fit une apparition inattendue pour voir le résultat.

— Comment pouvez-vous sortir par un froid pareil ?

Je la pris par la main pour l'aider à franchir le seuil de l'entrée.

— Parce que vous avez l'intention de prétexter le froid pour m'éloigner et travailler à votre aise ? Hmm. Je ne vous laisserai pas faire.

Sa voix était atténuée par une protection contre le froid encore plus sévère.

— Eh bien, ça fait longtemps que je ne suis pas venue, et c'est pratiquement terminé, remarqua la femme de ménage.

— C'est complètement transformé, renchérit la jeune fille.

— Non, tant que les objets ne seront pas exposés, on ne peut pas relâcher nos efforts.

Je fis le tour avec elles pour leur faire visiter. Grâce à la lente avancée de la vieille dame, je pouvais expliquer tout dans les moindres détails. Le jardinier nous suivait, prêt à intervenir à tout moment.

— Tout de suite en face en entrant, dans cette vitrine, petite mais spécialement décorée, sera exposé le sécateur de l'arrière-grand-père du jardinier. Je pense qu'il faut lui donner une certaine importance dans la mesure où c'est lui le point de départ de ce musée. La légende explicative doit être simple, et j'ai l'intention de la placer sur une petite plaque qui sera collée à peu près ici sur le côté de la vitrine. Je ne pense pas mettre de panneaux explicatifs aux murs. Je crois que les informations que les visiteurs attendent concernant les objets doivent être très succinctes. Le nom du propriétaire, la date et la cause du décès. C'est amplement suffisant. Les panneaux surchargés ne conviennent pas à l'ambiance de cet endroit et risquent de faire obstacle à l'appréciation…

… La visite commence d'abord par l'aile gauche, et lorsqu'on arrive au bout on prend le passage du fond pour aller vers l'aile droite, et c'est ainsi que l'on fait le tour complet. L'ensemble est divisé en cinq blocs qui s'étendent sur une période d'environ vingt ans. Je souhaite arranger chaque bloc de manière assez libre, sans attacher trop d'importance à l'ordre chronologique. Par exemple, ce n'est pas parce qu'ils ont été récoltés la même année que les objets ont une quelconque correspondance entre eux. Les objets sont tous solitaires…

… Les espaces que vous voyez de temps en temps près des murs comme ici seront utilisés pour exposer les objets de taille importante qui ne rentrent pas dans les vitrines. Nous savons qu'en principe la taille de la plupart des objets de la collection leur permet d'être emportés, et que ceci vient de la manière dont ils sont récoltés. Dans le cas où ils seraient trop gros pour être récoltés, on ramasse quelque chose de petit qui symbolise leur existence. Mais il arrive qu'il y ait des exceptions. Ici, j'ai l'intention de placer une étagère. Il ne sera pas nécessaire de la fermer pour la protéger, car le risque de dégradation des objets par les visiteurs est mince. Les muséographes ne veulent jamais envisager la bassesse de caractère des visiteurs des musées qu'ils ont conçus…

Alors que je n'avais pas préparé mon discours, je le débitais avec facilité. Comme si je lisais à haute voix une brochure explicative exhaustive. J'étais surpris de constater à quel point j'aimais ce musée du Silence. Tout en parlant, je découvrais de nouveaux points de vue, qui se développaient en se croisant, ouvrant de larges horizons. Les mots montaient à mes lèvres l'un après l'autre sans interruption, et je n'avais pas besoin de réfléchir, ils sortaient naturellement. J'étais tranquille, il me suffisait de prêter l'oreille à ma propre voix. Celle-ci se déployait à l'intérieur du musée, y laissant de belles résonances dignes d'une salle de musique.

La jeune fille, le jardinier et la femme de ménage, chaque fois que je terminais une réplique concernant un point, acquiesçaient avec admiration. Leur regard se tournait consciencieusement dans la direction que je leur montrais et, lorsque je reprenais ma respiration, ils avaient l'air d'attendre avec impatience le développement suivant.

La vieille dame... la vieille dame était toujours la même. Elle pointait du bout de sa canne ce que personne ne remarquait, le fond du cendrier du coin repos, la planche qui fermait le comptoir à l'accueil, l'intérieur du tiroir du support du téléphone, en reniflant chaque fois. De temps à autre, elle toussait exprès pour me gêner dans mes explications.

Mais je le savais bien. La relation que nous avions cultivée grâce au travail d'archivage me l'avait enseigné. La vieille dame n'arrivait pas à exprimer sa reconnaissance. Elle ne savait comment faire autrement qu'en brandissant sa canne. La preuve, c'est qu'ayant perdu l'équilibre elle posa sa main sur une vitrine et se précipita pour essuyer ses empreintes avec la manche de son cardigan en faisant attention que je ne m'en aperçoive pas.

La lumière qui passait par la fenêtre, comme je l'avais prévu, se réfractait en une clarté qui n'abîmait pas les objets. Les murs, soigneusement nettoyés, avaient retrouvé la couleur apaisante des briques originelles. Devant mes yeux étaient rassemblés tous ceux qui avaient participé au travail, qui m'offraient des marques de respect.

Lorsque nous nous engageâmes dans le passage conduisant au cinquième bloc, au moment où j'allais énumérer les points que j'avais pris en considération pour le plan de circulation et son application, il y eut une voix soudaine dans l'entrée.

— Vous êtes là, monsieur.

Tous les regards me quittèrent pour se tourner vers l'entrée.

— Vous êtes bien là.

Les deux hommes entrèrent. Ne prêtant pas attention au sens de la visite, ils s'approchèrent de moi.

— Vous nous excuserez de vous déranger pendant votre travail, dit l'un en arborant un sourire aimable.

— Nous ne vous prendrons pas beaucoup de temps. Il s'agit toujours de la même chose, vous savez.

Ils ignoraient les autres. Ils ne les saluèrent même pas du regard. Ils ne visaient que moi.

Alors que dans ma tête je passais du projet initial au projet corrigé pour en arriver au projet définitif, les mots qui auraient dû affluer sans peine ne sortaient plus par ma voix. Celle-ci qui, tout à l'heure encore, se répercutait à travers le bâtiment s'était dégonflée à toute vitesse au fond de mes tympans.

— Les autres personnes peuvent-elles nous laisser seuls ? Il pourrait y avoir des inconvénients.

— Non.

J'avais enfin réussi à ouvrir la bouche.

— Il n'y a aucun inconvénient.

J'étais en colère parce qu'ils étaient les premiers visiteurs du musée du Silence. Je me sentais floué dans tous les efforts que j'avais déployés jusqu'alors. J'aurais voulu que les premiers visiteurs mémorables fussent les braves gens du village, le cœur attiré par les objets.

Tout le monde était gêné par cette tournure inattendue. Même la vieille dame qui tirait sur les vêtements informes qui l'enveloppaient comme si elle ne savait pas trop comment réagir.

— Bon, alors continuons comme ça.

— Alors ? Vous devriez commencer à vous rappeler quelque chose, non ?

— Le 3, le 30 et le 13 août.

— Le parc forestier et l'appartement 104 du bâtiment B.

— Le bureau des assurances sociales et le centre d'échanges culturels.

— Et ces deux photos.

Ils étaient parfaitement en rythme. Mais, je ne sais pourquoi, il y avait aussi une dissonance qui rendait mélancoliques ceux qui les écoutaient.

Nous étions tous immobilisés dans le passage. La jeune fille et la femme de ménage s'appliquaient à soutenir la vieille dame, tandis que le jardinier, tout en m'envoyant des messages muets pour savoir ce qu'il devait faire afin de tenter d'améliorer une situation gênante, paraissait en même temps ne pas pouvoir retenir sa curiosité envers les photos que montraient les inspecteurs.

— Pourquoi vous acharnez-vous contre moi ?

Le soleil déclinait, et il fit brusquement froid dans le musée. Je savais que cela ne servirait à rien de leur dire cela, mais je n'avais pas l'énergie de m'obstiner dans le silence.

Mes dents s'entrechoquaient à cause du froid. Je me demandais avec inquiétude si je n'allais pas encore me sentir mal comme le soir où j'étais ivre. Cela m'angoissait beaucoup plus que la question de savoir pourquoi ils me poursuivaient ainsi.

— Si vous gardez le silence, cela ne jouera pas en votre faveur.

— Eeh, je voudrais bien pouvoir vous répondre. Mais je ne sais rien.

— On dirait que vous ne vous êtes pas encore rendu compte de la gravité de la situation dans laquelle vous vous trouvez.

— Mais je n'ai pas du tout envie de m'en rendre compte, vous savez. Les dates, les lieux, les photographies n'ont rien à voir avec moi. C'est vrai. Croyez-moi.

— On vous a aperçu au parc forestier et au centre d'échanges culturels.

— Par ailleurs, quelqu'un vous a vu le 13 août en pleine nuit dans la rue derrière le Jardin des plantes. Pour être plus précis, vous étiez en train de fuir en courant lorsque vous avez cogné cette personne qui est tombée.

— Comme vous le savez, je suis muséographe. Mon travail consiste à me rendre un peu partout dans le village pour rassembler les objets de la collection.

— Alors vous le reconnaissez, n'est-ce pas ? Que vous vous êtes introduit dans l'appartement numéro 104.

L'un m'attrapa par l'épaule, tandis que l'autre me soufflait son haleine tabagique au visage.

Mon irritation était si intense que j'avais de la difficulté à respirer. Pourquoi des types aussi mal élevés s'étaient-ils introduits dans notre musée ? Avaient-ils le droit de détruire de leur haleine fétide ce monde inviolable et sacré ? Sans y être invités. Sans avoir acheté de ticket d'entrée.

J'avais tellement froid, et pourtant la sueur coulait de mes aisselles et mes tempes battaient douloureusement. Je me forçais à respirer le plus lentement possible. Ma gorge contractée laissait passer l'air avec difficulté.

— Je n'ai rien fait de répréhensible qui doive vous être avoué, dis-je à mi-voix en détournant d'eux mon regard.

Mais cela n'eut pas l'effet de me calmer. Mon cœur battait de plus en plus vite.

— Nous ne faisons rien d'autre que d'essayer d'élaborer un musée d'objets laissés par les défunts. Nous ne causons aucun dégât et nous ne blessons personne.

— Cette histoire d'objets ne nous intéresse pas, dit l'un, l'air de s'en moquer éperdument.

— Arrêtez d'offenser les objets !

Je repoussai brusquement la main posée sur mon épaule. Le jardinier et la femme de ménage baissaient la tête comme si c'était après eux qu'on en avait. La jeune fille était blême et la vieille dame, les yeux fermés, feignait le sommeil.

Soudain, derrière la jeune fille, j'aperçus sous une vitrine une caisse dont je n'avais pas le souvenir. J'avais l'impression qu'elle s'était subrepticement introduite dans mon champ de vision, sans raison, sans aucun signe avant-coureur. Le jardinier et moi avions ouvert tous les colis qui nous avaient été envoyés. Je continuais à faire face aux inspecteurs, mais cette caisse oubliée qui ne disparaissait pas de ma vue m'irritait de plus en plus, comme un reproche concernant un travail que je pensais avoir accompli.

— Ecoutez-moi bien. Des types qui ne comprennent pas la véritable signification des objets laissés par les défunts n'ont aucun droit de venir ici. Nous étions en train de passer un moment de pur bonheur dans cet endroit où tout est prêt pour recevoir la collection. Ne nous en privez pas. D'abord, nous sommes des victimes, vous savez. En réalité, nous devrions être protégés par vous, et je n'ai pas le souvenir d'avoir jamais été sommé de faire quoi que ce soit.

Je continuais à parler. Je ne pouvais rien faire d'autre pour détourner ma colère.

— Le terroriste avait cette propriété pour cible suivante. Et ce n'est pas tout, quand la fontaine de la place a été visée, cette jeune fille a été grièvement blessée. Regardez. Cette blessure à sa joue.

Je la montrais du doigt. Elle baissa la tête, dissimula son visage. Je regrettai aussitôt d'avoir fait quelque chose d'irréparable, mais je ne pouvais déjà plus revenir en arrière. La caisse était toujours là.

— Avez-vous vraiment interrogé le coupable ? Celui qui riait dans sa barbe après avoir posé sa bombe à retardement. C'est un vaurien. Si ça se trouve, il en veut peut-être aux habitants d'ici. On peut même envisager la possibilité qu'il ait choisi le moment où moi et la jeune fille étions sur la place. Ceux qui fabriquent des bombes tuent aussi des gens.

Je lançai le plan que je tenais. Mes mains étaient trop froides pour qu'il y eût laissé une sensation quelconque. Pendant que je faisais cela aussi l'existence de la caisse grossissait de manière démesurée, encombrant mon champ de vision au point que j'en avais le vertige.

Soudain, j'en eus la certitude. Je me reprochai d'avoir perdu tout ce temps à me laisser malmener par les inspecteurs.

— Fuyez ! criai-je. C'est une bombe. Posée ici, dans le musée.

Je repoussai violemment les inspecteurs pour protéger tout d'abord la jeune fille. J'entendis le plan se déchirer à mes pieds.

— Tous dehors. Vite. Là, une bombe…

La jeune fille était sans réaction, elle n'avait même pas vu la caisse. Elle me regardait comme un inconnu qu'on découvre de loin. Les inspecteurs, criant des mots incompréhensibles, essayaient de me retenir. L'un me tira les bras dans le dos, l'autre me les bloqua. Je me débattais lorsque quelque chose tomba de ma poche.

— C'est votre couteau ? hurla dans mes oreilles l'un des deux qui l'avait ramassé.

— Ça n'a aucune importance. Lâchez-moi. Ne me dérangez pas.

Je résistais en agitant les bras.

— Si vous ne vous dépêchez pas, ça va finir par exploser.

— Ah bon ?

Il me tirait par les cheveux, me forçant à approcher mon visage du couteau.

Mais je ne le voyais pas. Je n'apercevais que les chaussures de tout le monde. Les vieilles chaussures éculées du jardinier, celles en toile de la femme de ménage qui dépassaient de son tablier, les bottines à lacets de la jeune fille et celles en cuir, minuscules, de la vieille dame. Personne ne voulait m'écouter. Toutes les jambes étaient immobiles, aucune ne cherchait à fuir. La tête toujours retenue, je me rappelai le dimanche où nous étions allés acheter l'œuf ciselé. Le souffle de l'explosion qui avait recouvert la jeune fille d'éclats de verre et la tranquillité impressionnante qui avait suivi envahissaient alternativement mes tympans. Je revoyais le cadavre du

257

prédicateur du silence étendu devant la fontaine. Je voulus crier encore une fois. Ne sortirent que des râles intermittents.

— Calmez-vous.

J'entendis la voix du jardinier.

— Pas de problème. Ne vous inquiétez pas.

Il me délivra des mains des inspecteurs et me frotta le dos. Le calme était revenu à mon insu. Seule ma respiration était rude et troublée. Le jardinier s'aida d'un outil qui pendait à sa ceinture pour ouvrir la caisse.

— Tenez, ce sont des vis de serrage en réserve.

Il les faisait rouler sur sa paume. C'étaient de belles vis, luisantes d'huile de graissage.

— On a arrêté le terroriste. Il n'y aura pas de nouvelles bombes, dit un inspecteur. C'est bien votre couteau à cran d'arrêt ?

Il sortit la lame, me la mit sous les yeux. Et il ajouta :

— Elle a l'air de couper magnifiquement bien.

Dans l'ancienne salle de billard était installé un poêle assez imposant, mais naturellement, pour pouvoir l'utiliser, il fallut effectuer de grosses réparations. Après qu'un spécialiste des cheminées et le jardinier eurent mis trois jours pour enlever toute la suie, il retrouva enfin son rôle d'origine. Grâce à lui je pus travailler tard le soir sans me préoccuper du froid.

Le seul fait qu'il y eût du feu changeait du tout au tout l'atmosphère de l'atelier. Le crépitement faisait ressortir le calme ambiant, et le miroitement des flammes était apaisant.

— Ce n'est pas encore terminé ? Quelle ardeur.

Le jardinier pointait son visage.

— Eeh, bah.

Je m'interrompis, lui proposai de s'asseoir.

— Continuez, je vous en prie. Je ne veux pas vous déranger. Je me demandais seulement comment ça allait.

— Grâce à vous, ça brûle bien.

Je jetai un coup d'œil au poêle.

— Non, je ne parlais pas de ça… Vous, comment ça va ?… bredouilla-t-il en tripotant ses gants de cuir qu'il venait d'enlever.

— Aah… soupirai-je, en écornant le dossier que j'écrivais. Excusez-moi de vous avoir causé des inquiétudes.

— Mais non voyons, vous n'avez pas à vous excuser. C'est moi qui me mêle de ce qui ne me regarde pas.

— Je suis vraiment heureux de votre sollicitude.

— Ce n'est pas aussi exemplaire que de la sollicitude.

Nous restâmes un moment silencieux. Appuyé à la porte, le jardinier désœuvré actionnait la poignée, tandis que je continuais à tripoter les coins de mon dossier.

— Je ne sais pas pourquoi, dès qu'ils arrivent, il faut toujours que je sois bizarre.

— Ce n'est pas possible de faire autrement. C'est normal, tout le monde réagit comme ça. D'ailleurs c'est leur façon de faire. Ils vous agacent, vous troublent, et continuent comme ça leur petit bonhomme de chemin.

— Mais quand même, ils me soupçonnent, non ?

— Ils se contentent de vérifier certaines choses, vous savez. Je suppose que s'ils sont venus jusqu'au musée, c'est parce qu'ils voulaient savoir en quoi consiste la collection. Comme c'est la première affaire de meurtres en série de l'histoire du village, ils reniflent çà et là avec circonspection. Qui pourrait vous suspecter ?

Les bûches s'écroulèrent, la forme des flammes changea. Au bord du plan de travail étaient posées, bien en ordre, les feuilles d'archivage que la jeune fille avait recopiées au propre ce jour-là.

— A propos… continua le jardinier, le couteau à cran d'arrêt…

— Aah, c'est vrai. Je dois m'excuser pour ça aussi. Je suis désolé. Avec ce qui s'est passé.

— Alors, ils l'ont emporté ?

— Eeh. J'ai pourtant tout fait pour les en empêcher.

— Quand ils comprendront qu'il n'a rien à voir avec l'affaire, ils vous le rendront sans doute. Mais il doit vous manquer quand même. Alors je vous en ai apporté un autre.

Il m'en tendit un tout neuf.

— Non, vous n'allez pas faire ça. Ils sont trop précieux pour vous.

— Ne soyez pas gêné, utilisez-le. Il vous en faut un pour récolter les objets. Ça peut vous dépanner au cas où. Je vous l'ai déjà dit plusieurs fois, ma plus grande joie, c'est de voir que mon travail est utile. Vous n'aurez qu'à me le rendre quand vous aurez récupéré l'autre.

Je pris docilement le couteau, le remerciai. C'était le même que celui que m'avaient pris les inspecteurs. Le décor du manche, la sensation quand on l'avait en main, le contour de la lame, tout était pareil.

— On ne voit pas la différence, dis-je en vérifiant le mécanisme de la lame.

— C'est normal, me répondit-il avec fierté, même sans machine, je peux dessiner exactement le même. La sensation de chaque couteau que je fabrique reste dans mes mains, vous savez. Mais dites-moi, vous ne rentrez pas ?

— J'aimerais bien, et prendre un verre avec vous, mais j'ai un travail à terminer, je vais rester ici encore un moment.

— Ah bon ? N'en faites pas trop, quand même. Bon, alors à demain.

Le jardinier remonta la fermeture à glissière de son blouson jusqu'en haut, agita la main et sortit. Je mis le couteau dans ma poche avant de revenir à mon travail.

C'est cette nuit-là qu'il y eut une troisième victime. C'était une vendeuse chez un marchand de vaisselle qui se trouvait tout au bout d'une rue partant des arcades.

Elle n'était pas très différente des deux autres. C'était une jeune fille sérieuse qui commençait son travail à dix heures le matin, ouvrait la boutique, époussetait l'étalage et qui, lorsque le client avait fait son choix sur un objet, l'emballait soigneusement, le roulant d'abord dans une feuille de papier journal avant de mettre une couche de mousse. Selon la femme de ménage qui passait devant la boutique en faisant ses courses, elle la voyait souvent à travers la vitrine, un chiffon à la main, en train de frotter énergiquement la vaisselle en démonstration.

Elle avait quitté la boutique à sept heures comme tous les soirs, et l'on ne savait pas ce qui s'était passé exactement, mais on avait retrouvé son cadavre poignardé dans la remise de l'élevage de poulets, en direction opposée à celle de l'endroit où elle habitait. Inutile de dire que ses mamelons avaient été découpés.

15

C'était la première fois qu'étant parti récolter un objet je revenais bredouille. Alors que dans les cas les plus difficiles j'avais toujours rapporté ne serait-ce qu'une poignée d'herbe sèche, cette fois-ci, ce ne fut même pas le cas.

La vieille dame s'emporta violemment. Elle était tellement en colère que je me demandais si elle n'allait pas mourir d'un seul coup, là, sous mes yeux. Elle me traita d'incapable, trépigna en disant qu'elle ne se souvenait pas de m'avoir confié la réalisation d'un musée, et cela se termina lorsque la femme de ménage l'empêcha de me frapper avec sa canne.

— Mais j'étais suivi par les inspecteurs, me justifiai-je craintivement.

— Et alors ? Vous aviez peur qu'ils ne passent avant vous pour ramasser l'objet ?

— Non, bien sûr que non.

— Vous étiez seulement suivi, n'est-ce pas ? Alors pourquoi avoir peur ?

— Si je m'étais approché du magasin, de l'appartement, de l'élevage de poulets ou de tout autre endroit en relation avec la victime, ils m'auraient suspecté encore plus. Alors, je n'avais d'autre choix que de faire un tour à bicyclette dans les parages avant de rebrousser chemin. Vous ne pourriez pas demander au jardinier ou à la femme de ménage d'y aller à ma place ?

— Ne dites pas n'importe quoi !

Elle chancela sous la violence de sa propre voix.

— Vous seriez prêt à abandonner votre rôle le plus chargé de signification et le plus noble ? Hmm, c'est bizarre. Vous n'éprouvez donc pas de fierté vis-à-vis de votre travail ? Des inspecteurs, et alors ? Que vous soyez suspecté ou non, je ne veux pas le savoir. J'aimerais bien que vous ne démolissiez pas mon musée uniquement pour vous protéger égoïstement. Vous avez compris ? Si des êtres humains meurent, il faut récolter leur objet. Quelle que soit l'insignifiance de la personne, quelle que soit la difficulté d'accès de l'endroit où se trouve l'objet, il n'y a aucune exception. Et c'est vous qui effectuez la récolte. Vous êtes obligé de le faire. Vous n'êtes pas autorisé à fuir vos responsabilités.

La vieille dame brandit sa canne, dont l'extrémité vint s'arrêter devant mon visage. La femme de ménage, croyant qu'elle allait encore se déchaîner, se précipita pour retenir son bras. Mais elle s'arrêta juste à temps, effleurant à peine le duvet sur ma peau.

Ne pouvant faire autrement, je repris ma bicyclette et repartis en direction du centre du village, où, sans pouvoir me décider, je roulai un moment dans le vent. J'espérais que pendant ce temps-là les policiers renonceraient peut-être, mais cela ne marcha pas. En voiture dans les rues principales et à bicyclette dans les ruelles, ils continuaient leur filature. Les deux inspecteurs habituels étaient invisibles, mais je n'avais aucun doute là-dessus, ils me surveillaient.

Cependant, l'idée d'être rejeté par la vieille dame parce que je n'avais pas pu me procurer d'objet était beaucoup plus difficile à supporter pour moi que d'être suspect à leurs yeux. Ma priorité était de retrouver sa confiance.

Je fis faire demi-tour à ma bicyclette pour me diriger vers le marchand de vaisselle où la jeune fille avait travaillé. Il se trouvait dans une petite rue tellement sombre et humide que je me demandais si vraiment il y avait des gens pour aller acheter de la vaisselle dans un endroit pareil. A l'intérieur, l'atmosphère était rafraîchie par le froid qui émanait de la porcelaine. De l'ombre d'un réverbère et de derrière une poubelle, les hommes m'épiaient pour voir ce que j'allais faire.

Comme l'avait dit la femme de ménage, les différentes pièces de vaisselle à l'étalage étaient très bien entretenues. Il n'y avait même pas de poussière accumulée au point d'attache de l'anse des tasses ni dans le creux des cuillers.

Je cherchai ce qui était le plus long à emballer. Parce que je pensais que cela me donnerait plus de temps pour trouver un objet. Les hommes n'avaient pas l'air de vouloir entrer dans la boutique, mais ils ne perdaient aucun de mes gestes.

— Je voudrais ceci.

J'avais choisi un pot à thé lourd et ramassé. Etait-ce la propriétaire ou une employée nouvellement embauchée ? ce fut une femme chétive au teint maladif qui entreprit de l'envelopper en silence. Je sentais le regard des deux hommes traverser la vitrine pour se poser sur moi. Heureusement, comme je l'avais supposé, la femme prenait son temps et ne faisait pas attention à moi, son client.

Je me concentrai. Je me saisis d'un chiffon qui traînait près de la caisse et le mis dans ma poche. En un rien de temps. Exactement comme je l'avais déjà fait à plusieurs reprises dans le passé. J'étais certain qu'il s'agissait du chiffon que la jeune femme décédée avait utilisé jour après jour pour dépoussiérer la vaisselle. Mais je ne savais pas si j'avais réussi à tromper le regard des deux hommes.

— Je vous en prie, dit la femme en me tendant un sac en papier.

— Merci, lui répondis-je.

Un morceau du chiffon pointait hors de ma poche. L'objet était imprégné de toutes sortes de taches venant sans doute des mains de la jeune femme et de la vaisselle. Sans couleur définie, sans décor ni dessin, un chiffon qui ne servait plus à rien, que cette femme maladive aurait sans doute déjà jeté à la poubelle si j'avais tardé à intervenir. Je me remémorai les paroles de la vieille dame : à toute vie, même modeste, correspond un objet.

J'enfourchai ma bicyclette et, au moment où j'allais tourner le coin de la ruelle, les deux inspecteurs me barrèrent le passage. Je sus aussitôt que c'étaient eux, sans avoir besoin de voir leur visage. Après tout, leur travail consistait sans doute à me serrer de près.

— Nous sommes en train de comparer la lame du couteau avec la plaie de la victime, dit l'un.

— On dirait qu'il ne s'agit pas d'un article standard, ajouta l'autre.

— Par conséquent, il laisse une entaille caractéristique.

— Il y a eu une nouvelle victime.

— Ça commence à bien faire.

— Vous vous êtes déjà procuré un nouveau couteau ?

Sur ce, ils s'en allèrent.

Je pédalai de toutes mes forces jusqu'au manoir. Le vent saisonnier était fort, et j'avais beau y mettre toute mon énergie, je n'avançais pas vite. Un peu avant le portail en fer forgé, une rafale plus violente fit mordre ma roue dans les gravillons et je faillis tomber. Je m'arrêtai et, après avoir vérifié que l'objet était toujours dans ma poche, je lançai le paquet contenant la théière sur le sol. Elle se fracassa facilement.

— Il en reste combien ? demandait la vieille dame.

— D'objets laissés par les défunts ? questionnai-je en rangeant les affaires à la fin du travail d'archivage.

— Imbécile. Bien sûr que oui. Parce que vous croyez que j'aurais des questions à vous poser sur autre chose ?

C'était une gentille colère, comparée à celle qui l'avait prise au sujet de la vendeuse du marchand de vaisselle.

— Oui. Un peu plus d'une soixantaine, je crois. Nous sommes dans les temps. En continuant comme ça, nous en aurons terminé avec l'hiver.

— Vous êtes vraiment incorrigible. C'est moi qui décide si nous sommes dans les temps ou non.

Elle remit son dentier en place. J'adoptai une attitude correcte pour écouter son verdict, mais j'eus beau attendre, comme elle ne paraissait pas décidée à me le donner, je me remis à ranger.

Ce jour-là, c'est le vestibule qui avait été choisi, le pire endroit pour l'archivage les jours de froid. Le sol dallé était glacé, le plafond était haut, et il y avait des courants d'air partout. Le poêle électrique installé par la femme de ménage n'était pas du tout suffisant. De plus, comme c'était un espace qui n'était pas fermé car il communiquait avec l'escalier et le couloir, se mettre en relation avec l'objet devait nécessiter une certaine dose de concentration de la part de la vieille dame.

Je vérifiai son numéro d'enregistrement sur le carnet, notai qu'il avait été archivé, rangeai mes crayons et ma gomme dans ma trousse. De l'autre côté de la porte d'entrée tombait par intermittence la deuxième neige de l'hiver.

— A propos… commençai-je, comment allons-nous procéder pour archiver les objets que j'ai moi-même récoltés ? Je ne pouvais pratiquement lire aucune réaction sur son visage à cause de ses rides, mais il n'y avait aucun doute qu'elle était consternée.

— Je ne comprends pas le sens de cette question.

— Eh bien, les objets les plus récents, ceux que j'ai récoltés depuis mon arrivée au village, je me demandais qui allait raconter leur histoire ?…

— Vous bien sûr, dit-elle avec lassitude.

— Mais je n'ai jamais parlé avec leur propriétaire, et je ne les ai même jamais vus. Je n'ai aucune information à raconter.

— Mais je… répliquez-vous toujours quand on vous dit quelque chose. Parce que vous pensez qu'en faisant l'enfant gâté, en disant : Mais je… on va tout vous permettre ? Arrêtez. Ça me donne des boutons.

Elle fit le geste de gratter la verrue sur son front. L'excroissance qui était rouge et purulente jusqu'à l'été s'était desséchée au fur et à mesure que ses forces avaient faibli.

— Si vous croyez que ce que je raconte n'est que simple information, c'est lamentable. Pourquoi ai-je jour après jour épuisé ma gorge encombrée de glaires ? J'ai l'impression d'avoir jeté aux orties toutes les heures que nous avons passées ensemble.

— Excusez-moi. Je vous demande pardon. C'est le contraire que je voulais dire en réalité. Je pensais que vous étiez la seule à avoir le droit de dire la vérité sur les objets.

— Ecoutez-moi.

Sa voix avait baissé d'un ton.

— Seuls ceux qui ont récolté les objets ont le droit de raconter leur histoire. Ça n'a rien à voir avec le fait de connaître ou non leur propriétaire. Le moment venu, vous vous mettrez vous aussi à raconter, dit-elle avant de se retourner et d'enfoncer sa tête dans son coussin.

C'était sa manière de faire, récemment, on croyait qu'elle parlait avec enthousiasme, et elle se taisait brusquement pour se mettre à somnoler.

— Oui, j'ai compris, répondis-je. Je n'eus pas de réponse.

Je ne détestais pas ces heures indécises qui suivaient le travail d'archivage. C'était un moment nécessaire à elle comme à moi pour dénouer la tension. J'aurais pu l'aider à retourner aussitôt dans sa chambre, mais elle ne paraissait pas le souhaiter. Elle semblait vouloir rester un moment sur sa chaise longue, enveloppée dans sa couverture, même s'il faisait très froid. C'est pourquoi à mon tour, après avoir posé à mes pieds le sac contenant l'objet hérité d'un défunt, je laissais un moment vagabonder mes pensées en me remémorant le récit que je venais tout juste de prendre en dictée.

Sur sa chaise longue, la vieille dame paraissait encore plus petite. Toutes les articulations de son corps, genoux, hanches, coudes ou doigts, étaient déformées. Elles allaient chacune dans le sens qui leur plaisait, en relief ou en creux, l'ensemble respectant de justesse la forme d'une silhouette humaine. J'avais une drôle d'impression à l'idée que ce petit corps contenait à peu près tous les éléments nécessaires à l'existence.

— Il faut vous forcer à manger. La femme de ménage se fait du souci.

Quand nous étions seuls tous les deux, je ne savais jamais si je devais lui parler ou me taire. Mais je finissais toujours par dire quelque chose même si, au cas où elle me répondrait, ce ne seraient sans doute que des insultes, des railleries ou des sarcasmes.

— S'il y a quelque chose que vous désirez manger, dites-le. J'irai vous l'acheter.

La neige s'épaississait peu à peu. Le bois qui se reflétait dans la fenêtre n'allait pas tarder à se recouvrir de blanc.

— Il faut absolument que vous mettiez toute votre énergie à réfléchir. Si vous le faites, vous vous souviendrez forcément de quelque chose.

La vieille femme, le visage toujours plongé dans son coussin, ne bougeait pas. Sa gorge émettait des râles à chaque respiration. Seule l'extrémité de ses doigts pointait hors de la couverture. Ils avaient l'air si fragiles qu'ils semblaient avoir oublié qu'ils avaient autrefois collecté toutes sortes d'objets abandonnés par les défunts.

— Il y a quelque chose que je voulais vous demander depuis longtemps, ajoutai-je, préférant qu'elle continuât à dormir. C'est votre histoire.

La jeune fille, le jardinier et la femme de ménage devaient eux aussi se trouver quelque part dans le manoir, mais aucun signe de leur présence ne nous parvenait. Ne nous observaient que le portemanteau, les patères pour accrocher les chapeaux et le banc pour attendre, comme abandonnés, qui n'avaient plus accueilli d'invités depuis un nombre vertigineux d'années.

— Par exemple, si vos parents étaient gentils, quel caractère vous aviez enfant, les matières que vous aimiez étudier, ou encore quel a été votre premier amour, si vous vous êtes mariée, pourquoi vous avez adopté votre fille… Des questions banales, en somme.

Le dos rond, je frottai mes mains engourdies avant de les glisser sous mon sweater. La neige qui tombait sur les vitres de la porte d'entrée fondait aussitôt et dégoulinait. On entendait le grincement désagréable de la rambarde du perron à moitié cassée.

— Parce que vous voudriez que je raconte une vieille histoire ?

Je me rendis compte qu'elle venait de soulever la tête et que ses yeux grands ouverts me regardaient.

— Aah, non… Excusez-moi de vous avoir dérangée pendant votre repos.

Pris au dépourvu, je fus décontenancé.

— On pose des questions et après on dit non… Où voulez-vous en venir ?

Elle glissa ses cheveux blancs sous son chapeau, défit le crochet de sa jupe portefeuille pour la remettre en place. Mais à quiconque ne l'observant pas avec attention, à se trémousser ainsi sur sa chaise longue, elle serait apparue en train d'essayer de réprimer une envie pressante.

— C'est un monologue assez dérangeant. Vous pensiez vous adresser à un cadavre ?

— Absolument pas, m'empressai-je de nier.

— J'ai tout oublié.

Comme son ton était aussi désappointé que lorsqu'elle n'arrivait pas, malgré tous ses efforts, à ce qu'elle voulait, je me sentis encore plus gêné.

— Bien sûr, moi aussi j'ai eu des parents. Sans doute ai-je eu aussi un premier amour. Peut-être même me suis-je mariée. Mais quand on a tout oublié, c'est comme s'il n'y avait rien eu. Au moment où je me suis aperçue de quelque chose, j'étais déjà là. Et je suis toujours là. C'est la seule chose qui soit certaine. Seuls les objets laissés par les défunts comblent cette lacune. C'est suffisant.

Elle détourna de moi ses yeux et toussa. Au bout de son regard ne se trouvait que le porte-parapluies vide recouvert de poussière. Je frottai son dos.

Des pas se firent entendre en haut de l'escalier.

— On dirait que la femme de ménage est venue vous chercher. Allons, retournez dans votre chambre, lui dis-je.

… Combien de lettres t'ai-je envoyées ? je ne le sais même plus. Il ne m'est sans doute jamais arrivé de t'écrire autant dans le passé.

J'avais pris un congé et je devais revenir à la fin de l'été, mais, malheureusement, cela a été annulé à cause d'un travail urgent. Ensuite, j'ai attrapé une mauvaise grippe, j'ai dû rester alité un certain temps, si bien qu'après c'était la fin de l'automne. Maintenant, c'est déjà l'hiver.

Le bébé devrait bientôt fêter ses quatre mois. Je suis incapable d'imaginer comment on peut être à cet âge. Est-ce qu'il reste tranquille dans son petit lit ou bien gigote-t-il déjà pour s'entraîner à se mettre debout ? Se contente-t-il de ses tétées ou attrape-t-il tout ce qu'il trouve pour le porter à sa bouche en mettant de la bave partout ?... J'ai été un bébé moi aussi, et je trouve que c'est un peu absurde de ne rien se souvenir de cette période.

Je suis triste quand je pense à ta femme. Parce que j'ai toujours espéré que ce serait en gâtant son bébé que je pourrais lui montrer ma gratitude. Et cela me tracasse de ne pas encore l'avoir fait. J'ai presque l'impression de la trahir.

J'ai tellement de travail pour rattraper le retard accumulé à cause de ma maladie que ces temps-ci je ne fais pas d'observations au microscope. Le musée arrive au stade où l'on va enfin exposer la collection. Encore un petit effort. Je pense que dès que le gros de l'installation sera terminé je vais le démonter pour le nettoyer tranquillement bien à fond.

Mais je ne sais toujours pas ce qui va se passer quand le musée sera terminé. Sur mon contrat, il n'y a pas de clause concernant l'administration ni la conservation après l'installation. Il va falloir que je vérifie auprès de la personne qui m'emploie ce qu'elle attend de moi.

Dans tous les cas, je vais bientôt rentrer. Ma véritable intention est de confier l'administration à quelqu'un dès que l'installation sera terminée et de me retirer. D'ailleurs j'ai ici quelqu'un de confiance.

Ce n'est pas que je déteste ce village, mais il me semble que mon séjour s'est un peu trop prolongé. Au fur et à mesure de la réalisation de ce musée, la situation autour de moi est devenue de plus en plus difficile. Le froid est de plus en plus sévère, la personne qui m'emploie de plus en plus faible, et mon jeune ami est parti pour un lointain voyage... Mais il n'y a pas d'inquiétude à avoir. Il n'y a pas de problème. Tout ira bien jusqu'au bout. Encore un peu de patience, le musée sera terminé et je pourrai quitter le village. Encore un tout petit peu de patience, vraiment.

J'attends ta réponse. Je l'attends du fond du cœur. Bien des choses à ta femme et au bébé.

En allant poster ma lettre, au moment d'enfourcher ma bicyclette, je vis qu'il y avait de la lumière dans la remise. Je posai la bicyclette le long du jardin d'agrément, jetai un coup d'œil par l'entrebâillement de la porte.

Le jardinier aiguisait ses couteaux. Alors que la soirée était encore claire, toutes les ampoules étaient allumées, et ses mains étaient en plus éclairées par une lampe de bureau. Il avait l'air complètement absorbé par un travail assez difficile.

Le bruit de la lame contre la pierre donnait à cette remise qui m'était familière une étrange ambiance. L'intimité qui y régnait habituellement lorsque nous y buvions avait disparu.

Le jardinier appliquait la lame régulièrement, mais en changeant légèrement l'orientation chaque fois. Alors qu'il n'y avait aucune force en excédent, un bruit strident déchirait l'air. Il me semblait que le bruit augmentait à chaque aller et retour de la lame sur la pierre, si bien que je finis par laisser passer la chance de lui adresser la parole.

Il affûtait un couteau identique à celui qu'il m'avait offert. Même entre ses grandes mains, je voyais bien le décor en argent et ivoire. Je cherchai inconsciemment dans la poche arrière de mon pantalon. Celui qu'il m'avait prêté récemment y était toujours. Je ne l'avais pas encore utilisé une seule fois.

— Qu'est-ce qu'il y a ? me dit-il. Ne restez pas là debout, entrez.

Il me fit un signe sans lâcher son couteau. Une goutte d'eau tomba de l'extrémité de la lame.

— Je voulais voir avec vous, à propos de l'installation de la collection, lui dis-je.

— Ah bon ? Excusez-moi, mais vous ne voulez pas attendre une petite minute ? Je finis juste ça. Je ne peux pas m'arrêter en chemin, voyez-vous.

— Bien sûr, je vous en prie. D'ailleurs, ce n'est pas du tout urgent…

Je n'eus pas le temps de finir qu'il s'était déjà remis au travail.

— Ils vous l'ont rendu ?

— Non, pas encore.

— C'est incroyable.

— Oui, incroyable…

La table était restée telle que nous l'avions laissée la dernière fois que nous avions bu, avec le flacon de saké qui avait roulé, les verres, le pot à glaçons et le papier chiffonné qui avait emballé le fromage. Il me semblait que le nombre d'œuvres accrochées au mur avait encore augmenté. Cet endroit seul était soigneusement entretenu.

— C'est le même que celui que vous m'avez offert, remarquai-je les yeux sur la pierre.

— Aah. C'est la forme que je préfère, me répondit-il en interrompant son geste.

— Vous en avez plusieurs pareils ?

— Je vous l'ai déjà dit, je crois. Je suis capable d'en faire autant que je veux de la même forme. Montrez-moi celui que je vous ai prêté l'autre jour.

— Eeh.

Je le sortis comme il me le demandait, il posa les deux couteaux l'un sur l'autre, les présenta à la lumière. Les deux lames étaient parfaitement identiques, il n'y avait pas le moindre millimètre de différence.

— C'est superbe, non ?

Dans la lumière de l'ampoule à incandescence, les lames brillaient froidement. Cet éclat glacé laissait supposer qu'elles pouvaient couper tout ce qu'on voulait. J'acquiesçai, incapable d'en détacher le regard.

— Je vous ai offert celui qui a ma forme préférée.

Le jardinier souriait. Je voulus lui répondre, mais mes lèvres sans force tremblaient.

— Alors, que vouliez-vous me dire à propos de l'installation de la collection ?

— Non, rien, ça peut attendre. Excusez-moi de vous avoir dérangé, dis-je prudemment.

— Vous ne me dérangez pas du tout.

— Non, on fera ça demain tranquillement. Rien ne presse. D'ailleurs, je vais mettre une lettre à la boîte.

— Une lettre ? Je la posterai demain matin en faisant le marché, si vous voulez. En y allant maintenant, il fera noir quand vous rentrerez. Vous pouvez la laisser là.

Il désignait la table du menton.

J'eus un instant d'hésitation. J'étais inquiet et réticent à l'idée de laisser ma lettre. Je ne sais pourquoi, je ne pouvais pas m'empêcher de penser qu'abandonner sur la table la lettre adressée à mon frère avait une signification dont je ne soupçonnais pas l'ampleur.

— Je vous remercie beaucoup, lui répondis-je néanmoins, incapable d'aller à l'encontre de sa gentillesse. Alors, à demain.

Je le quittai pour retourner dans ma chambre. Cette nuit-là, les lumières restèrent allumées très tard dans la remise.

16

Alors que pour une fois il faisait un temps magnifique en ce début d'après-midi, dans la réserve où ne parvenait pas le soleil on avait l'impression que c'était le soir. Même maintenant, avec ses étagères et ses placards où la collection avait trouvé refuge, elle n'avait rien perdu de son atmosphère d'ancienne buanderie. Les robinets d'où l'eau ne sortait plus étaient rouillés, mais les carreaux du bac à laver, encore blancs, semblaient toujours imprégnés d'une odeur de savon, tandis que les cordes à linge au plafond, difficiles à enlever, étaient restées telles quelles. C'était là que la jeune fille suspendait ses brosses pour dépoussiérer les objets.

Avec elle, nous nous partageâmes les préparatifs pour transporter la collection dans le musée. Nous mettions les objets hérités des défunts dans des cartons, en vérifiant sur le plan pour chaque bloc l'endroit où il serait exposé.

C'était un travail ingrat qui prenait du temps. Qui me fit encore une fois toucher du doigt le manque de cohérence des formes de la collection du musée du Silence. Je n'avais jamais expérimenté cela ailleurs. Nous avions beau, par souci d'efficacité, mettre le plus possible d'objets dans les cartons, toutes sortes de formes, sphériques, tubulaires, cubiques et autres ficelles, liquides ou poudres, s'affirmaient selon leur bon vouloir, sans s'accommoder de leur présence mutuelle, créant des espaces inutiles.

La seule chose qui les reliait entre elles était ce terme d'objet. Ce mot était discret comme le fil reliant les perles d'un collier, mais il avait aussi une rigueur qui gouvernait l'ensemble du musée, dépassant sans difficulté les différences de formes.

Nous les prenions un à un et choisissions la protection la plus appropriée à chacun avant de l'emballer soigneusement. J'étais déjà capable de percevoir leur différence. Et lorsqu'il s'agissait d'objets déjà archivés, je pouvais en même temps me remémorer certains éléments de leur histoire.

— On va transporter dans le musée tout ce qu'il y a ici ?

La jeune fille, vêtue d'un pantalon de couleur crème qui paraissait chaud et d'un cardigan en mohair, avait deux nattes. Elle avait dû les faire elle-même, car par endroits ses cheveux pointaient vers l'extérieur.

— Bien sûr que oui. Dans les musées normaux, on n'expose pas la totalité de la collection, mais dans notre cas, c'est spécial. Les objets de la collection ont tous la même valeur.

— Le nombre d'objets hérités des défunts ne fait qu'augmenter. Je crois qu'un jour il n'y aura plus assez de place pour les exposer. C'est inquiétant.

— Hmm, mais on ne peut pas empêcher leur prolifération. C'est le destin de tous les musées.

— Comme on ne peut pas réduire le nombre de gens qui meurent, hein ?

— Exactement. Comme c'est le destin, ça n'a rien d'inquiétant. On peut toujours y remédier en agrandissant les vitrines ou en construisant de nouveaux bâtiments, mais d'après mon expérience, mis à part ce problème physique, un espace approprié pour ces objets finira toujours par faire son apparition quelque part. Un musée a un cœur beaucoup plus profond que nous ne le pensons.

— Alors il n'y a pas de problème, hein ? conclut-elle, manifestement rassurée.

L'espace entre les rayonnages était si étroit que nous étions obligés de travailler assis directement sur le sol. Nous avions beau avoir tourné le bouton du chauffage électrique au maximum, le sol carrelé était toujours aussi froid. Mes prévisions avaient été trop optimistes, nous aurions beau y passer l'après-midi entier, nous ne finirions sans doute même pas un bloc.

Mais voir cette jeune fille travailler de tout son cœur pour les objets me comblait, tant et si bien que je ne faisais plus attention au froid ni au reste. Elle commençait par suivre le plan de répartition du bout de son doigt pour y vérifier le numéro d'enregistrement de l'objet à empaqueter. Puis son regard se déplaçait vers les rayonnages où elle le prenait quand elle l'avait trouvé. A ce moment-là, elle utilisait toujours ses deux mains, même si l'objet était petit et léger. Je ne lui avais pas appris à faire ainsi, elle avait cette connaissance innée de ce que tout muséographe doit acquérir. Elle le protégeait ensuite avec du coton ou un châssis de bois, cherchant mon assentiment.

— Ça ira avec ça ? disait-elle, en me regardant d'un œil légèrement inquiet.

— Hmm, oui, répondais-je.

Dans l'atelier comme dans la réserve, nous répétâmes de multiples fois l'opération. Alors que ce n'était qu'une partie du travail nécessaire à l'élaboration du musée, j'en vins à penser qu'il s'agissait de signes secrets connus de nous seuls. Sur le moment, je sentais même que nous échangions silencieusement des sentiments.

— Même pour un déplacement sur une petite distance, il faut être soigneux, n'est-ce pas ? dit-elle alors qu'elle venait de terminer sans encombre l'empaquetage dans un carton d'une boîte à maquillage enregistrée sous le numéro B-092.

— Les réserves et les salles d'exposition sont beaucoup plus proches d'habitude. Ici, même si on est toujours sur la propriété, il faut sortir de la maison principale, contourner le jardin, et faire avec le ruisseau, le jardin d'agrément et l'annexe, c'est difficile, vois-tu. Il faut prendre des précautions pour faire en sorte que, quoi qu'il arrive en chemin, cela ne cause pas de dommages aux objets. Déplacer une collection demande beaucoup d'attention de la part du muséographe. C'est la disparition qui fait le plus peur. Parce qu'on ne peut pas y remédier.

— Vous avez déjà perdu quelque chose ?

— Oui, ça m'est arrivé. Je n'ai pas très envie de m'en souvenir, tu sais.

Je recouvris de coton et de plastique une lampe de bureau, puis enveloppai un cheval de bois dans une couverture avant de glisser un peigne d'ambre dans un sac de toile.

— C'était une roche rare, qu'on appelle les "cheveux de verre", lorsque le magma pulvérisé comme de la brume au moment d'une éruption volcanique se solidifie instantanément. On dirait des cheveux légèrement frisés ayant poussé sur un rocher, détachés l'un de l'autre. Elle a disparu alors que nous la changions de place pour l'exposer spécialement. Ce n'était la faute de personne, elle n'avait pas été volée, on s'est rendu compte soudain qu'elle avait tout simplement disparu.

— Vous ne l'avez pas retrouvée ?

— On a eu beau chercher partout, ce fut en vain. C'est toujours comme ça quand une collection disparaît. Même s'il y a du monde autour, personne ne peut l'empêcher de tomber dans une faille béante du temps.

— C'est peut-être un éminent muséographe qui l'a récoltée. Pour l'exposer dans le musée originel où il fallait la mettre.

— Originel ?

— Oui. Quelque part dans un endroit que nous ne connaissons pas, il y aurait un musée pour exposer les collections qui ont disparu de ce monde.

— Ce muséographe est certainement plus éminent que moi.

— Pas du tout. Vous, vous êtes spécial. Puisque vous êtes le seul au monde à avoir été choisi pour construire le musée du Silence.

En disant "le seul", elle avait dressé son index.

J'essayai d'imaginer ce musée dans un endroit inconnu. Comme le musée du Silence, il devait se dresser quelque part en bordure du monde, oublié des hommes.

— Tu as vu ton ami le prédicateur depuis le jour de la fête des Pleurs ? lui demandai-je, car cela me préoccupait depuis un certain temps. Elle replia son index et acquiesça.

— Je suis allée le voir au monastère. Je pensais que si nous n'étions pas dérangés par la procession de la fête il pourrait peut-être parler comme avant.

Sa voix sédimenta au fond de l'air stagnant de la réserve.

— Il se trouvait sur un banc du cloître. Alors je me suis assise à côté de lui et je suis restée là un moment. Toutes les fleurs qui poussaient dans le jardin intérieur étaient fanées, et l'eau de la fontaine était gelée.

— Il pratiquait le silence, n'est-ce pas ? dis-je en regardant les rubans noués au bout de ses nattes.

— Oui, le silence complet. De temps en temps nous nous regardions, ou nous posions nos mains l'une sur l'autre avant de les détacher. C'est tout. Qu'aurions-nous pu faire d'autre ? Nous n'avons même pas pu fixer la date d'une nouvelle rencontre.

Elle secoua faiblement la tête.

— J'ai l'impression qu'en laissant tomber les mots il est parti très loin.

— Mais il ne quittera pas le monastère. Il restera toujours là.

— Même si nous étions assis sur le même banc, c'était comme si nous avions été séparés par un voile transparent. J'avais beau tendre les bras de toutes mes forces, le rideau seul se détendait, mais je n'arrivais pas jusqu'à lui. Il est déjà parti vous savez. Il a rejeté son corps et il a disparu dans un endroit éloigné des mots. Il ne reviendra jamais.

Ne sachant quoi répondre, j'avalai ma respiration.

Elle pleurait, tête baissée. Ses deux mains, qui tout à l'heure encore travaillaient pour les objets laissés par les défunts, étaient posées sur ses genoux. Alors qu'elle baissait seulement la tête au milieu du silence, sans laisser échapper de sanglots, sans montrer ses larmes, j'avais compris qu'elle pleurait. Tous les objets l'observaient discrètement, pour ne pas la déranger. Son chagrin dura longtemps.

— Excuse-moi, lui dis-je, ne pouvant plus le supporter.

J'avais l'illusion qu'elle pleurait à cause de moi. Je voulais m'excuser, mais je n'y arrivais pas. La jeune fille releva la tête.

Alors qu'elle se trouvait si près, son profil disparaissait dans l'ombre des objets. Je ne discernais que les jolis petits rubans dans ses cheveux.

— Quand les inspecteurs sont venus au musée du Silence, j'étais tellement affolé que j'ai fini par te blesser…

— Ce n'était rien, je vous assure.

Elle avait des larmes dans la voix et respirait par à-coups.

— Je n'avais pas l'intention de te mêler à cette histoire. Encore moins de dire quoi que ce soit à propos de cette blessure. J'avais seulement très peur qu'une bombe n'explose, qui t'aurait blessée et aurait endommagé le musée.

— Eeh, ce n'est pas votre faute. Je le sais bien.

Je posai ma main sur la sienne. En pensant que, sur le banc du cloître, le jeune prédicateur avait peut-être fait la même chose. Je restai ainsi jusqu'à ce que ce moment de tristesse eût disparu.

Depuis, les inspecteurs ne se montraient plus. Mais même pendant le travail, même lorsque je roulais à bicyclette à travers le village, chaque fois que leurs silhouettes empruntées traversaient mon champ de vision, j'étais surpris et mon cœur s'accélérait.

Je revenais toujours sur ce qu'ils m'avaient dit au sujet de la comparaison de la forme de la lame avec la blessure. En même temps, je revoyais la silhouette du jardinier en train d'affûter le même couteau que le mien, ce qui précipitait encore plus les battements de mon cœur.

Prêtant l'oreille à mes palpitations, je mettais toute mon énergie à essayer de me calmer. Je m'interdisais de penser à cette affaire de meurtre et, au lieu de cela, j'essayais d'évoquer les silhouettes de la vieille dame, de la jeune fille, du jardinier et de la femme de ménage en train de travailler pour le musée. Le lien qui m'unissait à eux apaisait légèrement mon anxiété.

Exactement comme l'avait dit la vieille dame, au fur et à mesure que le froid s'intensifiait, il y avait de plus en plus de gens qui mouraient. Des vieillards pour la plupart. Des gens qui partaient tristement au terme de leur vie, qui avaient déjà vu partir leur conjoint, dont beaucoup d'amis étaient partis eux aussi.

Toutes les funérailles se ressemblaient. Il y avait les mêmes décorations, ceux qui restaient sanglotaient de la même manière.

Cependant, les objets qu'ils laissaient étaient tous incroyablement différents. Ils étaient grossiers, délicats ou mystérieux. Et les endroits où on les récoltait étaient différents eux aussi. S'il nous arrivait de mettre la main dessus presque trop facilement, certaines fois nous devions, la jeune fille et moi, mettre toute notre énergie en commun. J'utilisai trois fois mon nouveau couteau, pour casser la serrure d'une entrée de cuisine, découper le fond d'une valise, trancher le fil d'un système de surveillance.

C'était un matin où il avait gelé encore plus. Les montagnes étaient complètement noyées sous la neige, la brume accrochée aux sommets ne se levait pas, et les arbres dénudés du bois tendaient leurs branches glacées vers le ciel. Le soleil matinal, empêché par les nuages, n'arrivait pas jusqu'à la surface de la terre, et le vent soufflait en changeant sans arrêt d'orientation.

Il était impossible d'aller au manoir sans se préserver tout entier du froid, en revêtant un manteau bien sûr, mais aussi une écharpe, des gants, des boots et des protections pour les oreilles. Tous les oiseaux migrateurs étaient partis, mais on entendait encore des grives chanter sur les hêtres. Leurs cris rauques augmentaient la tristesse. Dans les fourrés, seules les feuilles du chèvrefeuille avaient une jolie couleur verte. Le givre crissait à chaque pas.

Dans un coin du jardin d'agrément, le jardinier faisait un feu.

— Bonjour.

— Haa.

Le jardinier me fit un salut de la main.

— Vous êtes bien matinal.

— Je voulais passer à la réserve avant de commencer l'archivage.

— Vous travaillez toujours autant. Je vous admire.

— Non. Je me contente de faire ce qu'il y a à faire.

Je dirigeai mes mains vers le feu. Des feuilles mortes, des bulbes et des herbes sèches brûlaient. Le feu dégageait beaucoup de fumée et n'était pas très chaud. Le jardinier le remua à l'aide d'un bâton, une fumée blanche s'en éleva et des cendres tourbillonnèrent. Suffoquant, nous nous mîmes à tousser.

— Vous allez installer les blocs un par un, au fur et à mesure qu'ils seront prêts ?

— Oui, c'est ce que j'ai l'intention de faire.

— On y est enfin.

— Oui.

— Faites attention à la fatigue. Vous pouvez me demander tout ce que vous voulez. Même pour les jeunes, le premier hiver est difficile à supporter.

— Je vous remercie.

Toutes les fleurs étaient fanées, mais dans le jardin potager délimité par des briques se trouvaient encore plusieurs sortes d'herbes pour tenir tête au givre. La serre, dont presque toutes les vitres étaient fêlées, ne remplissait déjà plus son rôle d'origine. Le chemin gravillonné conduisant au manoir serpentait doucement, son extrémité aspirée par la brume. La façade nord du manoir que l'on distinguait à peine semblait encore plongée dans le sommeil, car tous les volets étaient fermés. Lorsque nous nous taisions, le bruit du vent qui tourbillonnait au fond du bois, se répercutant au ras du sol, résonnait à nos pieds.

— Il faut raviver le feu.

Le jardinier sortit des poches de son blouson un papier qu'il jeta sur le feu. Après un instant d'hésitation, des flammes orange s'élevèrent. Il continua, jetant à nouveau un papier semblable. En forme de rectangle et de couleur blanche.

Ce qu'il sortit ensuite de son blouson fut une petite boîte pouvant tenir entre les mains, enveloppée de papier kraft. Lorsque le feu s'y propagea, les flammes devinrent peu à peu plus intenses, et la chaleur se fit agréable.

La papier d'emballage brûla, le carton brûla, et le contenu s'embrasa. C'était un œuf ciselé. Le velours dans lequel il était enveloppé, la mousse puis le coton s'enflammèrent soudain, tandis que l'œuf lui-même perdait rapidement sa belle couleur crème.

Le jardinier remua encore avec son bâton. Des étincelles jaillirent, l'œuf ciselé roula sur le sol. Je faillis pousser un cri. La coquille s'était ouverte, découvrant l'ange à l'intérieur. Eclairées par le feu, ses joues teintées de rose donnaient un air timide à son visage incliné.

— On a beau écrire, c'est toujours pareil, dit le jardinier. Et il continua à lancer sur le feu une troisième, puis une quatrième lettre.

— Ces lettres, celles que j'ai adressées à mon frère…

Je tendis les mains pour essayer de les soustraire au feu, mais c'était trop tard. Les enveloppes marquées du timbre rouge "Inconnu à cette adresse" brûlèrent en un instant.

— Moi aussi, ça me fait mal au cœur, vous savez.

Le jardinier m'entoura les épaules. Son bras était si lourd qu'il m'empêchait de respirer.

— C'est votre unique frère. C'est normal de vouloir lui envoyer des lettres. Mais on ne peut pas faire autrement, vous savez. Et moi non plus, je ne peux rien faire pour vous. Ecoutez-moi. Je suis dans un endroit bien plus éloigné que vous ne le pensez. En plus, c'est pour le musée des objets laissés par les défunts. Vous comprenez, n'est-ce pas ?

Je ne répondis pas. Je ne savais même plus si j'avais froid ou chaud. Les seules choses que je percevais, c'étaient le bruit des lettres qui brûlaient et la couleur des flammes.

— Ça ne veut pas dire que votre frère a disparu. Vous en avez bien un. Mais c'est comme si vos lettres ne parvenaient pas à celui qui est dans votre souvenir. Et il n'y a pas de réponse. Vous avez beau être liés dans votre cœur, la distance est infinie.

J'envoyai promener son bras. Il soupira et posa craintivement sa main sur mon dos, comme s'il voulait me montrer qu'il ne pouvait pas s'empêcher de toucher un endroit quelconque de mon corps.

— Je comprends que vous soyez en colère. Je suis désolé d'avoir gardé le silence sur ces lettres qui étaient renvoyées. Je me disais que je vous le dirais un jour et, finalement, je n'y suis jamais arrivé… Je vous demande pardon.

Sa main était robuste et j'en sentais le contour anguleux même à travers l'épaisseur de mon manteau.

— Au début, on est peut-être un peu hésitant, mais on s'habitue très vite. Je vous le garantis. Et on ne peut plus revenir en arrière. Un jour on se rend compte que ce que l'on croyait pénible la veille, ce n'est plus rien du tout. C'est comme ça. Vous n'avez qu'à nous voir, moi, madame et la jeune demoiselle. Tous, dans ce village, dans ce manoir, nous avons réussi à nous débrouiller. Même en ronchonnant. Aucun de nous ne songe à repartir quelque part ailleurs qu'ici. Il n'y a pas d'inquiétude à avoir. Pas de problème, tout ira bien, hein ?

Le jardinier me frotta encore une fois le dos, et poussa dans le feu, du bout de son bâton, l'œuf qui avait roulé. Des flammes encore plus belles s'en élevèrent.

Je descendis l'escalier de derrière qui conduisait au sous-sol, marchai jusqu'au bout du couloir sombre, ouvris la porte fermée à clef de la réserve. Les ciseaux, des morceaux de ruban adhésif et des bouts de ficelle étaient éparpillés sur le sol. Le rayon des objets laissés par les défunts de l'époque du bloc numéro 1 était pratiquement vide, tandis que les cartons s'entassaient dans un coin.

Je m'extasiai, admiratif, devant cette réserve pleine de vie et d'espoir. La réserve idéale est celle où rien n'est oublié dans un coin, à la poussière, où toute la collection garde des traces de la main humaine, où règne un léger désordre, par contraste avec l'ordre des salles d'exposition.

Je marchai lentement entre les rayonnages. Il me restait encore un certain temps avant le commencement du travail d'archivage. Je ne me souvenais plus de ce que je voulais faire en venant ici. Peut-être voulais-je vérifier quelque chose en prévision de l'emballage que nous ferions dans l'après-midi, la jeune fille et moi. Mais ça ne devait pas être si important. Et même si cela devait avoir des conséquences sur la manière de procéder, la jeune fille se débrouillerait certainement.

Alors que la lucarne, fermée par un rideau, ne laissait rien passer de l'extérieur, ni la lumière ni le vent, l'air froid traversait les murs sans entraves. J'enlevai mes gants que je glissai dans les poches de mon manteau. Une cendre voltigea.

Je regardai les objets un à un. J'avais l'impression d'entendre le bruit de mes pas venir de loin. Grâce aux bons soins de la jeune fille, les objets gardaient une apparence saine. Voir sur chaque étiquette leur numéro d'enregistrement écrit d'un trait ferme et sans ratures m'apportait une certaine consolation. J'étais fier de vérifier que les endroits que j'avais réparés s'étaient bien intégrés à l'ensemble de l'objet. De temps à autre lorsque j'en avais envie, j'en prenais un pour y frotter ma joue, le sentir, ou le retourner et caresser le dessous. Je les regardais sous tous les angles pour déterminer le mieux approprié lorsqu'ils seraient exposés dans leur vitrine. Ils attendaient tous tranquillement le jour où ils seraient installés dans le musée. Ici, je n'étais pas trahi.

Mais, derrière mes paupières, le feu brûlait toujours. Ce fut en vain que je clignai plusieurs fois des yeux. Le jardinier sortait les lettres l'une après l'autre pour les jeter dans le feu et finissait par faire rouler l'œuf ciselé au milieu des flammes.

... Ce ne sont peut-être pas les lettres qui ont brûlé, mais mon frère lui-même...

J'entendais chuchoter une voix chaque fois que, m'arrêtant, mes chaussures se taisaient. J'étais assailli par la sensation répétée de la main de mon frère toujours posée sur mon épaule lorsque je regardais à travers le microscope, une sensation qui me brûlait le bout des doigts. Lorsque, surpris, je m'arrachais à l'oculaire et me retournais, des cendres encore tièdes s'accumulaient sur mon épaule.

Et le plus effrayant, c'est que ce chuchotement n'était pas celui du jardinier, mais le mien. Je secouai la tête, appuyai entre mes soucils, demandai du secours aux objets. Rien d'autre que leur fidélité ne pouvait prendre fait et cause pour moi.

Les rayonnages passaient progressivement aux objets des époques nouvelles. Tout au fond, derrière une planche utilisée autrefois pour repasser, se trouvait la place de ceux que j'avais récoltés. Là, la distance entre nous s'amenuisait encore. L'atmosphère dégagée par une collection est différente selon ceux qui la rassemblent. Le scalpel à rétrécir les oreilles que j'avais récolté en premier, la fourrure du prédicateur du silence mort au moment de l'attentat, l'œil de verre du vieillard, la feuille de papier machine de la femme diseuse de bonne aventure. Je les remettais en place après les avoir soulevés et serrés sur mon cœur. Je ne savais pas pourquoi je faisais cela, c'était mon corps qui décidait d'aller ainsi à leur rencontre.

Soudain, je me sentis tellement mal à l'aise que je m'interrompis. Quelque chose de violent et de monstrueux troublait l'ordre ambiant. Je me rendis compte pour la première fois que le bout de mes doigts était douloureusement engourdi.

Là auraient dû se trouver l'herbe du parc forestier, le centre de table effiloché et le chiffon à dépoussiérer la vaisselle. Au lieu de cela, se trouvaient devant mes yeux trois tubes à essai dont je n'avais pas souvenance. Pour plus de sécurité, je vérifiai derrière l'étagère et sous la planche à repasser, mais je ne vis pas les trois objets. Je regardai à nouveau en essayant de respirer calmement. Cela ne changea rien. Les objets avaient été remplacés.

Je pris un tube à essai. C'était un tube ordinaire, comme ceux que mon frère utilisait au laboratoire de sciences. J'avais des fourmillements dans le bout de mes doigts, si bien que plus j'essayais de me concentrer, plus ils tremblaient. Le tube était fermé par un bouchon de liège, l'étiquette portant le numéro d'enregistrement était attachée avec un fil de fer, mais l'écriture n'était pas celle de la jeune fille. Elle était beaucoup plus hésitante et maladroite. Je me rendis compte aussitôt que c'était celle du jardinier.

Au fond d'un liquide qu'on aurait dit de l'alcool pur, flottaient deux petits blocs. Ils étaient serrés l'un contre l'autre comme s'ils voulaient se réconforter, honteux que je les découvre. La section était nette, on distinguait une légère trace de sang et une couche de graisse, et la surface dressée de forme elliptique était creusée de fines ridules. J'inclinai le tube, le soulevai à hauteur de mes yeux. Les blocs s'entrechoquèrent, flottant au milieu du liquide. Vaisseau ou lambeau de peau, un fil ténu qui partait de la section oscillait comme un flagelle.

C'étaient des mamelons. Les mamelons des trois jeunes femmes qui avaient été tuées.

Je retournai vers les rayonnages anciens pour chercher le diaphragme de la prostituée assassinée à l'hôtel. Il devait se trouver dans le bloc que nous devions emballer ce jour-là. Le tremblement de mes mains était de plus en plus fort, mes lèvres étaient sèches, ma langue recroquevillée au fond de ma bouche. Comme je m'y attendais, le diaphragme avait été lui aussi remplacé par un tube à essai. Le liège était entamé, le verre obscurci, l'alcool à moitié évaporé. Il n'y avait pas d'erreur, c'était un spécimen plus ancien que les trois précédents. Pour preuve qu'ils avaient été enfermés longtemps, les mamelons avaient rétréci et paraissaient beaucoup plus vieux.

Je revoyais l'éclat des couteaux sur toute la surface du mur de la remise. Les couteaux fabriqués par le père et le grand-père du jardinier y étaient exposés dans un cadre spécial. Je replaçai le tube sur son étagère. Les mamelons retombèrent lentement au fond. Les objets que j'aurais dû récolter avaient été récupérés à mon insu.

17

Je gravis en courant l'escalier et, sans me soucier de la femme de ménage qui devait être en
train de préparer le petit-déjeuner dans la cuisine, sortis sans me retourner par la porte de
service. La brume matinale commençait à s'élever, mais le ciel était toujours aussi nuageux.
Que ferais-je si le jardinier continuait son feu ?
C'était ce qui me tracassait le plus. Je ne savais
pas s'il fallait passer en faisant semblant de ne
rien voir ou le questionner à propos des objets.
Tout en courant dans la cour, je frottais mes
mains l'une contre l'autre pour enlever la sensation laissée par les tubes à essai. Le bout de mes
doigts épouvantés était toujours aussi dur.

Le feu avait fini de brûler, il ne restait que de
la suie noire sur le sol, les lettres et l'œuf ciselé
avaient disparu et le jardinier n'était plus là non
plus. Je courus encore plus vite, n'épargnant pas
le buisson de romarin, me dégageant des branches cotonneuses des saules, me ruant vers ma
chambre. En chemin, trébuchant sur le tourniquet
d'arrosage, je tombai, m'écorchai les mains.

Assis sur mon lit, j'attendis que ma respiration
se calmât. Si on avait vérifié les couteaux fabriqués par son père ou son grand-père, il y en
aurait sans doute eu un pour correspondre à la
section des mamelons de la prostituée. Et celle

des mamelons des trois nouvelles jeunes femmes devait coïncider parfaitement avec la lame de mon couteau, celui que le jardinier m'avait offert. Alors qu'il y avait toutes sortes de choses auxquelles j'aurais dû réfléchir, ma tête était complètement gelée et ma confusion ne faisait qu'empirer. Le bas de mon pantalon était taché de boue, des épines, des feuilles mortes et des branchages étaient accrochés à mon manteau.

Je sortis mon sac de voyage de la commode pour le remplir de mes affaires. Vêtements de rechange, matériel pour écrire, nécessaire à raser, le *Traité de muséologie*, puis le microscope et le *Journal d'Anne Frank*. C'était tout. Au moment de tirer sur la fermeture à glissière, m'en rappelant soudain je détachai l'œuf ciselé de la fenêtre, et le rajoutai après l'avoir enveloppé dans une chemise.

Je ne vis personne à travers la vitre. Le soleil faisait une brève apparition par une déchirure entre les nuages poussés par le vent, éclairant la terre humide de givre. J'avais beau tendre l'oreille, tout était calme de l'autre côté du mur. Il fallait que je parte avant que la femme de ménage ne m'apporte mon petit-déjeuner.

J'accrochai mon sac sur le porte-bagages de la bicyclette, puis enfourchai la selle, ne me retournant qu'une seule fois pour regarder le musée. Il était là. Il se dressait là, impassible au froid, au vent et à ma trahison, silhouette immuable venue d'un lointain passé.

Je regrettais seulement la jeune fille. J'étais triste en imaginant son air de découragement lorsqu'elle apprendrait que j'avais abandonné les objets. Je pensais à quel point ce serait bien si je pouvais, comme ça m'était déjà arrivé dans la réserve, poser ma main sur la sienne.

Serrant fermement le guidon, j'appuyai de toutes mes forces sur la pédale.

C'était la première fois que je venais jusqu'à la gare depuis mon arrivée au village. Je ne l'avais pas remarqué alors, puisque la jeune fille m'avait aussitôt entraîné vers la voiture, mais le bâtiment était petit, il n'y avait pas de bureau de vente des billets et l'accès aux trains était simplement marqué par un panneau de bois. J'arrêtai la bicyclette, pris mon sac sur le porte-bagages, jetai un coup d'œil circulaire dans la salle d'attente. Le sol en ciment était fendu, des toiles d'araignée s'accrochaient au plafond. Le poêle à bois qui trônait en plein milieu était froid et donnait l'impression de ne pas avoir été allumé depuis longtemps. L'horaire accroché au mur, complètement passé, était indéchiffrable.

Je traversai le guichet, allai m'asseoir sur un banc du quai. Un banc solide, peint en bleu ciel.

Personne d'autre n'attendait le train, et il n'y avait pas non plus de chef de gare. Au début, à la moindre sensation de présence, je regardais autour de moi, craignant que le jardinier ne se fût lancé à ma poursuite, mais bientôt je compris que ce genre d'inquiétude était inutile. J'avais beau me retourner, je ne voyais rien de plus qu'un chat sauvage disparaissant, ou une branche des arbres de la rue secouée par le vent. J'étais absolument seul.

Les rails se poursuivaient à l'infini au bout de mon regard. Derrière le quai en face de moi se dressait un petit escarpement au-delà duquel s'étendait un bois de pins. La colline était entièrement recouverte d'aiguilles marron. De temps à autre, une voiture faisait le tour du rond-point devant la gare, mais elle s'éloignait aussitôt après avoir changé de direction.

J'enlevai les protections de mes oreilles afin de me concentrer sur le crissement d'un rail ou la sirène d'une locomotive annonçant l'approche d'un train quelconque. Afin de me protéger du froid le mieux possible, j'arrondis le dos et plaçai mon bagage sur mes genoux.

Au fur et à mesure que le soleil montait dans le ciel, les nuages s'épaississaient de plus en plus. L'heure du commencement du travail d'archivage n'allait pas tarder. La vieille dame, ne me voyant pas apparaître, sortirait-elle de son engourdissement pour brandir sa canne d'une manière inconsidérée en direction de la jeune fille ou de la femme de ménage ? A moins qu'elle n'attendît tranquillement, allongée sur sa chaise longue, la tête enfoncée dans son coussin, afin de pouvoir commencer son récit dès qu'un objet serait prêt sur la table.

La neige se mit à tomber. Je sus tout de suite qu'elle était différente de celle qui avait voltigé à plusieurs reprises jusqu'alors. Les gros cristaux qui saturèrent le ciel en un instant tombaient dru et ne fondaient pas. Le vent s'était calmé à mon insu, et tous les bruits étaient absorbés par la neige. J'avais beau tendre l'oreille aux bruits venant des rails, n'arrivait jusqu'à moi que le léger crissement des cristaux se frottant les uns contre les autres, qui approfondissait encore l'intensité du silence.

Je levai les yeux vers le ciel, soufflai dans mes mains. Mes gants avaient gardé l'odeur du feu. J'eus l'impression que l'embrasement des lettres à mon frère ou le moment où j'avais découvert les mamelons dans la réserve étaient des événements déjà lointains.

Rochers de la colline, toit de l'escalier qui reliait les quais, poubelles, branches de pins, traverses, rails… Tout relief qui se reflétait sur ma rétine était en train de se recouvrir de neige. Je ne connaissais pas l'art de repousser cet élan. Je n'avais rien d'autre à faire que serrer mon bagage sur mon cœur.

Au fond du bois, il y eut un bruit d'ailes et de branches ployées. Un oiseau venait de s'envoler, seule la neige bougeait dans le paysage. Elle tombait avec autant de régularité sur le plus petit creux de rocher comme sur la plus fine aiguille de pin. On ne voyait déjà plus les rails.

Je pensais au musée. Je me disais que la neige devait bien convenir à son aspect solide. Elle devait sans doute aussi recouvrir le panneau réalisé par la vieille dame.

Tout était blanc alentour. Il neigeait toujours même s'il n'y avait plus rien à recouvrir. Le train n'arrivait pas.

Je me levai. La neige entassée sur mon corps glissa. Seule l'empreinte de mes pas resta sur le quai qui n'avait été souillé par personne.

La bicyclette ne me servait plus à rien. Je ne savais pas où m'emmenait la rue dans laquelle je marchais après avoir traversé le rond-point. La seule chose claire était que j'essayais de m'en aller vers un endroit lointain. Pour cela, je devais continuer à marcher quand bien même la neige ne s'arrêterait pas de tomber.

Mes articulations étaient engourdies, et j'avais du mal à garder mon équilibre. Mes chaussures étaient beaucoup plus lourdes que le matin lorsque j'avais quitté ma chambre. Je trébuchai et tombai à mi-pente. J'enlevai mes gants poisseux, et vis que mes paumes écorchées le matin saignaient. D'un rouge magnifique, à s'émerveiller. Voulant les désinfecter, je les frottai avec de la neige, mais cela ne me fit pas du tout mal.

Il n'y avait pratiquement personne dans les rues, les rideaux aux fenêtres étaient tirés, et le salon de coiffure, la salle des fêtes, la boutique du fleuriste et la garderie étaient silencieux. Les rares personnes que je croisais, la tête emmitouflée, passaient sans faire attention à moi.

A chaque carrefour, je prenais la direction du nord. Je ne voyais rien devant moi, c'était à peine si je distinguais l'endroit où je mettais les pieds. Les flocons qui tombaient sur mes cils gelaient sans avoir le temps de fondre, si bien que j'avais du mal à ouvrir les yeux.

Ayant marché sans me reposer, lorsque je m'arrêtai enfin, je me trouvais au bord du marais. Alors que ma tête ne fonctionnait pas, j'avais fort bien compris, dans un coin de ma conscience, que je me dirigeais vers le monastère. Il n'y avait pas d'autre endroit pour s'enfuir loin. De la même manière que le jeune novice le soir de la fête des Pleurs s'était éloigné sans bruit de la jeune fille pour disparaître, en arrivant là, je pourrais peut-être moi aussi trouver un chemin me conduisant vers un endroit lointain.

Le vert profond du marais, échappant à l'emprise de la neige, avait gardé sa couleur. Il n'y avait pas de prédicateur, et le bateau habituel était attaché à un saule de la berge. Je dénouai la corde, me mis à ramer vers le centre. Il y avait aussi de la neige amoncelée dans la barque. Celle qui tombait à la surface de l'eau, aspirée sans fondre, disparaissait directement au fond. En ramant, je sentais de temps à autre une résistance accompagnée d'un crissement. La glace commençait à prendre en surface.

Alors que je n'aurais pas dû m'égarer sur le chemin escarpé du monastère, fréquenté par les prédicateurs, le paysage avait été complètement transformé par la neige. Me fiant à la silhouette du campanile qui flottait vaguement dans les airs, je le gravis en cherchant des aspérités pour me servir de point d'appui. Les roches sédimentaires étaient recouvertes de neige, les arbres que j'apercevais par endroits, dont je ne connaissais pas le nom, n'avaient plus une seule feuille sur leurs branches fragiles.

La neige juste entassée dessinait de jolies courbes, au point que j'hésitais à marcher dessus. En me retournant, je vis mes traces laides et confuses.

Alors que j'avais l'impression d'avoir pas mal avancé depuis que j'étais descendu du bateau, le campanile paraissait toujours aussi inaccessible. Quand j'inspirais, la neige mêlée à l'air entrait dans mes poumons. Mon sac glissa, faillit tomber, et je le rattrapai de justesse. Je crus que l'œuf ciselé offert par la jeune fille s'était brisé.

En jetant un bref coup d'œil sur le côté, j'aperçus une grosse masse qui n'était ni un rocher ni un arbre, appuyée d'une manière peu naturelle contre une roche. Je m'approchai pour enlever la neige. C'était le cadavre d'un vieux bison mâle.

A la couleur des poils qui restaient sur son dos, marron mêlé de blanc, j'eus la certitude qu'il était mort vers le commencement de l'automne. Au niveau du ventre, la peau et les organes putréfiés laissaient voir le squelette, et du dos vers les pattes arrière elle pendait légèrement, comme une serpillière effilochée. C'était un squelette relativement fin, qui ne correspondait pas à la grosseur du corps. La tête était elle aussi pratiquement réduite à l'état d'ossement, et le moindre contact aurait suffi à faire tomber les cornes. Les yeux, déjà devenus des trous, fixaient un point quelque part au lointain.

Je me reculai de quelques pas, voulus me retenir à une branche qui ne résista pas et se brisa. La neige avait déjà commencé à recouvrir le cadavre.

Çà et là tout autour, les bisons des roches blanches étaient morts. Certains la tête coincée entre deux rochers, d'autres immobiles au milieu de la forte pente, pattes de devant repliées. Il y en avait de tout jeunes, et aussi d'autres qui étaient morts depuis peu.

Quelle que fût la direction vers laquelle je tentais d'avancer, je ne pouvais pas les évacuer de mon champ de vision. Aucun ne s'était effrité, ils avaient tous gardé leur forme de bison, comme si leur corps avait adhéré à l'espace au moment du choc terrible de la mort, pour ne plus pouvoir s'en détacher. Et, m'entourant, ils me retenaient prisonnier.

Je tentai d'aller toujours plus haut. Si j'arrivais à franchir ce cimetière, je ne devrais pas tarder à apercevoir le cloître.

Soudain, j'entendis quelqu'un m'appeler. Une voix tremblante arrivait jusqu'à mon oreille, à travers cette neige qui avalait tous les sons.

— Monsieur, monsieur !

Une silhouette apparut confusément derrière un bison des roches blanches encore plus gros. Tirant sur sa queue, me servant de sa tête comme marchepied, je progressai en direction de la voix.

— Monsieur, par ici. Tenez, prenez ma main.

— Pourquoi toi, ici… arrivai-je à dire en rassemblant mes dernières forces. Ce n'est pas toi que je cherchais. J'ai couru dans tout le village.

Ses cils, les lobes de ses oreilles et ses lèvres étaient gelés. La neige accumulée dans le creux de sa joue avait formé des cristaux de glace étincelants. Je m'affalai dans ses bras. Je respirais son odeur familière. Alors que j'avais cherché à m'éloigner de la propriété, je ne sais pourquoi j'avais l'impression d'avoir enfin retrouvé la personne que j'attendais avec le plus d'impatience.

— Aah, c'est effrayant. Vous saignez.

Elle enleva mes gants, essuya mes plaies avec son mouchoir.

— Il faut vite vous soigner.

— Le jardinier... tu sais, le jardinier... les objets dans la réserve...

— Ne parlez pas. En tout cas, il faut rentrer à la maison, boire un thé bien chaud et vous reposer, enroulé dans une couverture.

— J'ai voulu rentrer, chez mon frère... En cachette, sans rien dire à personne. En abandonnant même mes objets...

— Oui, je sais. Personne n'est en colère après vous. Il ne faut pas vous inquiéter. Ma mère vous attend, vous savez. Tout est prêt pour raconter.

— Le jardinier a fait quelque chose d'effrayant avec les couteaux qu'il a fabriqués lui-même. En plus, avec les objets de la réserve, il a...

— Vous n'avez rien à craindre du jardinier. Pensez à tout le travail qu'il a fait jusqu'à présent pour le musée. Sans lui, le musée ne sera jamais terminé. Si l'un de nous vient à manquer, c'est fini. Et nous n'avons pas d'autre endroit où aller. Allez, rentrons ensemble. Au musée du Silence.

Je posai mon visage sur sa poitrine. Je ne m'étais pas rendu compte qu'en écoutant sa voix je m'étais mis à pleurer. Je ne savais pas si c'était à cause de la tristesse de ne pas pouvoir rencontrer mon frère, de la peur à la pensée des mamelons des jeunes filles défuntes, ou de la joie que j'éprouvais à me retrouver seul au monde entre les bras de cette jeune fille. Mes larmes coulaient librement.

La cloche du campanile sonna. Elle se répercuta dans le ciel, faisant trembler les cadavres, nous faisant trembler elle et moi.

18

Mes paumes, plus gravement écorchées que je ne le pensais, se mirent à suppurer, n'en finissant pas de guérir. Les mains bandées, c'était difficile d'archiver ou d'exposer les objets, mais, grâce à la collaboration de tous, il me fut possible de poursuivre le travail sans trop de difficultés. Alors que cette blessure relevait de ma propre responsabilité, la jeune fille, la femme de ménage et le jardinier me montrèrent une compassion sincère. La vieille dame, se fiant aux indications de son almanach, fit préparer à la femme de ménage un mélange de mousses, de graisse de sanglier et de bave d'escargot, à utiliser en compresses sur un morceau de cuir.

Je défis encore une fois mes bagages. Les vêtements de rechange dans la commode, le microscope sur la table, le *Journal d'Anne Frank* à mon chevet. Le solide œuf ciselé ne s'était pas brisé. Lorsque je le suspendis à la fenêtre, l'ange ressortit dans la clarté de la neige. Je fis sécher mon sac de voyage mouillé en l'accrochant au-dessus du poêle.

La neige qui était tombée ce jour-là avait tenu. Au moment où, salie, elle se mit à noircir sous les auvents, au bord des chemins de campagne et dans certains coins de la place, il neigea à nouveau. Le soleil ne se montrait pratiquement pas, et on n'éteignait pas le poêle de toute la journée. La cuisine était encore sombre à l'heure du petit-déjeuner, et le soir, lorsque je quittais le manoir après avoir terminé mon travail, l'arrière-cour était plongée dans l'obscurité.

L'hiver s'approfondissant, le temps s'écoula de plus en plus lentement. Le va-et-vient des voitures diminua, le jet d'eau au milieu de la place s'arrêta, les terrasses des cafés furent fermées par des rideaux. Etait-ce parce que je ne pouvais savoir l'heure à l'intensité de la lumière, que je sois dans la réserve ou que je marche quelque part dans le village, j'avais l'impression de m'enfoncer dans une stagnation de temps dont je n'arrivais pas à m'extraire. Tous les habitants du village, sans un murmure, attendaient patiemment que l'hiver s'en allât.

Le quotidien revint sans retard à ce qu'il était avant. Personne ne me fit de reproches ni ne m'abandonna. Seuls les deux inspecteurs firent exception à la règle. Depuis le jour où il était tombé tant de neige, ils ne me lâchaient pas. Mais ils ne se hasardaient plus à des irruptions ou des accusations intempestives. Ils observaient de loin ce qui se passait, afin de trouver de nouveaux éléments d'accusation. Il m'arrivait même de me dire qu'ils n'étaient peut-être pas là pour trouver l'assassin présumé de cette affaire, mais qu'ils me surveillaient pour m'empêcher de m'enfuir une seconde fois du musée.

En tout cas, moi j'avais besoin de temps pour respirer et réfléchir tranquillement. Affalé sur mon lit, j'enlevai mes pansements pour regarder les plaies de mes mains. Mon errance dans les éboulis rocheux du monastère m'apparut alors dans une vision qui se fit de plus en plus réelle, avec le froid et la douleur. Mon pyjama lavé par la femme de ménage était posé, soigneusement plié, sur ma table de chevet. Alors qu'il gelait dehors, du poêle de ma chambre, rempli de bûches fendues par le jardinier, montaient des flammes orange. Sur le calendrier au mur se suivaient joliment des croix tracées au stylo rouge, preuve que le travail avançait infailliblement.

Je baissai à nouveau mon regard sur mes paumes. Puis je me levai, pour prendre le *Journal d'Anne Frank* près de mon oreiller, avant de descendre dans la cuisine et saisir le microscope avec mon autre main.

Il se faisait tard, mais je me dirigeai vers l'atelier, dans la maison principale. Il ne neigeait plus, et une lune de trois jours délavait le ciel. Je marchais précautionneusement pour ne pas abîmer ces précieux objets dont j'avais hérité.

Je feuilletai d'abord le carnet d'enregistrement, en sortit deux numéros pour les étiqueter. Après avoir rempli les rubriques, date d'obtention, nom, manière d'obtention, je pris leurs mesures, les photographiai, vérifiai s'il manquait quelque chose ou s'ils étaient abîmés, établissant les directives de restauration et de conservation. Puis je déposai l'un à côté de l'autre les deux objets sur les rayonnages de la réserve. En silence et dans mon cœur, je dis adieu à ma mère et à mon frère.

L'installation des objets dans le musée commença le lendemain. Le jardinier se chargea de les apporter de la réserve, tandis que la femme de ménage et la jeune fille déballaient les paquets. Mon rôle consistait à intervenir en dernier pour les placer dans les vitrines.

Il faisait toujours aussi mauvais temps, et cela nous gênait dans notre travail, mais personne ne s'en plaignit. Nous étions tous tellement excités d'arriver si près du but de cette énorme tâche que nos cœurs dansaient et que toute notre énergie était mobilisée pour le musée. Malgré les observations de la femme de ménage, le jardinier, qui nous faisait rire avec ses plaisanteries, la jeune fille et moi, ayant terminé le gros du travail de force, vérifia l'installation électrique et brûla ce qu'il y avait à jeter dans l'arrière-cour. La jeune fille, inquiète à l'idée de voir disparaître un objet, vérifia plusieurs fois qu'ils étaient tous là et nettoya les vitres avec du produit. Pour midi, la femme de ménage avait préparé un plein panier de pique-nique avec du café bien chaud. Nous mangeâmes tous ensemble, assis sur le sofa du coin repos.

Notre seul souci était que la vieille dame restait couchée avec de la fièvre. Nous étions tristes de ne pas la voir près de nous postillonner et déverser autour d'elle, dans le claquement de son dentier qui menaçait à tout moment de se détacher, des imprécations, des malédictions et autres propos désordonnés. Elle était lucide et respirait bien, mais elle avait encore moins d'appétit à cause de la fièvre et ses forces baissaient régulièrement. Pour autant, elle n'avait pas manqué une seule séance d'archivage. Désormais, elle n'avait d'autre mission que de raconter l'histoire des objets, ce dont elle était consciente. Elle utilisait ses forces uniquement pour le rôle le plus important qui lui était dévolu, et restait pratiquement alitée le reste de son temps.

Le moindre objet attendait l'angle d'exposition qui lui convenait le mieux. Pour une simple aiguille à coudre ou une bille par exemple, il y avait le côté qui devait recevoir la lumière, et celui qui, dans l'ombre, n'aurait pas droit à un deuxième coup d'œil de la part des visiteurs. C'était à la compétence du spécialiste de muséologie de le discerner correctement.

Ne pouvant encore enlever mes pansements, j'avais enfilé des gants blancs et, confronté à l'objet que la jeune fille me passait, je déterminais aussitôt son meilleur angle. Comme ils étaient déjà plusieurs fois passés entre mes mains, pour l'enregistrement, la fumigation et la restauration, je n'avais pas à hésiter.

Les vitrines se remplissaient peu à peu. Un monde prenait forme, observant un ordre magnifique. Je plaçais correctement chaque objet. Le moindre décalage n'était pas permis. Parce qu'ils ne bougeraient plus de toute éternité. Ils n'auraient jamais à sortir pour être prêtés à d'autres musées ni à être enlevés momentanément pour des recherches.

Lorsque je reçus les mamelons, comme par hasard, tout le monde se retrouva autour de moi. Ils regardaient mes mains qui s'étaient immobilisées, tenant le tube à essai. Sur le moment, j'eus l'impression que l'air avait changé de direction, mais je me faisais sans doute des idées. J'inclinai le tube de manière que les deux mamelons entrent entièrement dans mon champ de vision, et le fixai entre deux épingles que j'avais préalablement installées. Ils s'intégrèrent aussitôt aux autres objets exposés, affirmant leur existence d'une manière encore plus imposante derrière la vitre. Ils prouvaient ainsi qu'ils étaient sans aucun doute possible l'objet adéquat. Tout le monde retourna à son travail.

Quatre jours plus tard, dans la soirée, le musée était enfin prêt, avec tous ses objets, jusqu'aux plus récents – le *Journal d'Anne Frank* et le microscope – exposés, avec tous ses accessoires, flèches indiquant le sens de la visite, lumignon des sorties de secours, cendriers, tickets d'entrée, installés, et le sol impeccablement ciré.

— Nous y voilà, c'est parfait, dis-je, debout dans l'entrée, en jetant un coup d'œil circulaire à l'ensemble.

— On n'a rien oublié ? questionna la jeune fille.

— Hmm, je ne crois pas, répondis-je.

— Aah, c'est fini, hein… murmura faiblement la femme de ménage, son balai à franges à la main.

— Quand c'est fini, ça paraît presque trop facile.

Une agréable fatigue, curieusement, m'apaisait. Il n'y eut pas de fanfare. Pas de vol de colombes. Seule tombait la neige.

Le jardinier arriva du manoir, la vieille dame sur son dos. Rigoureusement protégée contre le froid, elle était semblable à un paquet de chiffons.

— Eh bien, madame. Voici le musée du Silence, lui déclara-t-il. On sentit quelque chose remuer au fond du paquet de chiffons.

— Maman, tu vois ?

La jeune fille releva le bord d'une couverture, et son visage apparut.

Je réalisai avec surprise à quel point le noir de ses iris était profond. Bien plus profond que le noir de l'hiver, et ils absorbaient tout ce qui se reflétait alentour, tandis qu'en surface ils étaient immobiles, ne tremblaient pas. Comme s'ils étaient les seuls survivants de son corps en ruine.

Le jardinier, la vieille femme sur son dos, fit le tour du musée, avec nous sur ses talons. Personne n'ouvrait la bouche. La respiration douloureuse de la vieille dame avait tendance à s'interrompre de temps à autre. Les fenêtres se teintèrent des couleurs du soir, faisant ressortir d'autant la neige qui voltigeait toujours. Le bruit du vent n'arrivait pas jusqu'à nous, le bois au loin était gelé, et le monde de la nuit s'installait déjà derrière.

Ce fut le pèlerinage pour pleurer les morts. La respiration rauque de la vieille dame était l'élégie de leur douleur.

— La jeune fille m'a dit un jour que si l'on confiait un secret à un prédicateur du silence il ne serait jamais révélé.

Le jeune homme se tenait devant la fontaine de la place. C'était l'endroit habituel où il pratiquait le silence.

— Ça fait longtemps, n'est-ce pas. Tu vas bien ?

Comme je ne savais pas si je pouvais lui serrer la main ou devais lui donner une tape sur l'épaule, je gardais les deux mains dans mes poches.

— Tu n'es plus un jeune novice. Tu es devenu un splendide prédicateur.

Sa barbe avait légèrement poussé et ses oreilles qui pointaient entre ses cheveux longs jusqu'aux épaules étaient si robustes qu'elles n'auraient sans doute plus passé à travers les trous de la clôture.

— Je reviens de ma récolte d'objets. Un paysan de soixante ans qui en déneigeant est tombé de son toit et s'est brisé le cou… Quand on fait ce travail, vois-tu, on finit par bien connaître les différentes manières de mourir dans le monde… Tu sais que le musée est ouvert ?

308

J'aimerais bien que tu viennes le voir. Puisque c'est le musée du Silence, je crois qu'un prédicateur n'enfreint pas la règle en venant le visiter. N'est-ce pas ? La jeune fille sera certainement très contente, tu sais ? Pour être franc, nous n'avons pas encore eu un seul visiteur depuis l'ouverture. Alors que la collection est riche et que le nombre d'objets augmente tous les jours. Bah, on n'y peut rien. Je le prévoyais dès le départ. Ce n'est pas parce que les visiteurs s'y bousculent qu'un musée est forcément bon. L'important, c'est la réalité de l'existence de la collection entièrement conservée dans cet endroit. Comme nous avons conscience d'avoir rempli cette mission, assis la journée entière à l'accueil, nous ne sommes pas découragés si aucun visiteur ne se présente. Nous sommes heureux que les objets aient pu passer une nouvelle journée en sécurité, c'est tout.

Tous ceux qui allaient et venaient sur la place marchaient le dos rond, en faisant attention à ne pas glisser sur le sol gelé. Il ne neigeait plus, mais la température avait encore baissé, et la respiration se transformait aussitôt en cristaux transparents qui s'éparpillaient dans l'atmosphère. La neige s'était accumulée dans la vasque du jet d'eau arrêté et les statues de lions s'y enfonçaient jusqu'au cou.

Le jeune homme était jambes nues. L'endroit où il se tenait était creusé à la forme de ses pieds. L'extrémité de chaque poil de fourrure de sa peau de bison des roches blanches était gelée par la neige qui étincelait froidement même sous la faible lumière.

— C'est vrai, je voulais te parler à propos d'un secret. Comme je ne suis pas habitué, je ne sais pas par où commencer. Ça ne t'ennuie pas que je bavarde ainsi ? Si cela te dérange, je voudrais que tu me pardonnes.

Il me regardait droit dans les yeux. Mais son regard était inexpressif, et je sentais seulement mes mots absorbés par la source de silence qui l'enveloppait. Il avait les mains jointes devant lui, et ses cheveux avaient beau s'envoler, le bord de sa fourrure voltiger, il ne bougeait pas d'un pouce. Ses joues étaient gercées, ses ongles blancs n'étaient plus irrigués, et ses pieds étaient gonflés par les engelures. Cet immobilisme parfait augmentait encore l'intensité de son silence. Pourtant, je voyais bien qu'il ne me rejetait pas. Il m'offrait poliment le silence dont j'avais besoin. Je plongeai ma main dans la source, à moitié craintif, à moitié pour m'y raccrocher afin de fuir la douleur d'avoir un secret.

— C'est le jardinier qui a tué les trois jeunes femmes. Il n'y a sans doute pas d'erreur. Et ce n'est pas tout, c'est son grand-père qui a tué une prostituée à l'hôtel, il y a cinquante ans. Ou peut-être son père, mais c'est la même chose. Le couteau à cran d'arrêt qui a servi au crime est encore accroché au mur de la remise. Il étincelle fièrement… C'est un jardinier très compétent. Ils ne sont pas si nombreux au monde à pouvoir aider à la construction d'un musée tout en étant jardinier. Il est capable de partir de rien pour faire pratiquement tout. Dans une situation donnée, il ajoute un petit quelque chose qui apporte un changement inattendu, repère aussitôt ce qui ne va pas, et il est habile à améliorer les choses. Les couteaux à cran d'arrêt rassemblent toutes ces qualités. Ils représentent son meilleur moyen d'expression. Je n'ai pas vérifié auprès de lui, mais j'imagine qu'il a peut-être voulu essayer les couteaux qu'il avait fabriqués pour voir s'ils coupaient bien. Je suis sûr qu'il voulait essayer de trancher quelque chose de beau, modeste et gracieux, que personne ne peut découper d'habitude. Bien sûr, je sais que ce n'est pas permis. Je le sais fort bien. Et pourtant, je te livre cet important secret qu'on ne doit révéler à personne. Je ne l'ai pas dit à la police, alors que tous les soupçons se sont portés sur moi parce que j'allais récolter les objets auprès des victimes. Même moi je trouve ça bizarre… Tout ça c'est pour le musée. Si l'un de nous vient à manquer, l'harmonie s'effondre et on ne peut pas revenir en arrière – ça, c'est la jeune fille qui le dit – car si le musée du Silence était détruit, comment pourrait-on conserver une preuve tangible de l'existence des habitants du village ? Nous perdrions sans doute pied et nous finirions par glisser et tomber hors de la bordure du monde. La réalité de notre existence ne resterait dans le cœur de personne. Comme les briques, vois-tu, qui s'effritent, enterrées quelque part, sans être ramassées par personne, sans être exposées dans un musée. La bordure du monde est un endroit sombre et extrêmement profond. Si l'on tombe dedans, on ne peut absolument pas en remonter… Moi, au début, je ne le savais pas. Je l'ai compris petit à petit. Ce fut un rude apprentissage, tu sais, d'accepter la réalité de la nécessité d'exposer le microscope de mon frère aîné dans le musée du Silence…

Je levai les yeux vers le ciel, regardai les nuages poussés par le vent qui soufflait sur les sommets. Puis je resserrai la ceinture de mon manteau, replaçai les protections de mes oreilles qui avaient glissé, balayai la neige accrochée au bas de mon pantalon.

Le jeune homme était toujours devant moi dans la même attitude. La surface de la source n'avait pas une ride, aucune ondulation ne s'y propageait. Elle se contentait de célébrer glorieusement le silence.

— Ça ne sert pas à grand-chose de te dire ça, mais fais attention à toi, hein ?

Je balayai d'un geste les fragments de glace accrochés à sa fourrure. Le jeune homme se laissa faire. Des cristaux de glace éblouissants tombèrent de son corps.

— Bon, je ne vais pas tarder à y aller. C'est l'heure à laquelle je dois relayer la jeune fille à l'accueil du musée.

Je lui adressai un salut de la main avant de le quitter.

La vieille dame mourut un matin où, pour la première fois de l'hiver, il n'y eut pas un lambeau de nuage pour empêcher le soleil de briller.

Nous étions restés près d'elle toute la soirée. La jeune fille à son chevet lui tenait la main, la femme de ménage, assise de l'autre côté, lui caressait les cheveux, et le jardinier avait posé les mains sur la couverture à hauteur de ses jambes. Quant à moi, je n'avais aucune idée de ce que j'aurais pu faire pour elle. Quand le feu faiblissait dans la cheminée je rajoutais des bûches, et lorsque malgré tout il se mit à faire froid au fur et à mesure que la nuit s'avançait, j'enlevai mon cardigan pour le poser sur les épaules de la jeune fille, ensuite je passai mon temps assis sur une chaise près du lit, frappé de stupeur.

Alors que le médecin ne nous avait pas avertis, nous savions que le moment était venu. Une semaine plus tôt, étant arrivée à la dernière étape du récit des objets qu'elle avait elle-même récoltés, elle avait dit que tout le monde devait se résigner. A la fin de la dernière séance d'archivage, à l'instant même où j'avais posé mon stylo, elle avait perdu connaissance.

Sur la table, plusieurs livres dont elle avait manifestement besoin pour étudier le calendrier étaient restés ouverts, et ses lunettes étaient posées, branches ouvertes, comme si elle venait tout juste de les enlever. A la patère sur le mur étaient accrochés ses chapeaux de laine.

Nous ne disions rien. Croiser nos regard suffisait à deviner ce que nous ressentions, et nous n'avions pas besoin de paroles de consolation. Au contraire, nous évitions les mots superflus, qui auraient troublé le calme ambiant. Cette tranquillité absolue qui remplissait le manoir nous avait pris gentiment dans ses bras.

La respiration de la vieille femme devint de plus en plus désordonnée. Chaque inspiration qui soulevait ses côtes produisait un son caverneux, incroyablement triste. Puis, après une succession de respirations peu profondes, ses lèvres s'ouvraient brusquement, les os de sa gorge montaient et descendaient, tandis qu'elle se débattait pour inspirer le plus d'air possible.

La mort ne frappa pas d'un seul coup, mais elle ne recula pas non plus. On aurait dit qu'elle avait peur de la vieille dame.

La femme de ménage appliqua un morceau de gaze humide sur son front. Le jardinier glissa la main sous les couvertures pour lui frotter les jambes. Voir tous ces efforts désespérés me persuadait qu'ils devaient forcément servir à quelque chose. La jeune fille, sans un clignement de paupières, ne détournait pas son regard. On aurait dit qu'elle croyait que si elle laissait échapper un signe quelconque, ce serait irrémédiable. Moi, je fixais la joue de la jeune fille. Sur l'escabeau à côté du lit de la vieille dame était appuyée la canne qui avait été son fidèle soutien jusqu'à la fin. La poignée qui luisait sombrement avait gardé l'empreinte de ses doigts.

La couleur des fenêtres que l'on voyait à travers les rideaux commença à changer peu à peu. L'obscurité diminua petit à petit, il s'y mêla de l'outremer, qui bientôt s'estompa à partir du bord. Le vent et la neige avaient cessé.

La gorge émit un son encore plus long. Sous les paupières, les globes oculaires remuèrent furtivement, les lèvres tremblèrent, et la vieille dame rendit son dernier soupir.

Ils enlevèrent leurs mains tous les trois, et se mirent à prier, les yeux baissés. Je me levai pour aller tirer les rideaux. Un rayon de soleil matinal, encore plus vif du fait de la réverbération de la neige, vint éclairer le visage de la défunte.

Afin de raconter pour la première fois de ma vie le récit d'un objet que j'avais moi-même récolté, je choisis la chambre sous les toits où nous avions effectué notre dernière séance d'archivage. Je n'étais pas certain de pouvoir communiquer sans heurt avec eux, et je me demandais également avec inquiétude si c'était vraiment l'endroit approprié pour le faire. Mais je n'avais plus la vieille dame à mes côtés pour lire l'almanach et me donner une décision convenable.

L'almanach était maintenant exposé dans le musée. Ce fut difficile de déterminer l'objet qu'elle nous laisserait. J'avais beau être un spécialiste, j'avais l'impression d'être indiscret en choisissant tout seul. Ce n'était pas à moi, le nouveau venu, mais à la jeune fille, au jardinier et à la femme de ménage qu'appartenait le droit de le faire.

— Non, c'est votre travail, avait tranché résolument le jardinier, il n'y a pas de problème. Vous êtes le spécialiste, vous ferez une bonne récolte.

La femme de ménage et la jeune fille avaient acquiescé.

Je décidai de choisir la canne et l'almanach comme objets laissés par la défunte. Dans le musée du Silence, il n'y avait aucun exemple d'une personne ayant laissé deux objets. Mais j'étais sûr que, dans son cas, c'était autorisé. La canne qui l'avait supportée physiquement, et l'almanach, l'aiguille de sa boussole psychologique. Il ne devait pas y avoir d'objet plus approprié.

La chambre sous les toits était déjà prête.

— Est-ce que ça ira ici ?

La jeune fille posa l'objet sur la table. Il s'agissait du scalpel à rétrécir les oreilles.

— Aah, répondis-je.

Elle ouvrit le cahier, prit le stylo, se concentra pour être prête au moment où les mots tomberaient de ma bouche. Il me sembla que nous y arriverions tous les deux, de la même manière que nous avions formé un merveilleux tandem, la vieille dame et moi.

Je fixai l'objet. Je pus distinguer les crénelures de l'extrémité ébréchée de la lame et les taches diffuses de sang. Je fermai les yeux pour apaiser mon cœur.

Je me souvenais des heures passées avec la vieille dame dans cette même pièce.

— Tenez, voici le dernier, disais-je en sortant l'objet. Le dernier de tous les objets que vous avez récoltés.

En fait, je n'aurais pas voulu le dire. J'avais une nostalgie insupportable de l'époque où je sentais que nous avions un nombre illimité d'objets devant nous.

— Aah, c'est vrai.

Mais il n'y avait rien de sentimental dans sa voix.

— Nous y sommes arrivés sans encombre.

— Hmm. C'est normal.

Elle essayait bien de renifler comme elle en avait l'habitude, mais ne réussissait qu'à laisser échapper un faible soupir. Elle voulait ajouter quelque chose, mais un encombrement de glaires la faisait tousser violemment. Lui soutenant la moitié supérieure du corps, je lui tapotais le dos.

— Ne faites pas l'impossible, on peut le reporter à demain.

Je ne sentais aucune résistance entre mes mains, comme si je tenais quelque chose de creux.

— Imbécile. Demain n'existe pas. C'est la fin. Il n'y aura pas d'autre jour qu'aujourd'hui. Ceux dont le rôle est terminé s'en vont. C'est la providence du calendrier. Allez, c'est bon ? On commence.

J'ouvris les yeux. Les ultimes résonances de la voix de la vieille dame faisaient encore vibrer mes tympans. La jeune fille attendait, le stylo à la main. Le scalpel à rétrécir les oreilles était toujours au même endroit.

C'est ainsi que j'ai commencé à raconter l'histoire des objets que les défunts m'avaient laissés.

BĀBEL

Extrait du catalogue

COÉDITION ACTES SUD – LEMÉAC

Ouvrage réalisé
par l'Atelier graphique Actes Sud.
Achevé d'imprimer
en mars 2005
par l'imprimerie Liberdúplex
à Barcelone
pour le compte
d'ACTES SUD
Le Méjan
Place Nina-Berberova
13200 Arles.

N° d'éditeur : 5839
Dépôt légal
1re édition : avril 2005
N° impr.
(Imprimé en UE)